D1928582

EVANGELIO

Feridun Zaimoglu

EVANGELIO

Ein Luther-Roman

Kiepenheuer
& Witsch

MIX
Papier aus verantwortungsvollen Quellen
FSC® C083411
FSC www.fsc.org

Verlag Kiepenheuer & Witsch, FSC®-N001512

1. Auflage 2017

© 2017, Verlag Kiepenheuer & Witsch, Köln
Alle Rechte vorbehalten. Kein Teil des Werkes darf in irgendeiner Form (durch Fotografie, Mikrofilm oder ein anderes Verfahren) ohne schriftliche Genehmigung des Verlages reproduziert oder unter Verwendung elektronischer Systeme verarbeitet, vervielfältigt oder verbreitet werden.
Umschlaggestaltung: Barbara Thoben, Köln
Umschlagmotiv: © akg-images
Autorenfoto: © Melanie Grande
Gesetzt aus der Trinité und Headliner No. 45
Satz: Felder KölnBerlin
Druck und Bindung: CPI books GmbH, Leck
ISBN 978-3-462-05010-3

Oft plagte mich der Satan durch seine Erscheinungen, ganz besonders auf jener Burg, in der ich eine Zeit lang gefangen gehalten wurde.

Martin Luther

Anno Domini 1521

DIE FESTE WARTE

Hauptmann von Berlepsch, Burgvogt und mein Obriger, ruft, ich tret an zum Bericht. Hab Schloss und Riegel, Tor und Türen geprüft. Bin den Wehrgang abgegangen, hab in dunkle Ecken gestochen. Hab die Eseltreiber arg befragt, ob sich Kerle nach der Feste erkundigen. Hab in die Ledereimer zum Brandlöschen geschaut, prall voll. Hab es geschmeckt, Wasser ohne verdächtige Beigabe, sonst hätt ich längst gekotzt oder wär brüllend verreckt.

Der Hauptmann entlässt mich, ich schreit zum Tor, der Wächter Schrotter und der Wächter Herwig senken die Spieße. Ich zeig ihnen das Losungszeichen, sie bleiben wachsam.

»Rück heran«, sagt Schrotter, »möcht die Narbe an der Lippe sehen.«

»Hab nur eine hinterm linken Ohr«, ruf ich.

»Er ist es«, sagt Herwig, »sein Gesicht ist am Abtritt gedüngt und gewachsen.«

»Dich tret ich wund, da fällst du wie ein Ochse und rollst runter nach Eisenach«, sage ich.

»Bist du's wirklich?«, sagt Schrotter und greift wie im Kinderspiel mit Grimm nach seinem Schwert. Dann lachen die Schalksnarren.
Ich bin keiner von ihnen. Bin ein gerauter Kerl, gehobelte, geschliffene Fresse. Kein Gesang und kein Weib macht mich weich. Solang der Himmel nicht einstürzt und mein Kopf nicht birst, kann ich das Eisen halten. Das ist mein Brot. Bin ein ungeratener Kaufmannssohn, entschied mich gegen den Vater für ein andres Leben. Man spannt Kalbsfell über die Trommel und schlägt nur einmal darauf, da kommen die Hurenböcke und Zerlumpten schon hergelaufen. Das ist die Rotte der Knechte im Krieg. Der Obrist sprach mir und andren Knechten von der Kriegsgemeinde, von der Beschirmung des weiten Landes, über das der Fürst wacht. Wir wurden dahin und dorthin geschickt. Sturm und Schlacht, ich sah viele böse Stücke. Ich hab Hund fressen müssen, und Ratte und Pferdemaul und Klumpen Erde. Krieg ist Mannfresser. Bin in Fehden zerrieben worden. Hab etliches Volk gelöscht. Hab Kopf von den Achseln geschlagen ...
Sie zügeln die Aufsässigen, mich können sie nicht bannen. Sie haben sich vor allen anderen der besseren Christlichkeit verschrieben. Schlüge ich einen Span vom Scheit, der Span wär klüger als die Kerle. Mich hassen sie wegen meiner zerschlitzten Montur, wegen meiner Landsknechtart. Ich bin am Verrichten, ich reiß mich los von ihrem Hohn. Was der Pöbel plaudert, beißt ein, ihr Wort beißt ein, ich darf's nicht achten.
Ich klink die Tür auf: Bücher mit Schweinsledereinp-

band, schwere Deckel hüten die schwefligen Worte, die Meister Martinus durch List dem alten Feind abgetrotzt. Man muss ins erste Saufen Gottes Namen sprechen, und also bewegt er stumm die Lippen und trinkt drei Schlucke. Im Schein der blakenden Tranlampe funkeln seine Augen auf. Er stellt die Füße auf den Walwirbel. Er legt das Papier vor sich hin. Kratzt mit der Feder Runen, als würd der Dämon der Macht ihm Zauberziffern in den Geist bluten. Hat er das zweite Gesicht? Er liest die Worte der fremden Völker. Malt er teutsche Gnadenbilder? Das Welsche ist verneint. Er mehrt durch Gebete seine Gabe. Was sah im Dornbusch der Gesandte Moses? Was sieht der Mönch, wenn in seinen Träumen ein kaltes Feuer brennt? Das Allerheiligste ist das Allerheimlichste. Frevelt er, wenn er Gott übersetzt? Der Herr braucht keine neuen Namen. Wir beten an den ungeschmückten Herrn. Am Rand der Welt trommeln die Barbarenstämme. Es klafft die Erde auf: Ich seh tief im Loch Hundezähne schimmern. Ein Tier wird aufsteigen, sagt er, und alles Wachs wird schmelzen und doch nicht erhellen den Himmel, den das Tier beschwört. Eine Knochenmühle wird die Welt. Er aber vergisst den Schmerz, vergisst den bellenden Leviathan, und übersetzt Gott ins Teutsche. Salbt er uns zu unserem Schutze? Seine Frommheit ist der falsche Fraß für den Hunger. Er und die Seinen quälen sich, um bald die anderen zu quälen. Sie sehen nur die Leiche an den Balken, blasen ihr durch die Zauberei Leben ein. Sammeln Worte im Maul, um sie auf Männer meines Glaubens zu speien. Er aber kratzt Runen, dass wir fallen.

Ich wetz das Eisen am Stein für den Stoß in die Kehle des Leviathan. Ich sprech das Wort des Heilands heilig. Wir alle verfaulen langsam, da wir warten auf die Wiederkunft. Schutzgeister sind zu Asche verbrannt.

In kommende Kämpfe mengt sich der Frater, ohne zu wissen, wen er zum Kampfe peitscht. Es werden die anderen sein, die Gott erhöht. Mir bleibt nur, mich zu gürten und dem Mönch den Überwurf umzutun, dass er nicht friert in den Nächten, da die Toten zu ihm sprechen.
Und er sagt: Das Gotteslamm entzündet mich. Es fährt hinein in die Unsinnigen, die Spinnweben fressen. Die ihre Zähne stumpf gemahlen haben. Draußen im Land erlöschen die Grableuchten. Meister Tod klopft auf Rippen und Gebein. Frater ruft: Gottes Majestät! Die Knechte drehen und wenden das teutsche Wort für Gott. Ein jeder ruft: Ich schneid mich los von Stricken. Ich reib das Kreuz aus Ruß und Schmier auf die Schläfen. Ich zieh als des Mönchs Gefolge in die Kriege ... Ihr Verstand hängt ihnen wie eine schmutzige Schleppe am Arsch. Atemlose Diener, sie leben von hartem Brot und saurem Wein. Der Herr ist für sie ein wandelnder Rauch. Sie kauen Körner und verlachen mit Brei auf den Lippen Judas und den bösen Schächer. Sind nicht diese Kerle, sind nicht diese Weiber des Junkermönchs Luther unsinnige Kinder? Sie tun untertänig und rufen aber: Der Heilige Geist besteht aus einem Schwarm Tauben. Und also sind wir die Stücke der wahren Kirche Christi ... Sie machen sich das Bild vom Herrn als

das eines großen Entsetzens, als das einer Höhlung des Leibes.
Er aber ritzt Runen, als würd er stechen in Heilands Haut Laute, Gewinsel, Lästerung. Ich scheue sein Nachtwerk in der Schergenstube. Er verspricht die Zähmung der Nattern, des giftigen Getiers. Der Kettenhund auf dem Hof heult die Schatten der ziehenden Wolken an. Der teutsche Gott säubert uns die Angst aus der Brust. Dafür schütz ich den Ketzer.
Er streut Löschsand auf die Tintenstaben, wischt ab die Federspitze, stülpt die rote Lederkappe übers Haupt. Jetzt ist er vom Geist bewegt, morgen wird er wieder zürnen.
Der Meister hat sich in die Sache geschickt, den Kopf steckt er zwischen die heiligen Seiten. Es bedarf viel Schmierens, dass ich gesellig werd. Er hat's gelernt, ich trotzte Bitt und Anruf, seine Beeiferung hat nicht geholfen, ich bleib in schmiegsamer Haltung erstarrt. Auf dem Teller das angebissene Hinterviertel vom Hasen mit Rüben.
»Hungerst du für den Herrn?«, sage ich.
»Es schmeckt heidnisch«, sagt er.
»Fleisch, Meister, nichts anderes als Fleisch.«
»Fällt der Schatten eines Götzendieners auf die Schüssel, aus der du schöpfst … ist das Essen dann verdorben?«
»Hier gibt's keine Heiden«, sage ich kalt.
»Dies ist mir eine steinerne Kammer.«
»Du bist bewahrt und geschützt, Meister.«
»Strohsäcke hab ich faulig gelegen«, ruft er, »ich bin ab-

gelebt unter den groben Sachsen. Mein Arsch grimmt bös, wenn ich mich dreh und wend. Und draußen geschieht ein Ding, dass es mich schaudert. Die Welt verschlingt sich selbst.«

»Dich frisst sie nicht«, sage ich, »was ist mit den Heiden?«

»Mir schien, als lösten sich Schatten von der Decke, da biss ich grad in die Hasenkeule.«

Ich zieh den Katzbalger, stürz durchs Loch, dass mir die Klappe auf die Waden fällt, schlag im Dunkeln nach beiden Seiten, spring durch die schlanke Stube: Ich bleib unbesiegt, weil kein Geist aus Fleisch und Atem mir entgegentritt.

Ich vernehm Meisters Wehruf und stürz zurück. Er liegt am Boden und windet sich, Stirn und Wangen röten, als wär er von Milben angefressen. Ich gieß ihm Wasser aufs Haupt, sein kochendes Blut lässt die Glieder schwellen, er wispert, ich neig ihm das Ohr zu, er spricht leis und stöhnend: »Wir sind das letzte Nest und die letzte Brut, nach uns wird alles verworfen. Wir werden sinken, das ist unser Los, wir sind die Reste, zerschlagenes Geschirr, Besitztum Gottes, das verrottet. Der Himmel ist nicht gnadenbringend. Hart sein, ausbluten, es leuchtet die Welt nur, wenn ein Prophet geboren wird, der Retter nimmt uns die Einsamkeit. Heiland, deinen Zeugnissen kehr ich mein Angesicht, auf dass es leuchte. Führe Christus uns in allen Heerritten, mein Herz umstrickt der Dämon nicht …«

»Spar dir dein Klugsein für morgen«, schrei ich und

schüttel ihn hart, »sonst sinkst du bald ins Grab, Gott lohnt dich schon mit dem Himmelsbrot, friss heut den Hasen, hörst du, Frater, friss die Rüben, Türck und Heide sind verschanzt hinter den Bergen, die Warte ist die feste Burg, daran sie zerschellen, ich köpf jeden Geist, der dir die Wampe walkt, friss das bisschen und scheiß das bisschen, dann ist Ruh in der Seel, hörst du, Meister?«

»Ich bin auf diese Burg gebannt«, wispert er, »und mein Herz ist durch Sünden geschwert.«

»Steh auf«, sage ich.

»Dreikantiger Dreckskopf.«

»Der Has ist tot«, sage ich, »iss und werd satt.«

Junker Georgen, Mönch ohne Kutte, gebannt auf die Felsenfeste Warte, ist ein stößiger Stier, er wütet in der ersten Hitze. Meister Martinus speit aus den bösen Geist in prasselnden Stücken. Sein Maul fließt über, denn das Evangelium sticht ihn.

Der Wundarzt Neham Rosenhag ist ein Jud. Er hat Weinreben in der Pfanne entzündet, hat die Stuben ausgeräuchert. Die Bleiasche, die er auf den Harn streute, sank. Der Meister hat keine Elendsseuche.

Der Jud hält dem Hauptmann das Harnschauglas vor. »Traurigkeit«, sagt er, »daran leidet der Herr, Nelken und Moschus helfen, die juckende Flechte hat er nicht, man soll ihm nicht geben Vipern, die in Wein gesotten wurden.«

Jetzt macht der Mönch ein Getöse, er springt auf vom Stuhl, beißt dem Arzt fast den Kappenzipfel ab.

»Mich täuschst du nicht mit glatten Worten«, schreit er, »es vermorscht hier meine Tüchtigkeit, ich schlaf auf durchgefaulter Strohschütte, ich werd mich nicht verbittern, doch ich lass mich nicht belagern vom Pestbarbier! Papst, Jud und Türck sind Teufels Kotbröckchen, gespeichelt und gebacken.
Erzschlechte Brühe von Lotterleuten, das seid ihr Hebräer, der Türcken und Tataren Kundschafter, das seid ihr, man gebe euch Axt und Karst in die Hand und lasse euch Arbeit tun. Heilandsschächter, Aufschneider!«
Den Jud pack ich am Saum und zerr ihn aus Luthers Schergenstube. Der Hauptmann verfügt für den Rest des Tages Haft in der Zelle.
»Ist das gerecht?«, sagt der Jud.
»Pack dich, Bader«, sage ich und stoß ihn in Richtung Tor. Er kommt wieder, sonst hol ich ihn, ich kenn alle Unterschlupfe.
Der Hauptmann befiehlt mich nach draußen vor die Diele. Er schaut hoch zum Turmwart, der das Haupt neigt. Ich riech den nahenden Regen. Ich riech den Schweiß der Rösser.
»Was soll das Affenspiel?«, sagt er.
»Sein Darm ist träge«, sage ich, »es kommt ihm ein Reißen im Leib an.«
»Das geht mir an die Kehle.«
»Ja, Herr.«
»Er tobt«, sagt der Hauptmann, »wo bleibt die Gelehrtheit? Man muss den Schmerz verbeißen.«
»Mit Gunst zu melden«, sage ich, »das tut er.«
»Und doch wird er teufelsheftig.«

»Gegen die Trübnis helfen Rasereien. Was heraus ist, schwärt nicht mehr.«
»Wir schulden ihm Schutz und Schirm, unser Fürst hat's befohlen. Hüt ihn gut.«

Ich klopf auf das Gehenk, verneige mich, steige die Stiege hoch, gehe verstohlen den Gang bis zum Gelass des Mönchs. Als ich über die Schwelle trete, schnellt er in die Höhe. Er sagt: »Der Arzt ist Flicker, der Teufel macht krank, er bläst ins Haus, er soll nicht an mir Anteil haben. Ich bin im Panzer des Gottesworts ...«
Es liegt nicht an mir, zu schmeicheln, ich bin sein Wächter, ich schweige. Bald sitzt er reglos vor den aufgeschlagenen Büchern, er schläft den Hasenschlaf, er hat ein ungesundes Fieber.
Er fragt mich, was ich bei meinem Streifzug durchs Land der Bauern und Knechte sah.
Ich sage: »Ein Mann trieb durch Peitschenknallen Hexen aus dem Stall aus. Er sprach: ›Heut ist ein Hexentag, heut muss man sich vorsehen vor den Tückereien der Geister.‹«
»Bei der Kraft Gottes«, sagt der Mönch leise.
»Der Mann sprach: ›Dorn und Distel für den Teufel, das Korn für den Herrn.‹«
»Ein rechter Bauer.«
»Er hat Grabeserde auf drei Ecken des besäten Feldes verteilt, dass die Raupen aus der vierten Ecke hinauskriechen.«
»Übler Brauch«, ruft der Mönch, »ein Vaterunser hätt's getan. Was noch?«

»Männer stritten sich deinethalben«, sage ich, »der eine sprach: ›Luther ist teutscher Apostel, der Heilige unserer Tage, ich stell mich an seine Seite, ich weiche nicht.‹«
»Und der andere?«
»Die anderen vier«, sage ich, »alles Kerle, die dich blind und blutig schlagen wollen.«
»Römlinge«, ruft er und steht auf, »was werfen die mir vor?«
»Der eine sprach: ›Das Mönchlein, der schlichte Mönch des Bettelordens, was hat er von Land und Leben gesehen?‹ Der zweite sprach: ›Er ist ganz vernarrt in seinen eigenen Sinn.‹ Der dritte sprach: ›Er lehrt den verjauchten Glauben. Luthers Wanst ist von vielen Narrheiten gebläht.‹ Der vierte ...«
»Hält mich für eine Bestie der Leere«, sagt er, »lebt ich nach eigenem Witz, würd ich grollen. Dreck wärmt, sie bleiben hängen am Gebräuchlichen. Verheiß ich die Verderbnis? Bin ich in die Geheimnisse der Gottheit geweiht?«
»Du stellst dich widerborstig an, Meister. Man müsst dich mit fünfzig Eimern kalten Wassers übergießen.«
»Soll ich abfallen? Soll ich in den Heidenkult zurücksinken?«
»Du bist wacker im Streit«, sage ich, »aber fechte nicht mit dem Bader.«
»Der Heilsempfang ist dem Jud unmöglich«, ruft er.
Ein murrender Geist, zum Zanken aufgelegt. Er glaubt: Wenn wir die Hebräer lassen, fallen wir unter die Hufe der Türckenrosse.
Ich fall ihm in die Rede, ring mit ihm, bis er nachgibt.

Der Bader darf ihn das nächste Mal gesund tasten. Der Jud, ich hass ihn nicht, ich lieb ihn nicht, er ist mir kein Gräuel. Dem Doktor aber wird das Maul runzlig. Gefallener Fürst der Schrift ist er, Meister der Zaubersprüche, die nicht wirken. An seiner Angst ist der Jud schuld, das sagt er. Der Herr ist zornig geworden, weil sein Lieblingsgeschlecht abfiel, das sagt er. Bricht die Radspeiche, frisst die Ratte ein Loch in den Kornsack, werden die Läuse fett im Grind: Der Jud, Mann des verkommenen Volkes, ist schuld. Wer kann wen überbösen: der Jud den Papst, der Papst den Jud? Der Mönch sagt: zwei Arme eines Leibes. Von Gott gelobt wird das Land uns Christen, zweifle nicht daran ... Wer ist er, dass er mich mahnt? Ward er weise durch die Studien? Will er mit dem Knüppel den Feind strecken? Der Fürst lähmt meinen Arm, sonst schlitzte ich ihm die Zunge.

Der Frater Georgen drückt sich gegen die Klappe an der Wand, rutscht auf Knien durch den Durchschlupf ins nächste finstre Gelass. Er ruft: »Zerbirst die Stille, wenn ein Blinder schweigt?«
Ich rüttel an den Eisenstäben, ich klopf gegen die dünn geschabten Häute vor den Fenstern. Der Mönch wimmert, als würd er aus der Wunde bluten. Den Kännchenwein als nachtspätiger Schlaftrunk hat er nicht angerührt. Bald wird er zum Aborterker hoch über dem Burggraben steigen. Der Wind fährt stark in die Buchen, das Geprassel der Blätter macht ihn verrückt. Der Mönch verschnappt sich mit dem Maul, harter Tadel trifft ihn. Aber er gleicht nicht den Schnappsäcken, die

mit wippender Feder am Hut daherschreiten. Er ist verwegen im Lästern, schüchtern im Gebet.
Ich lösch die Lichter, ich wisch mir die Gedanken aus dem Schädel, ich horch auf Laute, denn ich bin mir sicher: Der Feind lauert, er wird kommen, wenn nicht in dieser Nacht, so doch in einer anderen. Der Feind wird, da er den Ketzer stellt, dreinschlagen, bis ihm das Blut in die Schuhe rinnt. Eisen wetzt Eisen, ich wache über Luthers frommen Traum.

Der Hausschaffner bringt das Frühmahl: Rüben in heißer Asche gegart, warm im Teller, dass der Butterklumpen in der Schmelzpfütze schrumpft. Der Mönch möcht keine Gabel benutzen, sie gleicht der Forke des Teufels. Er klappt seinen Löffel auf. In die Laffe ist ein Stück von der Stirnsprosse des Einhorns eingelegt, sie schützt vor Vergiftung. Er isst nach feiner Art.
Wir Knechte fressen gehobeltes Kraut. Mit Herrenspeisen sind wir nicht vertraut. Wir kennen keine vier Gänge und keine Tischzuchten. Wir schneiden von der Kost nach unsrem Hunger, also schlingen wir alle Bissen. Ich schau ihn kurz an, er tarnt sich gut als Ritter. Die Platte, die er sich hatte zum Keuschheitsgelübde schlagen lassen, ist zugewachsen. Der Bart verhüllt Mund, Kinn und Backen. Die Laus kriecht ihm in Haufen jede Nacht hoch, beißt und schmaust, wie es ihr gefällt. Es geht ihm in der Früh ein Waschweib mit dem Kamm übern Kopf. Seine Strohschütte besprengt es mit Essig und Korianderwasser.
Der Meister hat gelernt, die Beinlinge an das Wams zu

nesteln. Will er sich nicht fügen, wird er aus der Burg gesetzt. Dann leg ich den kalten steifen Leib ins Loch und deck ihn zu. Brotkrumen fallen auf den ungefegten Estrichboden. Er hebt sie auf und isst sie, er dankt dem Herrn für kleine und große Gaben. Würd des Ketzers Frommheit den Heiligen Vater milde stimmen? Papst und Kaiser haben ihn in Acht und Bann getan. In allen Gegenden, in allen Winkeln, spricht man von der lutherischen Sekte. Von dem Harnpropheten, der den Weinberg des Herrn verwüstet. Man soll ihn mit dem Stachelstock stäupen, bis die keusche Furcht ihn zur Umkehr zwingt. Lockern und lösen, bis der Christ zügellos in die Feuer fällt, das würd der Ketzer lehren. Der Mönch aber sagt: »Gott wird die hohen Zedern brechen, er wird die Mächtigen zu Boden schleudern.«
Ich acht den Frater, weil er vor dem Kaiser in Worms nicht widerrief. Auch wenn ihm die Läuse Perlen der Heiligen sind. Er wischt die Nas am Ärmel.
»Wer dir hilft, beisteht, anhängt, ist vogelfrei«, sage ich.
»Ich bin tausend Teufeln vorgeworfen«, sagt er.
»Du hast nicht widerrufen.«
»Ich beugte mich nicht.«
»Warst du versucht?«
»Vom Teufel?«
»Von ihm und anderen.«
»Dem, der verachtet ward vom Herrn, geh ich aus den Wegen«, sagt er, »die Herren von höchstem Stand wollten mir an den Hals. Dann lieber meinen Kopf. Lieber als Gott, der mich im Jenseits hängt, weil ich beigab … Willst du beim Schwert bleiben?«

»Bleibst du beim Wort, bleib ich beim Schinden«, sage ich, »ich bleib beim gemeinen Lauf. Es gibt Richtung der Fürst, dem ich dien.«
Der Mönchpfaff kann nur Wort und Schrift. Taugt er zum Leben? Kann nicht flicken noch schmieden. Kann nicht Steine klopfen noch melken. Kann nicht pflügen noch pflücken. Nicht stechen, nur Theologie spucken. Der Fürst hat mich gedungen und in dies fremde Nest gesetzt.
Was ich dem Mönch nicht verrat: Einen der vier Feindsinnigen schabt ich übel, weil er sprach: Hinter der Bestie Martin steckt der Sachsenfürst, man müsst beiden den Hals brechen. Das Pfaffenzupfen ist ihm schlecht bekommen. Ich bleib standhaft, ich widersteh.

An Melanchthon, Bruder im Bunde, Evangelist der ersten Stunde, Theologe zu Wittenberg.

Heiland

hilft. Gott ist mit Braus in meine Welt eingebrochen, ich hör heftige Schläge und grässlichen Schall, es fließt mir aller Glaube und der Saft der Milz und der Lungen in die Erde, alles im Leib bricht und knickt und fährt ab, es frisst sich ein Loch in die Brust des Mönchleins, das zum Menschlein schrumpft. Zerfahren ist mein Werk, Gottes Gutheit siegt, kraft des Wortes, das nie verwelkt, bin ich nicht totgeschunden, nur ich steh schief und krumm in der Einsiedelei, man hat nach teutschem Brauch einen Grund von guten Steinen angelegt, und ich deck den Himmel darüber. Ich ward vor viele Herren gerufen, jetzt bin ich gescholten und versteckt, bin ins Rattennest gestoßen, ich wollt meine ganze Fertigkeit anwenden, dass ich bleib, was ich bin: Luther, Gottes Amtsmann, meines Herrgotts Mistvieh, sollen sie auf mich schlagen. Der böse Geist möcht, dass ich Gott hinausschleuder wie den schweren Stein, tät ich's, würd ich zermalmt und zu Stücken zerhackt unterm Stein, es lägen Teufel und all seine verruchten Kinder darunter,

und der Stein wär geschieden von dem Gott meiner Anbetung.
Mir gefällt nicht, dass du zagst. Kein Künder ist angenehm im Vaterland, kein Ruhm, kein Glimpf, hast du gedacht, du bleibst ungerauft? Wir wollen nicht Ehre gewinnen auf beiden Seiten, denn bei Johannes 7,38 steht: »Wer an mich glaubt, von dessen Leib werden Ströme des lebendigen Wassers fließen.«
Könnt ich doch den bösen Geist herausgraben aus der Haut! Sollt ich mich in den Mondschein stellen, dass die würgende Schlinge am Hals zerreiße? Sollen wir den Schweinen gleichtun und Eicheln im Walde fressen? Der Fürst zu Rom wurd geboren von einer Hur an der Wegscheide neben dem Baum, an dem sich Judas erhängte. Wir wenden uns ab. Mit altem Wasser taufen – niemals! Deine Zagheit ist zu scheiden von der Verzagtheit, zu der du neigst, weil die Zweifler Zweifel säen. Neuer Bund im Blut Jesu, das ist eine Lehr, die nimmermehr vergeht. Wir stecken zwischen den Kiefern eines wilden Tiers, Herr über die Gestirne, bewahre uns. Wir haben die Schlacht bestellt, der Heiland geb uns Sieg. Wir sind nach Jesaja das Schlachtopfer, das man mästet.

Mir zu Schutz und Trutz beigestellt ist ein harter Knecht, ich plauder vor ihm aus, was mir inwendig ist, ich lob mein Tintenhorn, ich lob meine Feder, er lobt Schwert und Axt, und er lobt den falschen Römerfürst. In Strumpf geschissen und Wurst gemacht! Glaubt doch jeder Knecht,

dass er Sitz und Stimme besitzt bei Gott, man muss sie recken und strecken, die Säue, die Rottengeister, die auf dem Evangelio springen wie Ratten auf glühenden Kohlen. Wir tun Licht und Luft in den Glauben. Mein Zorn ist groß, Melanchthon, auf den Kriegsknecht mir zur Rechten, auf Rom und die Römlinge, sie mahnen mich, wer Vögel fangen will, muss süß pfeifen und nicht mit Knütteln dreinschlagen, ich will's unterdessen verkühlen lassen, ich neig nicht zum wenigsten, aber zum meisten, ich gelob Besserung.
Christus sei unsre Munition, wir sind für Gott versiegelt, wir sind die wahre Gemeinde. Sie haben sich zerstreut, die alten Sünder, der Herr hat sie gestreut wie Samen in die Furchen Seiner Welt, und siehe, sie sind als Kotkörner aufgegangen. Ich lehr die Grammatik der Sitten, dass diese Welt der Schlechtigkeiten erlösche. Wann ist Erlösung? Dass ich mich der Zusagung des Herrn versicher, ist nicht List, noch ist's mein tüftelnder Geist, der mir einen Klippdachsbau höhlt, ich will nicht reißen die Sünder hinab, ich will nicht baden die Christenmenschen rein. Alles in Gott beschlossen, das sing ich, ER begnadet, ER straft, und ich lobe Seine Gnade. Bald kommt Heiland mit seiner Königsmacht! Wort ist Fleisch worden, doch dies Fleisch ist verborgen. Bekenne darum, Bruder, und sag's laut in den Gassen: Ich komme nicht mit Fingerzimbeln, nicht mit Rassel und Klapper, aber mit dem Schall der dröhnenden Trommel!
Bekenne, Melanchthon, und schrei's aus in Wittenberg:

Mir geht der Mund über vor Zorn. Ich beschmier mich nur dann mit Honig, wenn ich Bären fangen will! Paulus in Ephesus: Viele treten über und verbrennen ihre Bücher. So wuchs das Wort des Herrn. Amen.
Werden die Mauern halten, gibt's einen Ansturm, rückt ein wildes Heer an, das frag ich mich bei Nacht und bei Tage, und der harte Knecht schaut mich still und denkt: Trägt Luther den Teufel auf der Achsel? Mir kräht der Arsch von den Zwiebeln munter, er hütet sich, mir zur Seite Tischgenoss zu sein. Für ihn ist Glaubenserneuerung Verrat an Vater und Vaters Vater, die alte Kirche ist die ewige Kirche.
Die alte Manier bindet die Volksleut, sehr zu meinem Kummer, der Kriegsknecht sieht nicht meine Nützlichkeit, wenn ich das Grauen minder, dass das Seelenlicht heller brenne, wird's mir nicht gelohnt werden, ich leb hier im dunkelnden Land, lernten wir doch wieder das Erschauern, wie wir doch den strengen Schmerz missen, ohne zu wissen, dass er böses Verderben zeugt, lernten wir doch lieben eine neue Helligkeit, ein bisschen Licht von dem ersten Licht Christi. Die Kraft des Gottesgeistes sei bei dir und bei mir.
Es kam ein Jud namens Neham, er wollt mir das Gebrest wegtun durch Beschwörung und Zauberei, mich kam ein Schrecken an, dem Ketzer rinnt Schweiß und Schaum ab, mir war nur unwohl in seiner Nähe, schreibt nicht Augustinus: der grausame Eifer der Ärzte, die im Fleische nach grausamen Geheimnissen wühlen. Der Sohn des

Neham heißt Mosse, was nimmt der Jud doch für Namen an. Ich weiß wohl, die schlechte Luft überträgt Seuchen, Gott hat uns in Wittenberg mit der Strafe der Pestilenz angegriffen, an den Enden der Gassen brannten große Feuer, das hab ich Mosses Vater Neham gesagt, er aber wollt mich dehnen und drücken, ich hab ihn vertrieben. Soll er Hobelspäne als Kopfputz tragen.

Der Herr will die Namen der Götzen, die sie anrufen, von ihrem Munde wegtun. Bin ich dem Jud fein oder feind? Der beschnittene Jud höhnt, und es gellt mir unerträglich in den Ohren. Die Judenheit, das sind tausendjährige Schläfer, haben sie doch den Gesalbten übersehen, weil sie träumten, und ihr Traum war vom verstockten Teufel gespendet. Aufgehoben sei die Heiligkeit des gottverlassenen Volkes. Unter meine Füße ihr Groll. Geheiligt sei unser Volk.

Melanchthon, streb in unsrem Geiste, ohne grobe Hader stürzt nicht das Sündenhaus. Mit Donnerwort wider die Kutte, Kapuze und Königskrone. In Rom schaut der Christ tief in die Hölle, an dem Papst sind Rüben und Sack verloren. Ich stritte nicht, wenn ich nicht wüsste um meine guten Teutschen, die seiner versprochenen Seligkeit anhängen. Er rühmt sich großer Streiche, Segen und Seligmachen werd ich ihm verderben. Er hat mich für einen Ketzer ausgeschrien. Was aber geschieht mir, da ich den Heiligen ins Herz schau? Die alte Gesetzlichkeit wird spröd und fad, denn Gottes Gewalt hat sich entzündet in der Welt. Die Quellen sind kenntlich. Blut und Schaden

wird kommen durch Seine Hand, und die heillosen Namen werden gelöscht durch Seine Hand. Das, was sie deine Zimperlichkeit schimpfen, ist dein Herz in Jesus. Schimpflich an uns sei unser Zutrauen auf den Tag der Tage, da uns erlösend der Retter naht. Was steht denn obenan, wenn nicht der Herr?
Eine böse Feuchtigkeit ist im Mutterschoß. Mist und Rotz ist auch deshalb in jedem Manne. Das versteh ich, dies versteh ich, ich bekomm Ohrsausen vom vielen Kopfzermartern. Ich füll mir nicht mehr den Darm, das Fasten kommt mich nicht hart an. In Haderlumpen des Ritters gesteckt bin ich und bleib doch ein harter Sachse, der auf alle Tüftelei speit. Meine Waffe sei der Schweinsspieß.

Am Vorabend von Peter und Paul, aus der elenden Haft.
Martin Luther

Das Tollhäuschen steht an der Mauer in der Nähe des Predigertors. Der Affensinnige schlottert in der Kiste, drückt das Gesicht gegen die Fensterstäbe. Es droht keine Fährlichkeit, er ist ein scharrender Vogel, er ist ein gefallener Geist, er führt Luftstreiche aus. Man hat ihn mit Leichenbinden umwickelt. Die Bürger wollen Schaden und Schändlichkeit abwenden. Der Mönch lehrt: Die Scham ist der Wille des Fleisches zum Gesetz.
In Eisenach lieben die Leute das Mirakelspiel, die Mummerei, in Maßen. Sie streiten wider die Gespinste. Haupt und Glieder sind dem Jungen in der Torenkiste zerschrammt. Jäh wirft er sich mit einem Ruck nieder, stellt sich wieder ans Fenster, schreit besessen, unnützes Gespei. Die Weiber schlagen das Kreuz, was der Irre brüllt, ist für ihre frommen Ohren anstößig, er spuckt Flüche wie ein schlimmer Hurer. Kommt sein Ungestüm vom Teufel? Der Friede ist zerbrochen, es hebt an ein Schnauben und Raunzen. Die einen predigen: Wir werden im Himmel ernten. Die anderen wollen Teufels Beutestücke mit Eisen und Lanze niederringen. Den

Weibern und den Kerlen ist das Herz ein Mühlstein in der Brust. Die Sünder sind in sich hinein verdreht. Vielleicht zahlt der Tobsüchtige das Angeld auf die Seligkeit.
Die feinen Herren tragen hölzerne Überschuhe, auf dass sie nicht einsinken in Schlamm und Schmutz. Trotz der Trippen spritzt Dreck auf ihre Waden. Das Beschütten der Gassen mit Unflat ward verboten. Dass die Leut ihre Unsauberkeit auf die Gasse leeren, macht sie zu Säuen. Der Rat hat's verordnet, Aas vor der Tür auszuschaffen. Schweine suhlen sich in den Schmutzhaufen und Mistpfützen.

Ich folg den tiefen Radfurchen, ich acht darauf, dass ich nicht stolper und in die Kanalrinne tret. Ich acht darauf, nicht unter den Abtrittserkern zu laufen, es scheißen die Menschen zu jeder Zeit, ich seh blanke Ärsche zwischen Himmel und Erde. Es wird im Glockenturm geläutet, ich sprech das Vaterunser, das muss reichen. Ich seh Frauen mit Witwenbuckel hasten, ich seh Pfaffen hetzen, als wären sie Beute der Verdammnis. Die Kerle haben den Wolfshunger, sie staunen mich an, ich würd gern die kranke sengende Glut in ihren Augen löschen. Gott ist außerhalb, darin ist seine Majestät. Der Teufel ist verstrickt, darin ist seine Kleinheit. Jeder Stümper, Wurzelgräber und Spielmann gibt sich als Weisen von Sachsen aus. Bescheißer in allen Winkeln. Wer ist ein Feind, wer will Luther brechen? Weil ich überall Heimtücke vermut, fall ich fast über spielende Kinder. Sie werfen Murmeln aus Ton nach dem Messer, das in der

Erde steckt, je näher, je besser, ich hab ihr Spiel zertreten.

Ich weich in die Hengersgasse, die Frauen zupfen von den Leinen die Tücher, die sie zum Trocknen aufgehängt hatten, ich schleich Richtung Nadeltor und steh bald vor dem Haus des Blutvogts, hier ist's still, hier hallen wenige Laute. Nach dem zweiten Klopfen geht die Tür auf.

Ein gestraffter und gestreckter Kerl ist der Henker. Nach Heidenart hat er das Haar gefettet, den Hirschfänger hält er in der Hand, als würd's ihn zwicken, fleißig zu werden in seinem Handwerk. Ein übler Knecht mit kalter Natur. Helles Wasser, trübes Wasser, mir ist beides recht. Ich bin nicht hergelaufen, dass er mir eine Ergötzlichkeit gebe.

Ich folg ihm in die nächste Stube, Rauch hängt an der Decke, Rauch von der abwärtigen Küche, wir setzen uns an den Tisch. Mich sieht er das erste Mal in seinem Haus. Bring ich Unwill und Greuel, streich ich der Lüge eine weitere Farbe an, er will's erfahren.

Ich leg ihm Münzen auf den Tisch, er schiebt sie auf die Mitte, er fragt, was mein Auftrag sei.

»Menschenschmalz«, sage ich, »ein Töpfchen Armesünderfett.«

»Für dich?«, sagt er.

»Ich knirsch nicht und bin nicht lose.«

»Für wen?«

»Für einen, der gesunden soll.«

»Woran leidet er?«

»An der Hurtigkeit des Gemüts«, sage ich, »früher fraß

er Mus und Grütz. Heut zerreißt ihm die Kost den Leib.«
»Was frisst er?«
»Kleine und große Keulen aus der Bratenpfanne. Gehöhlter Weißkrautkopf, darin Kalbfleisch und gebrühte kleine Vögel.«
»Ein Ritter ist bei euch in Haft gesetzt«, sagt er.
»Wer hat's vermeldet?«, sage ich und spann mich an.
»Tut er schwere Buße?«
»Er tut's.«
»Fütter einen Ziegenbock mit Salbei, schlacht ihn in der fünften Woche, seih das Blut, trockne den Blutkuchen. Das muss er fressen vorm ersten und dem letzten Mahl. Ist die rechte Arznei gegen Traurigkeit.«
»Nein«, sage ich, »man hat ihm Zwiebeln in die Tasche eingenäht, hat ihn nicht von Taumelsucht befreit. Er wird den Blutkuchen nicht anrühren.«
Ich sitz mit einem Blutmann am Tisch, er gehört zu den Unehrlichen. Ich darf in seinem Haus keine Gemeinschaft halten. Er hat manch einen Frevler auf Wahrhaftigkeit geprüft, hat ihm Weihwasser eingeflößt, bis er platzte. Hat Augen ausgeglüht. Hat die Zunge hinten durch den Nacken gerissen.
Der Frevler ist Vogelfraß, der Henker Bürgers Arm. Übel riecht's, die Leut schütten ihr Leibwasser auf die Gassen, sie rümpfen die Nas nicht so heftig wie beim Schinder der Räuber und Ketzer.
Er sagt: »Ein Landsknecht und ein Bäckerschwein wollen allzeit gemästet sein.«
Ist er zum friedlichen Geschäft nicht geneigt? Soll ich

zum Vergeltungsschlag ausholen? Dann spricht er, dass er schlimmer sei als der Abdecker, der Gruben räumt, Ratten fängt, Kot und Mist ausfährt. Höllenfürst, der die Schädel türmt, dafür halten ihn die Ehrbaren.
Er sagt: »Ich hab jeden gebeten, dass er mir verzeiht, bevor ich ihn köpfte.«
Der Henker lässt die Faust aufs Tischholz krachen, er starrt mich an, er zeigt auf eine trockne Schlange neben den Münzen.
»Was ist das?«
»Hautriemen eines Gehenkten«, sagt er, »der Ritter soll sich damit gürten.«
»Gegens böse Aug hilft kein geräuchertes Kraut und keine Maulwurfspfoten«, sage ich.
»Das hilft«, ruft der Henker, »ich kannte eine mächtige Hexe, die hat den Wein des Abendmahls verwandelt in Teufelsbalg. Und die Hostie verkehrt zum Blutsud ihrer Öffnung.«
»Ich will das Fett, Blutmann. Gib mir den Tiegel.«
»Hast du Angst, dass ich dich verspuk?«
»Bist ein Ketzerrichter. Kannst martern und zerteilen. Kannst in die Seele dringen.«
Da ich ihm die Ehre nicht angefochten hab, lässt er mir meinen Willen, er steckt Fett und Haut in den Sack, den ich ihm vorhalt. Der Henker ist ein Hurenwirt, er versperrt Weibsbilder in Hütten, dass ihnen Christenmenschen zugehen. Dem Jud droht Entmannung, wenn er Dirnen beischläft. Der Henker verpfändet Mädchen, und wenn's aber der Rat will, straft er eine Metze durch Haarabsengen.

Mir ist die Sünde spannenlang gewachsen, ich dämpf nicht die Brunst, ich mach davon nicht viel Prahlens. Ich handel um eine Magd, die eine verdunkelte Tugend hat. Der Hurentreiber lacht und sagt: »Das Mägdlein hat sein Magdtum verloren. Der Riemen hilft vor feindlichem Geschoss, wirst ihn brauchen.«
Ich stehl mich weg von ihm, sein Geheimnis duldet keinen Genossen. Ich werd nicht warten weich und gütig. Ich werd nicht sein ein rechter Zapf für die Flaschen. Der Schlamm spritzt mir hoch im Dirnengässlein, Regen fällt ohn Unterlass, nässt mir Kappe und Schädel. Bei jedem Laut dreh ich mich um, blick fest auf Winkel und Wege. Was macht der Mönch in dieser Stunde? Es wachen über ihn zwei Wärter, die ein Krieger leicht übermannen kann. Würgt der Meister am üblen Brocken? Will er im Dunkeln Flöhe fangen? Dies Lamm, das ich schütz, bleibe unter Wölfen unversehrt, Herr. Soll die lose Rotte nicht in seine Einöde einfallen.
Ich leg dem Mädchen die Schmalzkrapfen im Sack vor die Füße. Es hat ein geschnäbeltes Gesicht, wenn es sich freut, wird's zum gaggenden Vogel. Die kleine Kammer ist ein Verschlag im Stall, es riecht nach Rossdreck. Ich kenn sie unter dem Namen Else. Morsche Schwester, Hürlein ohne Arg. Sie zeigt mir eine wasservolle Schüssel.
»Wir Mädchen haben jedes ein Haar ausgerissen und ins Wasser gelegt«, sagt sie, »wes Haar als erstes kringelt, wird vor den anderen eine Braut. Bald werd ich gefreit.«
»Ja«, sage ich, »es soll dich ein Graf heimführen.«
»Das wär schön.«

»Kannst ihm zehn Buben schenken. Jedes Jahr gebären, bis du entzweireißt.«
»Häng mir nicht Unglück an«, ruft sie und bekreuzigt sich, »beschwör nicht den Geist, der mit Ruten in den Tümpel peitscht, bis dunkler Nebel steigt.«
»Hast du ihn je gesehen?«
»Ich leg mir drei Apfelkerne unters Kissen, ich bin geschützt.«
»Wovor?«
»Vorm Behextsein.«
»Bist schon behext«, sage ich.
»Bin ich nicht«, sagt sie, »hab einen Sud gekocht, aus vier Kräutern, und getrunken.«
»Was ist das für ein Gebräu?«
»Schwarzwurzel. Hirtentäschchen, Brennnessel und Prophezeikraut. Musst beim Trinken beten. Wer betet, ist vor Hex und Seuchen bewahrt.«
»Hilft's gegen Schwindel?«
»Da braucht's des gesungenen Gebets«, sagt sie. »Da muss man sprechen: Das Fleisch soll nicht schwellen noch schwären, das wünsch ich.«
»Gut. Hat jemand nach mir gefragt, oder nach einem Ritter auf der Warte?«
»Ich weiß von nix um mich rum«, sagt Else, »wenn ich den Rock schüttel, fällt's ab, was am Vortag war, und allen gefällt's. Sucht dich die Hex?«
Ich verbiet ihr das Maul, sie zwickt sich heimlich ins Fleisch, dass sie übern Schmerz Tränen vergießt.
Die Magd schürzt den Rock hoch, nestelt die Schambinde lose, auf der Bettstatt dreh ich sie auf den Bauch,

wühl mich hinein, drück die Hand auf ihre Lippen nach dem ersten Aufschrei. Heimlich hastig. Ich fühl ihr hämmerndes Herz bei jedem Stoß. Ich will nicht in ihr quellen.

Dann gürt ich mich, greif eine Münze aus dem Beutel. Sie wäscht sich die Scham. Stellt mir einen Teller gebratene Apfelringe und zwei Stücke gerupftes Brot hin.

Vor dem behosten Weib hüt ich mich. Ich will meinen Samen nicht unnütz vergießen. Ein wenig Schande wärmt und macht gesunde Farbe. Man muss danach die große Anhänglichkeit des Weibes abwehren.

Ich sah: Mönch Martin peitschte sich mit einem Büschel Brennnesseln auf seinen Mannsstab, um zu erlöschen. Es folgte winselnde Reue über seine Schwachheit. Es fließt Blut durch seine Lenden, ich bin bar der Zweifel. Er wird nicht überbrodeln, auch wenn ihm das Weib nicht ohne Kitzel ist. Brunst und Drang verlegt er aufs Sprechen. Es tut ihm nicht übel, wenn er schweigt und brütet überm Papier, und was er an heiliger Tollheit vollbringt, lässt sich lesen am Tintenschmier an seinen Fingern.

Ist dies eine schändliche Liebhaberei? Sie sagten mir über ihn: Auf der Kanzel ist der Doktor keusch. Seine Kutte bestand aus vielen geflickten Lappen. Weiß ich, was er tut, wenn er das Gebetstuch weglegt? Jetzt, da ihn nichts bindet, hat er freien Lauf. Vor der Weiber Macht warnt auch er.

Hürlein Else legt den Hautriemen um den Hals, ich erklär die Zauberei, sie möcht ihn behalten. Die Kraft

kehrt zurück, die zweite Münze bekommt sie nicht, ich schwäch mich auf andren Plätzen.
Sie kämmt ihr Haar, ein loses Haar lässt sie in die Schüssel fallen und lacht, als es sich flugs kringelt.
»Ich werd mit einem Schlag glücklich«, sagt sie.
»Das werden viele nach dem Backenstreich«, sage ich, »sie fallen um und schlafen.«
»Bin ich eine verlebte Bübin?«
»Bald hast du Schrunden und Makel allüberall.«
»Der Hurentreiber hält mich für hübsch.«
»Das ist ein tückischer Kolkrabe«, sage ich.
»Lügt er?«
»Die Pfaffen verheißen, dass uns vergeben wird, und halten hin die Schatulle. Der Blutvogt schmeichelt dir und greift ab dein Pfand der Hurerei.«
»Der neue Ritter in der Feste«, sagt sie, »wer ist das?«
»Was geht's dich an?«
»Die Leute erzählen Geschichten. Die wollen wissen, dass er ein Sauleben geführt hat. Dass er's weit gebracht hat in der bösen Wissenschaft. Dass er sich jede Nacht in den Bußsack hüllt und in der Asche wälzt. Weil ihm der Blitz ins Herz schlug ...«
»Geschwätz«, sage ich, »Gerede.«
»Dass er blind und rückwärtsgeht, weil er möcht sich strafen.«
»Wenn's so weitergeht«, sage ich, »wird der Henker mit Garnwickeln die Zeit vertreiben ... Es sind nicht die Leut, es ist dein Herr und Meister, der redet. Er braucht nicht zu fürchten, dass er den eignen ehrlichen Namen veraast. Deshalb schwätzt er.«

»Verrat mir, wer der Junker ist«, sagt sie.
Ich greif ihr jäh an den Hals, drück zu, bis sie rot anläuft, lass los. »Frag ich dich, wann der Hauptmann dich stößt, Metze?«, ruf ich und lauf raus aus dem Haus.

Ich werd der Hur noch oft das Wieslein wässern. Sonst hätt ich ihr den Vogelhals umgedreht.
Welchen Tuches ist der Blutvogt? Es ist mit seinem guten Willen ein Dreck. Ein glühender Stein ist mir in der Brust gespalten, und die Stücke brennen mich. Die Magd gebärdet sich affensinnig, bald ist sie verblättert. Hat der Hauptmann in ihrer Schenkelmulde gelegen und den verbotenen Namen des Mönchs ausgeschwätzt, weil er Luther strafen will für die Bußpsalter von Brunst und Befleckung?
Ich weich den Geistern der Nacht, find das Wirtshaus an der gefällten Linde. Gesindel, Gelichter, vom Sturm losgerissene Spitzbuben mit tropfendem Schoß, Harnischpolierer, Pfannenflicker, die Beschwörungswesen treiben. Unter den Kappen und Mützen harte hohle Knochen. Ein Kerl hat Knötchen wie Hirsesamen am Gesicht, ein anderer ist vom Lampenrauch geschwärzt.
An einem Tisch sitzen die Unehrlichen: Schindergehilfen, die den Totenkarren beladen mit dem Treibgut der Hölle. Saueintuer, die den geräucherten Kern vom Aas fressen. Sie tragen Stiefel aus Hundeleder, es ist ihres niederen Stands würdig. Die Schinderknechte schlagen herrenlose Hunde, ziehen das räudig zerkratzte Fell ab. Ich seh mich vor, dass sie mir die Haut nicht gerben.
Der Mundschenk füllt den Becher, kaum dass ich sitz.

Saufen ist eine Ehr. Trunken gesündigt, nüchtern gebüßt, das ist hier die rechte Weise, es will ein jeder auch den letzten Tropfen schnappen. Den sauren Wein hat der Wirt mit Pfeffer gewürzt, dass man durstig werde. Seine Knochen sind wie gespalten und falsch zusammengenagelt. Wer ihm Unehre andichtet, bricht nach einem letzten Herzschlag. Die üble Beißerei der Schinder endet, weil er sie mit Tritt und Schlag in die Nacht rausjagt. Das schwatzhafte Irrereden der Schandbuben schürt seine Mordlust. Es muss eine kleine Zeit geschwiegen sein, also trink ich und blick auf meine Hände. Ein grober Kegel spricht von dem Halbtier in der Tollkiste, ich werd wieder wach.

»Wer ist er?«, sage ich.
»Mein Bruder«, sagt er, »wer will es wissen!«
»Ich heiß Burkhard.«
»Nicht von hier.«
»Werd mich bald heimisch fühlen.«
»Wenn wir dich lassen«, sagt er.
»Ich greif zu, eh mir die Hände gebunden werden«, sage ich, »da zog ich her. Und hör dich von dem Jungen reden. Der ist nicht bös.«
»Auf abgeschnittene Nägel hat er gebrunzt und ist unsinnig geworden. War nie ein Nützling. Wurd zum Schädling verwandelt. Durch des Dämons Eingebung beging er die böse Tat ...«
»Ich sah ihn in der Kiste flehen und schreien.«
»Der Pisswart fand ihn in der Dunggrube, im verkehrten Spiel. An seinen Fingern klebten Kadaverteile. Er

zog ihn raus. Die Wächter haben ihn eingeschlossen. Zahl mir eine Trinkkanne. Hab alles Geld verzecht und verschlemmt.«
Ich kenn den Kerl: Er wurd wegen freventlichen Schwörens gestäupt. Das Brandmal auf seiner Wange zeigt an, dass der Zinker falschspielt. Ich schenk ihm eine halbe Kanne. Er soll nicht glauben, dass er meinen Willen bricht. Dass ich aus Weichlichkeit ihm allerhinterst ins Arschloch blas. Er grunzt beim Saufen, ich seh die bösen Male und Schnitte auf der Haut.
»Mein Bruder wurd von der falschen Amme gesäugt«, sagt er, »deshalb ist er weibisch geworden. Mit viel wunders Geschrei lebt er in den Tag hinein. Kann ihn nicht immer weisen und geleiten. Vatter hat's früh verkündet: Es wird Übles daraus erwachsen. Nun ist der Bub der Obrigkeit Buße schuldig. Gebot und Gelüst sind ihm zuwider, das kann man nicht gesundbeten.«
»Mancher ist im Vorderzug«, sage ich, »und mancher zieht im Tross nach.«
»Was? ... Verschimpfst du mich?«
»Nein. Die einen trifft's, die andren kommen davon, das mein ich.«
»Greif die wilde Sau nicht am Ohr«, sagt er kalt, »ich stampf dich nieder.«
»Hab nicht Unglück als Ziel gesteckt«, sage ich, »will nur trinken und lauschen.«
»So ist's recht«, ruft er, »sonst spann ich dich vor den Ackerpflug und peinige dich mit der Rute.«
Er spricht wieder vom ungeratenen Bruder.
Wie lang werd ich meine Gebärde verstellen? Ich reg die

Faust zum Streich, will ihm die Büberei ahnden. Es war Torheit, die ich reute, ich lass ab. Der Kerl treibt Scherzreden. Von ihm hängt's nicht ab, ob ich bei Ehren bleib. Er ist von eingeschüttetem Wein geschwollen. Die Trägen blöken Lieder mit Zung und Zähnen, nicht mit der Seel.
»Mutter hätt dem Bruder kleine Kugeln aus Wachs kneten sollen«, sagt er, »sie hätt die Kugeln in die Wiege legen sollen zum Schutz gegen Schadenweiber.«
»Vielleicht hätt's geholfen«, sage ich.
»Bist du wüstgläubig?«
»Ich weich vom Vorfahr nicht ab.«
»Ins Feuer mit den Martinern«, schreit er, »der entlaufene Mönch braut im Kessel sein Höllensud. Der Ketzer ist ein geblähter Sack voller Rattenzähne. Was lehrt der? Gott biegt den, den er gebogen wissen will ... Soll er kommen, ich brech ihn in Klumpen. Ich hab dich im Verdacht, du bist abgefallen.«
»Der Heilige Vater ist mir Hirte«, sage ich.
Er zwingt mich zum Spiel, ich schüttel die Würfel, werf den Knochen, ich verlier, ich gewinn, ich verlier. Wann immer er siegt, höhnt er und die beistehenden Kerle loben seine Kunst. Er leert die Becher bis auf den Grund, und je mehr er säuft, je ärger spottet er. Bald nennt er mich nur noch den welschen Martiner.
»Hast du bald ausgesungen?«, sage ich.
»Schab dir den Ketzergrind mit scharfer Schneide, wart's ab!«
»Durch Christi erstes Kommen zerbrach die Welt. Durch Christi zweites Kommen zerbricht die Zeit.«

»Was schwätzt du da?«
»Hab die Worte Luthers nachgesprochen.«
»Halt das geschissene Maul«, ruft er.
»Bist ein recht dummer Heckenvogel«, sage ich, »es ist mehr Seel in deinem Bruder als in dir. Der täuscht die Christen nicht, wie du's tust mit den Würfeln.«
Er wankt beim Aufstehen und Brüllen, und er brüllt, als ich mit dem Katzbalger das Läppchen vom Ohr anschneid, und dann sein ganzes Ohr, ein Streich, und sein Blut spritzt, jetzt ist er ein einziger Knochen der Furcht. Ich ruf dem Mundschenk zum Abschied einen Segensspruch zu, lass das bisschen Fleisch des Zinkers im Sack verschwinden und zieh los.

Frater Martin träumt vom Siegeslauf, von Horden, die ihm folgen. Er träumt, dass man sein Wort nicht dämpft. Pöbels Irrwahn kennt er nicht. Die Erzverleumder kennt er nicht. Das Hürlein, das die trockne Schlinge des gehenkten Mörders trägt, kennt er nicht. Er kennt nicht den Zinker, der aus Luft, Schleim und Galle besteht. Luther will sich mit dem Volk vermischen. Die Sünde ist in alle Städte eingepflanzt. Die borstigen schorfigen Säue müsst man in den Schmutz stoßen. Die Herzschlechtigkeit kennt Luther nicht. Auf ein Fingerpfiff werden die Leute nicht weise. Er kennt die Kerle nicht, die Gutes und Gutgemeintes verderben. Sie sind gekeimt aus dem Schweiß, der Judas vom Hoden tropfte. Hunger nach Herrlichkeit, offene Mäuler, Vieh im Tier, das ist der Mensch. Er rührt an den Schlaf der Welt, uns kennt er nicht.

Ich lös die Wächter ab, die ihre Posten an Tür und Treppe räumen. Es kam kein Feind, der die Schutzwehr brach. Der Mönch betet, dass er nicht in Anfechtung fällt. Der

Nachtschweiß steht ihm auf der Stirn. Er scheucht den Dämon der Verwesung, der sich in Träume mischt. Der Beter ging wohl im Schlaf durch nächtliche Schrecknisse, ich seh die tiefe Verschattung, ich seh, dass er mit dem Seelenaffen gerungen hat, und der Affe wollt wohl, dass er ihn auf zwei Achseln trug. Es heißt, große Künder schüttern und beben. Luchs und Iltis, Geier und Habicht: Der alte Feind ist gerissener. Luther muss ausheilen. Ihm geht, wie dem Kind auf dem Brunnenschwengel, die Welt auf und nieder. Waffenscheu und geisterfüllt zieht er wider den Höllenhüter.
Ich schäm mich meiner Schaulust, wend mich ab. Ein Gebet schafft den verbrannten stillen Ort, dort schlägt man einen Geist, verwundet sich selber. Kann er durch Wunderwirken Krummes gerade machen? Der Mann, der vor mir betet, im Schoß der Heimlichkeit, war Augustiner, er kennt die Klosterstille, er kennt die Menschenscheu, er kennt die Gärung, die Wappnung wider den Seelenschlächter. Wer schließt ihm das Himmelreich auf? Wer sich vereidigt auf den Heiland, braucht der Ehrennamen nicht. Bettelbruder, Zaubermeister, Gelehrter, kläglich und kümmerlich. Er macht sich Gott verbindlich, ich hüpf nicht nach der Pfaffen Sackpfeife.
Er löffelt in Milch gekochte Schwaden, ich wart, bis er ausgelöffelt hat. Dann werf ich's ihm hin vor die nackten Füß, er hebt's auf und legt's aufs Knie, nicht mal eine leichte Erschreckung fährt durch ihn.
»Stecken wir das Schwert in die Scheide, oder schlagen wir dem Papst auch das Ohr ab? Hörst du mich, Krie-

ger?«, sagt er leis, und da ich schweig, spricht er weiter: »Matthäus, Markus, Lukas, Johannes, sie schreiben: Simon Petrus schlug bei der Festsetzung unsres Heilands dem Häscher das Ohr ab.«

»Das ist nur ein bisschen Fleisch vom Zinker, Meister«, sage ich.

»Würfeln gefällt dem Herrn nicht.«

»Mir gefällt's.«

»Ich riech daran Ketzerei ... Lach nicht. Dass mich die Römlinge verketzern, macht mich nicht zum Götzenholz.«

»Hier schenk ich dir ein Zweites«, sage ich, »streich's auf schmerzende Stellen.«

»Was ich nicht kenn, nehm ich nicht an. Wer hat's dir gegeben?«

»Der Blutvogt.«

»Leichenfett«, ruft er aus.

»Salbe gegen Stein und Schmerzen«, sage ich, »was kümmert's dich, ob's einem Gehenkten abgeschöpft ist. Dir wird's die Beschwerden lindern.«

»Ich schmier mir nicht das zerrupfte zerkochte Aas am Boden. Ich schmier mich nicht mit Schmalz!«

»Geht's dir an den Stolz? Werde hart, Mönch! Werd zum Junker, werde Kerl, des Schwert Fleisch frisst. Werde bitter und unsanft.«

»Ich werd nicht zum Bruder der Schakale.«

»Bin ich das?«, sage ich kalt.

»Das Kriegeramt, das die Frevler spießt, ist Werk des Herrn durch die Hand der wüsten Kriegsleut. Ihr Blutrausch ist gesegnet.«

Ich erklär dem geborstenen Mönch, den ich bewach: Keine Waffentat ist ruhmvoll. Man schlage drein und ziehe ab. Im Sturmhaufen rannte ich gegen Kerle meines Schlages. Ich gehörte zu den beschossenen Kriegsleuten. Sold hab ich mal bekommen, mal nicht. Meine Schussfestigkeit verdankt ich nicht Teufel noch Teufelin. Ich hieb mich aus Getümmeln frei, in der Feldschlacht war ich wacker.
Ich erklär ihm: Ich diente in einer Schar, dann wurden wir zerschlagen, wer schlug uns, es war nicht durch Gottes Hand. Mein Trossbub starb am Bolzen im Hals. Der Teufel rieb sich am Horn, solang ich im Kriegszug mittat. Dann hatte der Krieg ein Loch, wo nun hin, was nun stechen. In den Himmel komm ich nicht, zu unsrem Fürsten bin ich gekommen.
Ich schlag mir aufs Brusteisen überm Wams und erklär: Du bist nicht für die Schlacht geboren, ich bin's auch nicht. Man muss morden können, so leicht, wie man Trauben in der Faust quetscht.

Das Ohr des Zinkers liegt auf seinem Knie. Er hat gelauscht, rüstet zum Gegenzug: Weiber, die Wetter machen, verbrennen muss man sie als Teufelshuren, denn sie melken auch Milch aus dem Axtgriff, aus der Schürze, aus dem Holz, Heilung und Bannung durch Feuer ist rechtens. Rauch des Wacholders vertreibt böse Geister, das Totengrünkraut schützt gegen Hexen und Blitze. Man stelle das Hexenweib aus im Schandlaken, man schmiede die Teufelsbuhle an den Pfahl, auch die Notzüchter, die Abtreiberweiber, den Münzfälscher, den Blutschänder, den Meineidigen, den Mordbrenner, man siede und verkoche sie, man spieße und pfähle sie, man treibe ihnen aus Rohheit und Verstockung, man spalte ihr Genick und ziehe die geschlitzte Zunge hintan heraus.

»Du glaubst an Hexen?«, sage ich.

»Diese Weiber ohne Seligkeit verderben alles an Frucht. Niederhalten muss man sie, verkohlen muss man ihr Fleisch, verfluchen ihr Unwesen.«

»Hab noch kein Zauberweib gesehen. Nur Männer, die klagten und hassten.«

»Der Weibsdämon verleidet der Frau die Mutterschaft«, ruft er, »das ist ihre üble schwarze Kunst, dass sie dem Kinde statt des Wiegenlieds Verfaulen und Verdorren raunen ins Ohr. Dies Blendwerk stiftet der Tausendkünstler Satan, er ist die Quelle der Maleficien.«

»Bei Gott«, sage ich leise.

»Die Hex kann mit dem rechten Aug drei Tränen vergießen.«

»Hast du die Luftfahrt einer Hex erlebt?«

»Warum?«

»Hab nur Vögel fliegen sehn«, sage ich, »bis man sie vom Himmel schoss.«

»Es gab da die Hex«, sagt er, »da wo ich entstamm. Die Bergleute haben sie zu Boden geworfen. Da fiel die Pergamentrolle ihr aus der Achselhöhle. Sie hat darauf den Pakt besiegelt.«

»War's dann aus mit der Hex?«

»Die Buhle brannte. Hat Kröten mit Hostien gefüttert. Hat Salben gemacht.«

»Nicht das Armesünderfett«, sage ich, »das stammt vom Henker.«
»Böser Beischlafgeist ist die Hex.«
»Was gibt's an mir so streng zu Beschauen?«
»Reinige dich«, sagt er, »du stinkst. Du kannst die Beinstrümpfe gerade hinstellen, sie sind steif vor Schmutz.«
Ich besteh aus Haut, Haar und Fleisch, was verwundert er sich über mich? Gestalt ohne Geist, Geist ohne Gestalt, das gibt's nur in den frommen Fabeln. Grein ich, wenn er schnauft, weil's ihm Gemüt und Gefühl eingibt?
Er sieht mir die Verdüsterung an, er bittet, dass ich ihm verzeih; er verflucht die verworfenen Heiden, er übernimmt im Grimm ihre schlechten Sitten. Unbrauchbar für den Krieg sei er. Er tobe sich aus, er tobe gegen alle Mächte, gegen alle Feste, er feiere die Erwählung in Christus, des einen reinen Weizens auf dem Acker. Er tue es mit teutschem Ernst, daran sollt ich zu keiner Stunde zweifeln.
Ich blick herab auf die zerschnittenen Hosenlappen, die mir am Schurz geschnürt sind. Man könnt mich mit einem stadtflüchtigen Turmbläser verwechseln, mit dem Sünder, der in der Hölle mit kochendem Kot gesotten ward. »Gruß dem Meister«, sag ich, »werd mich waschen, und bis zum Morgenrot werd ich schlafen.«
Der Mönch wirft mir das blanke Ohr zu, das ich im Flug erschnapp.

An den Freund in Schrift und Glauben, Herrn Georg Spalatin, den kurfürstlichen Rat und Hofprediger.

Heiland

hilft. Dank dir für Wermut und allerlei Kraut, dank dir für deine Wünsche, dass mir nicht länger die Hinterbacken beben, oft kracht's aus meiner Rückseite, und das fromme Waschweib, das mir Hemd und Beinling in klaren Wassern knüllt und wringt, fragt im Entsetzen: Brummt der Bär zwischen den Bergen? Ich ess nicht Rindsfüße, nicht Schweineklauen, nicht Gekröse und Birnen, nicht Aalpastete, nicht Saukopf und Fohlenleber. Der Mönch ward Eremit.

Nun seh ich Männer anderen Standes, sie sind nicht von unsrem Schlag, sie sprechen: Ich hab's nicht genossen, ich muss es nicht entgelten. Und weil kein Heiltum in ihren Werken ist, rüg ich Affekt und Hitze, da mahnen sie: Schäm er sich und nehm's Hemde vor die Augen! Wir können nicht Heil künden, als wollten wir einen Maulesel anspornen, unsre Urschicht ist bös, wir hangen deshalb an Gesinnungen, es reizt mich aber bis aufs Blut, dass Melanchthon aus bloßer Schulmeinung heraus reden mag oder aus Schwärmerei. Es sind die Tage, da der Schlotputzer Gottesworte prüft und verwirft, da jeder als Kriegsknecht abgegangener Zigeuner, und jeder lose Vogel, nach der List seiner Rasse in falscher Zunge zischt. Jeder der neuen Propheten hat seine eigne Art, es sind Künstler der Kniffe und Pfiffe, und sie wollen in Sekten zerspalten, mögen sie toll werden darüber. »Die Erlösten des Herrn werden wiederkommen«, Jesaja 35, 10. Amen.

Magister Melanchthon, mein zwergengleicher Grieche, ist ein Christ in der Trübsal, sein Vater selig war ein Plattner, Rüstmeister Seiner Gutheit, des Kurfürsten, in diesem Zeichen sollt der Sohn wacker im Schlag und harten Herzens sein. Ihn quält der Ehestand, sein Weib Katharina, eines Gewandschneiders Tochter, zupft ihn nicht am Bart, er verpfändet seinen Leib, wenn er liebt, denn dies Weib ist nicht bitter. Lichter Tag, lichte Augen, was glaubt der allzu kluge, allzu gute kleine Magister, dass er versäumt? Es bringt ihm Ruhm und Glimpf, zu lieben und zu streiten, der Heilige Geist lässt sich nicht übermeistern, wach über ihn, wie du über uns Evangelisten wachst.

Ich spann das Barett übern Kopf, doch die Zipfeln und Zaddeln sind mir welsch. Ich sah einen Sachsen in geknöpfter Schecke und einen andren im geschwänzten Rock, am Saum mit handbreiter Borte. Ich sah eine Edelfrau in der Schaube mit pelzbesetztem Kragen, sie trug eine gefaltete Wulsthaube, sie raffte den Leibrock hoch in eitler Gebärde, dass der Rocksaum nicht Schmutz schleppe, ein Weib mit langem Schweif, eine Henne mit Haube.

Man schimpft, mein Maul sei ein Blasebalg aus Ochsenhaut, ich stamm aus wilder Wurzel, den trifft die Fehde, der es mit mir hält. Ein guter starker Zorn erfrischt das Geblüt, keine rastvolle Zeit! Ich werd's verhüten, dass teutsches Land der Welschen Land gleiche, ich werd's verhüten, dass die Sachsen nackt und geil wie Böcke durchs Unterholz krachen. Ich bin ehrlicher Geburt, vier teutsche Ahnen zähl ich, keine rastvolle Zeit, ich wache. Gift streuen ins junge Blut, das tut die französisch Hur, man sollt sie morden wie eine Mörderin, doch man äfft sie nach in Tracht und Gezänk. Uns ist die Mitte gerissen, welsch reden und teuflisch meinen, das sei unser Brauch nicht, die Volksleut möchten's wohl, dass sie ansehen den Glauben saftig sprießend wie Mägdezitzen.
Lang genug hab ich übersehen und überhört, jetzt bin ich undienstfertig, jetzt will ich dem Antichrist in den Busen speien, keine rastvolle Zeit, es sei nicht die Frist, dass man Spieße zu Sicheln mache, Micha 4, es sei die Frist, da man mit unsrem Heiland den Pharisäern zuruft: »Ihr habt den Teufel zum Vater«, Johannes 8,44.
Papst Leo, zehnter seiner Menschenart, nannte mich in seinem Breve an Seine Kurfürstlichen Gnaden einen Sohn des Unrechts. Glaubt man denn in Rom, dass wir hinter den Bergen eine teutsche Volkskomödie geben, dass wir Larven vors Gesicht halten? Meine Eigenmächtigkeit verdammen sie, doch sind die Römer nicht wider das Recht der Völker mächtig wesen? Der Papst verbricht an der teutschen Ehr. Ich hab die Ahnung von aufkommen-

der Bosheit. Ich wehr den Zerfall der Schrift ab. Das Christustestament ist ein gut Geschrei, gut evangelisch Art, was ich seh, das red ich, den Antichrist, den Prunkmantel, klag ich an. Gott sind wir mit Hand und Halfter gegeben. Die Päpste haben sich vollgefressen an den Sitten ihrer Zeit, sie haben gefressen Brauchtum ohne Jesus. Hab ich das alles aus Schnee geleckt? Ist unser Evangelio Jahrmarktsware? Vielerlei Zerrüttung ist im Evangelio eingerissen, Gott muss uns dreschen mit heftigen Schlägen, dass uns die Ährenspindel bricht, dass uns die Körner aus den Spelzen fallen. »Ich verberg mich, ich fürcht mich aber nicht, dass man mir will den Kopf abhacken. Verflucht sei, wer das Werk des Herrn lässig tut«, Jeremias 48, 10.
Wenn du abtust die Bilder in Kirchen und Klöstern, so sollst du abtun deine Werke und Verdienste. So sollst du abtun die Heiligenfeste und abtun den Heiligen als Fürsprecher, als Abgott aus wurmbenagten bleichen Rippen und Totenschädeln, die alten Bräuche sollst du ins Schlammloch werfen, und die Gräuel zudecken. Wenn du abtötest den Leib durch Hungern, das du Fastenopfer nennst, durch Leiden, das du Nachahmung der Passion Jesu nennst, durch Geißeln mit Stock und Peitsche, das du darreichst dem Herrn, dass sich der Himmel aufreiße für dich, so bist du ohne Christenherz, es hat denn in deiner Brust eingerollt der alte Feind, des Freiheit du nährst durch Ehrsucht und Gehabe. Es ist ein bloßes Prunken, wenn in dir der Teufel glüht.

Statt Ablass von Pein und Schuld, die des Papstes Knechthaufen verheißt, ragt ins Leben gewiss, dass wir von der Sündenschuld nicht freigesprochen: Wir sind nicht reingewaschen, weil man uns zu halten anleitet an der bloßen Bußordnung. Uns erscheint der sündige Wille durch die Gnadenbewilligung des obersten Römers nicht halb so sündig. Uns sei gewiss, dass dem Volke der Lösepreis von Pfennigen und Groschen und Gulden nicht sichre, die verlorene Taufunschuld wieder zu erlangen. Ganz gewiss, dass wir den gebilligten Gnadenstand verdammen, wie wir erkennen den Ablasskrämer als des Teufels Gehilfen. Zur abartigen Verehrung lädt er ein, unsre Reinheit wird ihn verheeren. Unser Glaube ist das Richtschwert, das vor Blutdurst klingt, bevor es niederfährt, ich bin ein grimmiger Löwe, ich führ das Wort wie das Eisen zum Brandmarken. Ich steh außerhalb dieser Kirche. Sie wollen es nicht anders, ich kann nicht anders.
Die infernalische Schläue der Römlinge, wohin hat es sie gebracht? Ihr Ausgefeiltes bleibt vage. Vage und verflucht sei im selben Sinn Glaube an die große Kraft der Hex. Wer mit elendem Hexenspruch sich vor Schaden wahrt, verstößt gegen das erste Gebot. Wer einen Strumpf bindet gegen die Schlundpest, wer ausgeschnittene Nägel tief begräbt, dass sich kein Dämon ihrer bemächtige, wer Bocksharn trinkt gegen die französisch Krankheit, wer eine halbe blank geputzte Rübe unters Kinn des Toten legt, wird zum Kind des Teufels. In meiner Gegend ist ein Kerl bekannt als Säufer, den man nicht vor Übersaufen

schützen kann. Da hat ein dummes Weib, dass ihm die Lust versiegt, Branntwein durch den abgerissenen Fetzen eines Totenhemdes geseiht. Ein junges Weibchen bestrich die Lippen mit Tauföl und küsste den Mann zur Bindung und Betörung an der Hand. In beiden Malen ward der Wunsch nicht erfüllt. Hier gilt auch die Sitte: drei Male mit dem Finger um den Nabel gefahren, und der Geist ist tot. Will aber nicht heucheln und zugeben, dass ich schon an den Fluss trat und gegen die Gicht sprach: Der Storch ohne Zunge, der Wolf ohne Lunge, eine Turteltaube ohne Gall, dass meine siebenundsiebzig Fieber ins Wasser fall. Ich bekenne meine Sünde.
Mein gütiger christlicher Freund, ich bin im Heiland verschlungen und in der Schrift verschwunden, das Wasser muss über die Steine laufen, dass es rein werde. Ich seh, was uns vergrämt: Gestern fiel es uns zu, heute müssen wir es gewinnen. Schließ mich ein in deine Gebete.

Am Tage der Teilung der Apostel, da Herr Jesus ihnen Vollmacht über die unsauberen Geister gab.
M. Luther

Ich wach auf von Lärm und Flüchen, beseh mir halb im Schlaf die roten Spritzer an den Handballen, Blut des Zinkers, das ich am Brunnen abwasch. Am Tor hetzen die Wächter die Knechte, ein Karren, dem zwei Ochsen vorgespannt sind, steckt fest, das Rad ist gebrochen. Herwig steht im Torhaus, droht dem Fuhrmann, dass er den Spieß dem vorderen Ochs in die Flanke rammen wird, das elende Gevölk ist dem Sumpfwasser entstiegen und im schmutzigen Loch zu Hause, brüllt er. Hätt er die Macht des Hauptmanns, würd er ihn mit Keulen totschlagen.

Als er mich sieht, stößt er Schrotter an und ruft: »Da kommt der Bock mit steifen Hörnern. Hast kein Wasser gefunden, das dir den Stank dämpft?«

»Stinkst selbst wie Saudreck«, sage ich.

»Obacht«, schreit Schrotter, »Himmel hat Ohren, Feld hat Augen!«

»Was soll das heißen?«

»Hört dich der Obrige, setzt er dich auf den glühenden Rost.«

»Erst schert er ihm das Haar und stäupt ihn am Pfahl«, sagt Herwig.
»Ich würd dann Gelenk und Schädel quetschen«, sagt Schrotter, »später den Arsch ausglühen.«
»Wo ist der Hauptmann?«
»Ausgeritten.«
»Wann kommt er wieder?«
»Mit dir hat er nichts zu tun«, sagt Herwig, »was kümmert's dich?«
»Ich schuld ihm Gehorsam.«
»Dann roll die Fässer in den Keller.«
»Wieso?«
»Weil wir's befehlen«, sagt Herwig, »weil du der niederste Knecht bist auf der Feste.«
»Ihr seid zwo Reißenkittel«, sage ich, »man müsst euch Löcher in den Kopf stechen, da geht der ganze Eiter ab.«

Ich dreh mich und lass sie fluchen, in der Küche im Palas ess ich Rindertalg und gebrocktes Schwarzbrot im heißen Wasser. Die Magd möcht über meine Scherze nicht lachen. Riecht sie die Hur an meinem Leib? Ich würd am liebsten den Schmerz im Schädel mit einer Kanne Bier vertreiben. Sie reißt mir Schüssel und Löffel aus der Hand und scheucht mich auf den Hof.
Was treibt der kleine Heilige? Ich klopf an seine Tür, die Stube ist leer, ich klopf gegen die Klappe und kriech ins schmale Gelass, auf der Strohschütte liegt er nicht. Ich lauf durch die Wehrgänge, ich lauf zurück zur Wehre am Tor, such Steinweg und Schanze nach dem Ketzer

ab, dann stürm ich durchs Bollwerk über die Zugbrücke an Ochs und Knecht vorbei, ich schwing vor Zorn den Katzbalger, die Rufe der räudigen Wächter vernehm ich wohl, ich acht sie nicht, wo ist der Pfaff, wo ist der Mönch, hat der Feind ihn zerhauen?
Da seh ich ihn pfeifend herschreiten wie ein echter Junker, das doppelschneidige Schwert schlägt ihm gegen den Schenkel. Wenig fehlt, und ich geh ihm an die Gurgel, doch ich mäßige mich.
»Was hast du dich herumzutreiben?«, rufe ich.
»Ein übler Teufel hat mir zugesetzt«, sagt er.
»Wo ist er?«
»In der Schlafstube ist er gewesen, heut Nacht.«
»Hättest nach Hilfe schreien müssen, Meister.«
»Mal riss ich ihn nieder«, sagt er leise, »mal kam er über mich, der ringende Dämon, das springende Ungeziefer, es wollt mich durch Hornstöße ermatten.«
»Noch mal, wo ist er?«
»Der alte Feind hat tausend Schatten.«
»Ich hätt ihm zwei Schatten zerrupft«, sage ich.
»Bin entkommen.«
»Dem Teufel und den Wächtern.«
»Bin wacher als die Tollköpfe«, sagt er, »das ist wahrlich eine feste Burg. Der Feind schnauft sich tot, bis er in Schussweite kommt. Er schnappt nach Luft und verreckt.«
»Tu das nie wieder«, rufe ich.
»Ich sitze weich und esse übel. Ich nütz dir nur lebend.«
»Hab von dir keinen Nutzen, Meister. Hab auf meine Ehr geschworen, dass ich dein Leib und Leben schütz,

wenn sie dir auf die Haut kommen, muss ich an deiner Seite stehn.«
»Ich brauch Luft und Wanderschaft.«
Der Mönch ist starr, er will eher am kalten Eisen stecken als in der Enge dorren. Der Eid, der mich bindet, setzt mich auch außerstande, ihn hart anzufallen. Ich versprech ihm freien Gang, wenn er Geleit duldet. Von den Leut wird er sich sondern und vorsehen vor landschädlichem Volk.
Er sagt: »Wer ist besser? Dieser, der spricht: Ich hab nicht getroffen? Oder jener, der prahlt: Ich schoss dicht vorbei?«
Ich verspür wenig Lust auf weise Klugreden. Ich werd meines Amtes entsetzt, wenn Hauptmann von Berlepsch von Luthers Flucht erfährt. Ich würd's ihm nicht verargen: Was taugt ein Kerl, der früher mit dem Kriegsflegel drosch und heut den Ketzer im Ritterkarzer nicht recht bewacht? Gulden und Groschen sind an mir verschwendet. Mit den Obrigen marktet man nicht, sie schlagen mich tot wie ein Schwein in vollem Lauf.

Der Mönch stört mich auf, er fragt, was mit dem Ohr geschehen sei, ich warf's in den Burggraben, sag ich, ist bestimmt schon gehackt und gefressen. Ich treib ihn vor mir her, er zieht weiter und bleibt vor dem verfallenen Palas stehen. Der Fürst hat einen Einkäufer von Reliquien in Venedig, eine große Fuhre wurd auf die Feste verbracht. Sie werden nach Wittenberg gefahren, wenn unser Herr es anordnet. Die Kisten voll mit heiligen Stücken liegen in der Kapelle, Luther möcht sie sehn.

Was sinnt er? Der Messpfaff, der zum Verdruss des Ketzers Gottesdienst vor leeren Bänken hält, hat's mir verraten: Tausendvierhundertdreiundvierzig Jahr Ablass könnt man gewinnen, wenn man die Sammlung andächtig betrachtet. Die Wächter im Männergemach weisen uns nicht ab, wir steigen in den ersten Stock. Er greift zum Heiltumsbuch und liest wie ein zürnender Prediger laut vor:

»Lehmklumpen aus Damaskus, daraus Gott Adam knetete.

Ägyptische Finsternis im Fläschchen.

Moses' Stab, mit dem er das Meer geteilt.

Stab Aarons, des Bruders von Moses.

Manna aus der Wüste.

Ruß aus dem glühenden Ofen, in den Nebukadnezar drei Männer einsperren ließ.

Der Daumen der heiligen Anna.

Schwungfeder des Erzengels Gabriel.

Die Muttermilch Mariä.

Heu aus der Krippe Jesu.

Breinäpfchen des Jesuskindes.

Ein Fetzen der Windel Christi.

Balken, auf dem Jesus in der Synagoge saß.

Brosamen von der Brotvermehrung.

Tuch von der Fußwaschung Jesu.

Die Zehe des Lazarus.

Ascherest Johannes' des Täufers.

Judas' Geldsack.

Pontius Pilatus' Daumen.

Splitter von der Geißelsäule Jesu.

Federn des Hahns, der bei der Verleugnung des Petrus drei Male krähte.
Blut aus der Seitenwunde Jesu im Fläschchen.
Die Würfel der Kriegsknechte unterm Kreuz.
Ein Dorn aus der Dornenkrone Jesu.
Fetzen vom Saum des Kleides Mariä, da sie den entrückten Jesus beweinte.
Atem Jesu im Fläschchen.
Federn des Heiligen Geistes.
Wachs von der Sterbekerze Mariens.
Fett des heiligen Laurentius, das vom glühenden Rost getropft ist …
Spuk und Gerippe, es mehrt die Gier nach dem gottlosen Mehr, ein frommer Traum, ein böser Traum der Frommen. Es fließt die Ehr der Heiligen auf den Herrn über. Tot Ding in goldenen Kapseln anzubeten ist Frevel, kein gutes Tun, das sind Überbleibsel ohne Nutzen, stinkende kleine Leichen, der Papst lügt, die Unversehrtheit ist Lug, der Hohepriester hat's verfügt, dass man sich bücken muss vor solchem Tand.«
»Ruhig, der Pfaff könnt uns hören«, sage ich.
»In den Kot mit ihm«, ruft er, »Bauern küssen das Heiltum, die armen Leut machen reiche Heilige …«
Der Stein läuft um, also schleift er. Der Mönch spricht aus Eingebung, er streitet für die Geltung seiner Worte, er bebt und brüllt: »Dies verkommene Gezücht, taub, stocksteif, keines Segens bedürftig, es will sein Wesen nicht ändern, der Türck soll kommen, brechen Sitte und Schranken, dass dies Gevölk anderen Sinnes werde …«

Seine Zunge ist sein Feind, er wiegt nicht jedwedes Wort, bevor er's wagt. Duldet er keines andren Mannes Schwung, so er denn selber schwingt? Gleicht sein irres Toben den Ekstasen der Heiligen? Ist er in den dritten Himmel entrückt? Ist sein Geist aus Gott?
Pfaffen bestreichen meine Welt mit Geschmier. Der Pfaffe sagt dem Christenmann: Zahl für dein Seelenheil. Wüste Gebetskämpfe, der Ketzer verschwendet sich. Aber er reicht nicht den Klingelkasten rum und rum, dass wir Börsen öffnen.
Ich greif ihn am Wams, führ ihn weg von Moder und Qual, führ ihn in die Schergenstube, und da fällt er mir aus dem Griff, es schleudert ihn zu Boden. Ich schick einen Reiter nach dem Bader. Ich hol vom Brunnen kaltes Wasser, wisch ihm Schweiß von Stirn und Augen.
Er wispert: »Fallen ist keine Schande, aber lang liegen, mein Herr Vatter bleute es mir ein, da war ich Kind«, und als der Bader kommt und niederkniet, sagt er: »Mir geht das Unglück übers Knie zum Herzen, der Leibesschmerz bricht mich.«
»Herr«, sagt der Jud, »bist nicht vom Wolf gebissen, bist kein Wutkranker ...«
Pillen und Pulver will er dem Mönch verordnen, doch er isst nicht gern aus der Apotheke. Der Bader kann arzneien, der Herr gibt das Gedeihen.
Bald liegt er auf dem Stroh, das der Knecht aus dem Stall gebracht, bald ist er in der Stimmung zur Streiterei, als müsst er Papst und Türck mit dem Streitross niederreiten.

»Klopft es, pocht es, brennt es?« Der Meister wischt Hand und Frage beiseite. »In den Gerechtfertigten ergießt sich der Heilge Geist, wir sind durch das Zeugnis des Herrn stark und beständig gemacht, wir werden des Herrn Werke verkündigen.« Will er den Jud bekehren? Will er ihm durch Bibelsprüche zusetzen?
Er sagt, wie ein grimmiger Tempelhüter: »Ist der Jud von Gott verworfen? Ist er von Engeln beschirmt?«
»Ich bin ein Eindringling in dies Leben, das ein fremdes ist«, sagt der Bader. »Stammvater Adam ward aus dem Paradeis vertrieben, und also sind wir alle Geflohene vor Gott.«
»Wir warten auf den großen Brand«, sagt der Mönch, »wir warten auf die Rückkehr. Worin suchst du deine Wohlfahrt?«
»Im Dienst an den Gott meiner Anbetung.«
»Es gilt die Schrift, nicht das Gesetz.«
»Joshua war geborener Jud.«
»Ist das der Heiland, von dem du sprichst?«, ruft der Mönch.
»Ja, Herr.«
»Wir sind seines Blutes nicht. Doch der Jud ist Jesu Blut fremd. Der Heiland ist euch Gerechtigkeit. Doch ihr habt einen fleischlichen Sinn, ihr seid verhärtet.«
»Ich bitt dich, Herr, enthalt dich der Rohheit.«
»Legst du mir das Gängelband an?«
»Nein, Herr.«
»Ihr Juden lasst euch nieder auf allerchristlichstem Boden und spottet wider uns.«
»Eure Häme übertrifft alles«, sagt der Bader.

»Man trägt mir viel zu«, sagt der Mönch, »hör die folgende Geschichte: Ein Bauer bricht den Altarschrein auf, stiehlt die Hostien, verkauft sie an Juden. Sie zerkratzen die Hostien mit Dornen, sie bohren mit der Ahle ein Wundloch ein, sie stechen giftige Nadeln und Nägel durch die geweihten Stücke, ein Blutstropfen tritt heraus, sie nageln den Heiland an. Ist das wahr?«
»Habt ihr's mit eignen Augen gesehen?«
»In der Passionszeit bestreichen die Juden mit dem Blut eines getöteten Christenkindes die Hornsprossen ihrer Kinder, auf dass sie verschwinden ...«
»Glaubt ihr wirklich daran?«
»Üble Fabeln«, sagt Luther, »Gespei der Metzenknechte und Hurenjäger!«
»Erregt Euch nicht, Herr«, ruft der Bader, »ich muss Euch loben, für einen Ritter seid Ihr recht kundig.«
»Er hat viel Zeit«, sage ich streng und zeig auf die Bücher, »er liest zu viel.«
»Ich frag dich, Neham, ist es wahr: Ihr nennt Jesus Tola, den Erhängten, den gehenkten Schächer?«
»Potztausend Sack voll Gräten«, sage ich, »das wird eine Rauferei.«
Feind des Kreuzes schimpft der Ketzer den Wundarzt, er mag das gräußliche Gotteslästern der Hebräer rächen, er wehrt den Unchristen. Die Hülle bricht und zerbirst, und Luther wird zum kräftigen Zugochs, zum Prediger von großer Bosheit. Jud Neham ist ganz verdrossen, er flieht.
Der, den ich schütz, ist ein Stockmeister. Ihm geht das Maul auf, wenn der Wein eingeht. Da spricht er Pfaffen-

latein, die Worte schwimmen empor. Der Feuerkopf geht auf gespaltenen Klauen. Er stiftet Erregung bei Knappen, die ihn verehren als Apostel, und ein Singen und Klingen hebt an. Er kitzelt der Niederen Ohren mit wüstem Ebergrunzen, da er sich auf den Eckstein stellt und brüllt zu den Hintersassen. Der Kerl steht in der Fürstengunst, er bellt: »Ich kämpf fürs Heil der Seelen, ich kämpf hart.« Er bellt: »Wider das Herrentum streiten? Das ist wider Gott. Sein Tun ist bekennen mit Worten und leugnen mit der Tat.«
Der Mönch steht seitab von den Wirren und mag doch blutiges Gericht halten.

An Melanchthon, Bruder christlichen Sinnes, Evangelist.

Heiland

hilft. Unser Heiland war Jud, das gerät mir zur Qual. Gelt ich vor Gott deshalb nicht länger als guter Mann? Gilt mein Hass auf Kaiphas, den Hohepriester, der ihn nicht salbte, aber verriet, vor meinem Herrn Jesus als Gräuel? Bin ich verworfen, geworfen in den Feuerpfuhl, weil ich den Bund des wuchernden Volkes verfluch? Sie sind mitten unter uns, ich kratz mich, als würd's mich jucken. Heiland heilt. Er war beschnitten, wir sind's nicht, wir müssten uns fürchten, wär nicht Paulus, der Nimmerwankende, der emsige Schreiber der Sendbriefe, er mahnte die Judengläubigen an, nicht abzufallen. Wir fallen nicht ab, der antichristlichste Römer im Tempel mag uns noch so schlimm stechen. Wir sind gerade. Krumm waren wir, als wir in ihm den ersten Diener sahen, und wir dienten. Wir dienten, weil der Himmel Diener adelt. Der Jud, auch der Jud, hat dem Allgewaltigen gedient, das ist Wahrheit. Sprotzspuckender Lügner ist der Teufel, der ist verkehrt und verkrümmt, wir drehen ihn und drehen ihn, wir drehen den Römer mit der dreifach hohen Krone, wir

drehen und drehen ihn, und wir machen alles gerade. Licht in unserem Leib. Ich dreh und dreh mich, was find ich? Feste Fessel Heiland. An ihn sind wir gebunden. Gott gibt Kraft im Wort, dies Wort essen wir, dies Wort trinken wir, kraft seines Wortes atmen wir.
Wider die Sabbath-Heiliger, »Satan steht zu ihrer Rechten«, Psalter 109, 6. Ich sah einen Leib mit zwei Häuptern, dem Haupt Mose und dem Haupt Jesu, zwei Testamente, Gesetz und Gnade. Fürst wird man aber unter dem Heilandkaiser, in seinem Glanz wird Kupfer zu Gold.
Es durchdringt mich, es durchbohrt mich, die dunklen Apostel nahen. Ich hör: Tumult der tappernden trippelnden Priester im Tempel.
In die Tiefe Gottes gelegt ist der kommende Tag der Tilgung.
Ich muss allen Hass aufbringen, in der Verachtung des alten Feindes.
Ich lass die Spötter spotten: Der Mönch lehrt, dass eine Mücke sollt husten wie ein Pferd, der Mönch liegt im Kot. Was schert's mich, wenn der Tor mich schilt? Wir dürfen nicht verbösen. Gelehrte und Gebildete, sie verfehlen die Erlösung oft, bin ich vernutzt und verrotzt? Wo ist mein gerechter Gott?
Diese Welt wird auferstehen. Diese Welt ist eine Kirche aus den Knochen verleumdeter Propheten und Apostel, Paulus war allein nach dem Weggang des Herrn, Paulus sprach und sprach, und wir haben seine Worte vergessen, ich hab sie in der Heimlichkeit vergessen, ich war geschoren und

hinter Mauern, jetzt bin ich in der Heimlichkeit, ich schnarch nachts keine volle Stunde, und nach dem Aufstehen seh ich aus, als war ich drei Tag am Galgen gehangen, schlimmer noch, wenn nicht das Schlimmste: Es will sich mir Schnepfendreck und Schlechtes in die Seele senken.

Ein andrer dröhnt in mir und ich hör: Wir müssen's dulden, dass in altgrauer Zeit kein teutsch Prophetentum erstarkte, wir müssen's dulden, dass der Herr Teutsches nicht erwählte. Wer ist das, der mich bewohnt? Bin nicht ein Fabelpoet, der um Amt und Stelle bettelt, bin ich es wirklich nicht? Entdeckt das Jünkerlein den Stolz? Ist der Jud dein Meister? Es will mich der Teufel in derber Weise und in unverschämter Fassung beschäftigen mit solchen Fragen.

Paulus schaute den Heiland kein einziges Mal und stellte sich aber über die Jünger. Ist er der wahre Judas, auf den ich mich bezieh? Lock ich den Teufel durch Lob und Liebelei? Was rühmt man meine Geistbegabung, bin ich doch kriegerisch und will mit grobem Stock auf Meuten dreschen. Ich sündige tapfer, ich bin ein munterer seliger Sünder. Im Psalter les ich von der Harfe über dem Haupt Davids, die durch Engelhand gespielt zum Mitternachtswind erklingt. Über meinem Haupt aber schlägt ein gebieterischer Engel den Richtstock auf die Trommel, und also sprech ich mit dröhnendem Maul und sing doch das Lied des Herrn, ich wünsch, dass mein Kampfgesang soll erschüttern. Zur Maßhaltung rät man mich an, ich frage:

Ist der Maßvolle nicht mäßig? Will er etwa nicht aus allen Humpen trinken, die man ihm hinhält? Stirbt nicht die Seel, wenn er alle Gifte säuft? Lock ich den Hund mit großen Haufen Knochen?
Bruder in Christus, der Hass frisst mich, in finstrer Tiefe steck ich, Lemuren und Larven greifen nach mir, verderb ich in der Klause, ich bitt dich um ein Wort. In Jesushefe sollt ich gären, der, der mich bewohnt, bellt: Du hast Brots genug, willst du nicht ein andres Christentum haben als Christus? Ich rinn wie ein altes Fass, es wird böser als besser, ich seh Bilder von Metzelung im schwarzen Licht, ich lieg in Widerwärtigkeiten, ich seh im Traum das Kreuz des bußwilligen Schächers auf mich fallen, die Höllenfurcht, die ich für überkommen glaubte, packt mich, ich seh wüstes kahles Gelände, und jede Lichtschau der Gottheit ist verdorben, ich seh mich, den Klumpen aus Sündengrütze, wie ich fleh, dass man mich lässt, die Untat abzugelten, doch welche Untat, welche Sünd, und der, der mich bewohnt, ruft: Der Strafe verfalle, wer vorm Gottesgebieter nicht das Knie beugt, und da ich mich beug, seh ich den, dessen Zung geschlitzt, und er spricht: Es ist alles ins Werk gesetzt, gehe los, gehe los, Martin … und da erwacht ich.
Gottes Wort im Land! Behalt dies Rätsel für dich, gehe damit nicht zu den andern, denn man weiß nicht, wer uns liederlich machen mag, weil er seinem Stern folgt, wer sich auswendig in Ausgelassenheit übt, weil er auf großes Wetter wartet. Wir alle sind vom Blute des Kain, es trägt

nicht allein der Jud das Mal, es prangt auf unser aller Stirn dies Mal.
Die magische Bestie im Bocksfell, die schändliche Ungestalt, plagt mich, ich will alles Ding mit Reserve tun, dass ich nicht im Fäulnisboden versink. Bist du, mein feiner Magister, in der Eh gut erhalten? Wir müssen ausstehen jede Anfechtung, sonst müsst man uns, die wir den heiligen Aufstand gegen den Römer angezettelt, ins Seuchenhospital sperren, sonst wären wir Unsinnige und Gottesräuber und geringer als unehrliche Kinder des Abdeckers. Ich geb dir Zeichen, weil du fragst und fragst, wir verachten die Verächter, das sei gottgut. Was Feuer und Wasser nicht verzehren kann, mag bestehen. Die Leut schreiben ihren Glaubenssatz mit Tinte an den Kesselhaken, wir schreiben's offen und künden's laut, wir machen's nicht maulgerecht. Volkes Erschütterung schreckt uns nicht. Hab Gott geschworen, unfluchtsam zu sein, bei Gebot und Gebet zu bleiben, doch nimmer hab ich abgelegt den Eid, dem Papst zu Willen zu sein, dass er Geschleck und Konfekt in sich hineinstopfe.
Wieso heißt's: Römisch-katholisch ist die reine Lehr? Was hat Jesus mit dem Römling zu schaffen? Man lehrte uns: Weil Paulus zu den Römern ging, ward Christsein ewig römisch. Soll Sankt Paulus' einzig Verdienst sein, dass wir die Spitze unsres Saurüssels nicht kappen, dass Erhalt und Bestand der Häutchenlippe uns erhält am Stück?
Hab mit dem Herrn Kastellan, der ausgeritten war und heimkehrte mit liebestoll unfrommen Augen, über

Theologie parliert, er sagt, mit den fliegenden Blättern, die dutzenderweis aus der Presse kommen, stürm ich die Sündburg zu Rom, doch in den Bildern würd ich den Papst vermalen, es sollt alles ein Maß haben, da schon wieder.
Ich will Wort, Namen und Arten sprechen teutsch, ich hab in Fibeln voller Fabeln lesen müssen: Fein ordentlich muss alles gedeihen, in den Kot mit der Artigkeit. Also sagt ich dem Herrn Kastellan: Stünd das Papstangesicht an der Küchentür, es käme kein Hund nimmer drein. Er strafte mich mit strengem Schweigen. Wär ich bloß ein Segensprecher, würd er mich mit einem Staupenschlag niederwerfen.
Es ist, mein kleiner Grieche, alles im Handumdrehen eine Sekte, der Engel des Herrn will jedem Irrwisch erschienen sein, will ihn in hohe Himmel gesetzt, Thron für den mageren Arsch und Schemel für die sauren Füß gestellt haben. Will ihn stracks sündenrein gescheuert und ihm Weisheit in die Seel gespuckt haben.
Nun unken viel Esel auf zwei Füßen über die Endschaft der Dinge. Gräm dich nicht, diese Landsleut sind Schandsleut, sie saufen die Grundsuppe des Übels. Die nur allein mit dem Mund gen Himmel bellen, werden nicht erhört. Ich gieß Öl zu, dass die Lampe brennt, gräm dich nicht, wir sind dem Herrn leibeigen.

Am Vorabend des Tages der heiligen Maria Magdalena.
M. Luther

Trotz und Bocken des Ketzers brach ich, es stand ihm der Sinn nach Marschieren in höllischer Hitz. Ich stieß ihn leicht an, dass er taumelte in die Schergenstube. Der Kurier bracht ihm neue Bibel auf Griechisch, er ist für kurze Weil besänftigt. Wendet Blatt und Blätter, ruft ein welsches Wort aus, lacht über seine Findigkeit. Gebratene Drossel mocht er nicht fressen, er fraß Mandel und Nuss, die die Magd im Mörser zerstieß und mit Honig mischte.

Ich stoß die trockne Zunge gegen die Zähn und atme schwer. Ich stink aus den Lenden, aus den Achseln. Es nützt nichts, in die Schatten zu weichen, das Laub fault, aus dem Burggraben steigen üble Dämpfe auf, die dunklen Vögel krähen aus heiserer Kehle. Der Zwingermeister stieg vom Südturm, schüttete kübelweis Wasser übern Kopf. Gezüchtigt hat ihn und mich und alle Wärter der Hauptmann: Wir sollen nicht in die Höh starren, nicht wollen ablesen aus Dunst und Wolkenzug ein Unheil, sonst spuckt er uns in den Trunk.

Dass wir bei jedem Atemzug hecheln müssen, wirft uns

in Verzweiflung. Dass uns der Hauptmann in Zucht und Zwang halten muss, setzt ihm kaum zu. Er ist frisch wie ein Knecht beim ersten Ackergang. Hat er des Henkers Hürlein beigelegen, und hat's sein Blut gekühlt?

Andre böse Gerüchte stechen mich: Bauern jagen Zöllner mit Sensen und Mistforken davon, sie wollen nicht länger fronen. Der Zwangsdienst, von den Herren erpresst, führt zu Erhebungen. Ein böses Gerücht: Eine Hebamme, die das ungetaufte Kind als Erste zu Gesicht bekam, weihte es dem Teufel, man hat sie in schweren Kerker gelegt. Man sieht mehr junges Weibsvolk, das das Wachs der Opferkerze mit Münzen spickt. Es fürcht sich vor dem Satan, der uns bös nachstellt. Es fürcht sich vorm Gesindel, denn Räuber gehen um in der Gegend.

Der Mönch hört nicht Volkes Schall, noch legt er die Feder hin. Er sagt: »Der Bauer, der über Glaube diskutiert, ist gleich dem Ochs, der an der Sackpfeife reüssiert …«

Ihm raucht die Hand vom Schreiben. Es wird und muss Blut kosten, das ist ihm gewiss. Kraft, die nicht wirkt, erschlafft, und also wirkt er. Gebärden der Hände, das Gesicht gefurcht, er zupft am Bart. Der Zwingermeister glaubt, der falsche Ritter sei schwach, er könnt ihn mit einem nassen Fetzen davonjagen. Er täuscht sich. Luthers Feinde, das sind Schwärmer, und meine Brüder im katholischen Brauch glauben: Aus drei Sakramenten, aus dem Holzgalgen Jesu, aus zehn Fingern Angst besteht er. Aus Löchern im Licht, aus Schaufeln Grabes-

erde, aus dem Sirren der Knochen tief in den Höhlenspalten besteht er. In seinem Seelensumpf ertrinkt man.
Sie täuschen sich. Eher verrecken wir, als dass er aufsteckt. Die Walnuss in der aufgerissenen Dattel, er rührt sie nicht an, das ist Fremdheit, der er sich nicht ergibt. Ich muss in der Hitze springen wie der Feldhas, auf Zuruf, auf Befehl.
Er knöpft sein Wams auf, er betet. Das Gebet ist Rauchwerk, das dem Teufel Kopfweh macht, das sagt er mir, der ich hinter ihm steh.
»Es gibt die Verbotenheit ... Was schweigst du?«
»Auf ein närrisches Wort kann ich nicht schlagen«, sage ich.
»Nicht die Hexenkünste. Nicht das verfluchte Wissen, das den Mann unsterblich macht, bevor er zu schwarzem Seim verkocht. Nicht die Abart, dem Teufel den Arsch zu küssen, dass er Weib und Mann Zauberei beibringt.«
»Was dann?«
»Mehr zu wollen als die Schrift«, sagt er leis.
»Wer schrieb sie auf?«
»Heilands Jünger. Seine Zeugen. Das weißt du.«
»Verlangst du Seligkeit, Meister?«
»Warum?«
»Weil du stur glaubst«, sage ich, »die seligen Pfaffen sind mir nicht gut.«
»Mönchlein und Pfäfflein«, sagt er, »abgetan von Welt und Chronik, sie ziehen die Sprüchlein aus dem Arsche. Sind vollgestopft vom Behagen, da kommt die Laus in

den Grind und die Scheiß untern Tisch. Sie spiegeln sich im blanken Arsch des andren Bruders ...«

Es pocht und klinkt auf die Tür der Hausschaffner Pankraz, hinter ihm steht Knecht Cuntz, er hält eine Katz in Händen, die durch Löcher in die Burg und aus der Burg hetzt. Es verbellt sie der Kettenhund nur in manchen Nächten.
»Die Katz saß auf dem Eckhaus«, sagt Luther, »sie spähte, über mich hat sie aber keine Macht.« Er spricht das Vaterunser, das Tier faucht und windet sich, es streicht mit Krallen über Cuntz' nackten Arm, springt auf den Walwirbel, »sicher mir Nähe zu Dir, Herr«, ruft der Ketzer.
Pankraz packt die Katz an den Pfoten, Cuntz hält ihr einen polierten Silberspiegel vors Gesicht, und der Mönch hebt an zum Betgesang:
»Aufgehoben ist der Schächter, der das Messer an die Kehle des Lamms setzt.
Aufgehoben ist die Schrift der Alten, denn erfüllt sind die Prophetenworte.
Überkommen und gebrochen ist das Blutopfer.
Zerschmettert ist der Abgott, gelöscht sind die Dornfeuer, über die Götzendiener Pulver streuen.
Im Namen des Herrn senk ich den Stab in den Boden.
Aufgehoben ist der Schwur des Teufelsbündners, aufgehoben Zahl und Ziffer des Eids, verflucht ist der größte Götze der Schwefelquellen.
Im Namen des Herrn spreng ich alle Stricke und Banden.

Aufgehoben ist das falsche Bild, der falsche Schein, sind die unheiligen Geräte des Abgotts.
Im Namen des Herrn, fahre aus, Grimm des Erlösers treffe dich.
Stürz in den Schlund, der dich ausgespien.
Im Namen des Herrn waschen wir uns rein, nichts bleibe hierorts.«

Ich seh den Junker, der mit Hokus und Pokus die gescheckte Katz verschreckt. Der den Knechten befiehlt, den Atem hart an sich zu halten, weil das Schnaufen den bösen Geist zur Einfuhr lockt. Ich seh keinen Dämon in Jämmerlichkeit verenden. Besprengen sollt man den Ketzer mit Ochsengall, dass ihm die Wanzen aus dem Kopf springen. Ich zieh das Eisen und schlag dem Hausschaffner mit dem stumpfen End auf die Hände, die Katz saust aus der Stuben, ein Knäuel Schwanz und Pfoten, kein Mistfleisch, durch das sich die Fratz einer niederen Buhle drückt. Dies Tier ist einfältig. Dies Tier wird nicht vom fremden Gast bewohnt.
Die Knechte spüren meine Wut, sie verschwinden. Luther starrt ins Silber und wispert: »Der Fluch war nicht kräftig, ich konnt ihn bannen, ich zog den Däumling aus dem Ohr der Katz und band ihn ans Haus.«
»Wen?«, sage ich.
»Den daumengroßen Geist. Schlechter Wind aus dem Maul einer Hex, den sie auf den Weg gebracht.«
»Wo ist er nu?«

»Eingefangen, weil er eitel ist und sich beschauen möcht.«
»Ich hätt nicht übel Lust, dir eine blutige Platte zu schlagen«, rufe ich.
»Was hasst du mich, Krieger? Hass die Brut im Spiegel.«
»Für die Katz warst du der Dämon«, sage ich.
»Wer den Teufel schrecken will, muss laut schreien. Dem kleinen Tier war Unreines eingemischt.«
»Katholisch Feuer tät dir gut, Meister. Dein Afterglaube ist ketzerisch.«
»Bist du der Scherge des Römlings, oder dienst du unsrem Fürsten?«
»Du warst im Beginn katholisch«, sage ich, »hast du nicht gelernt, dass Jesus die schandbare Übung verflucht?«
»Sprichst du als Pfaff zu mir?«
»Du bist der Magister der heiligen Theologie, Meister. Ich kenn den einundsiebzigsten Satz deines Papiers: Wer wider die Wahrheit des päpstlichen Ablass redet, der sei im Fluch und vermaledeit.«
»Das schrieb ich«, sagt er und wendet den Spiegel hin und her, als würd's ihn nicht weiter angehen, »willst du mich anfechten, weil ich nach Deckung gespäht hab?«
»Eine wunderliche Ergebenheit«, sage ich, »auch du gibst der Seel einen gewaltigen Stoß, dass sie in den Himmel springt.«
»Ich bin der Junker Jesu«, ruft er, »und hier in meiner Hand halt ich den Junker Satans. Das eine oder das andre, im Heer des einen oder des andren ...«
Wer sieht Geister? Wen begabte Gott, dass Er ihn führen

kann über die Schwelle der Stuben, in die Tiefe der Brunnen? Wer bricht Eibenzweige und drückt sie als Bannwerk in die Pfade und Flure des Gelichters? Ich denk nach. Wer schlingt in den Trieb der jungen Fichte einen Knoten, der hart auswächst, wer hängt die Wehrschlinge über den Türsturz? Ist es der von Gott geliebte, ist es der Schwarzkünstler, ich denk nach. Wer will mit der glühenden Stange nach des Ungeistes aufgerissenem Maul langen? Wer hat sich Heiland mit seinem Blut verschrieben?
Der Ketzer predigt. Ich hör, wenn er spricht, tief im Schlund Käfer prasseln und, da er grollt, kleine Knochensplitter. Er ist nicht das, was er ist. Er ist nicht darüber, er ist nicht darunter. Er ist versteckt. Kein Prophet. Sein Heiligtum, das er gefunden hat, in den Zeilen der Bücher: ein Wirbel in seinem Kopf. Die Erd wird ihn fressen. Sein Leibteufel stirbt mit ihm, zu der Frist, die der Gott der Heerscharen gesetzt.
Ich bin sein rostendes Schwert. In den Lüften braust die Gewalt. Ich hör von den Wundergeburten, die im dünnen Hautsack aus den Leibern der Freifrauen und Mägde herauskommen. Sie werden aus der Hölle geschleudert. Mit Verdammnis werden wir bekannt. Der Hexen Buhle Satan macht die Hohnlacher lärmen. Petrus sagt: Es werden Spötter aufstehen und sagen: Wo ist die Verheißung seines Kommens? Ist der Ketzer im Recht?
Ich steck den Katzbalger an die Seite. Die Tierhäute an den Fenstern flattern wie Banner. Werd ich wegen meines Frevels gestraft?

Der Mönch hält das Silber vor, als hätt er Schrecken und Schaben im Käfig eingefangen. Er stürmt hinaus, läuft durch den Gang und die Stiege herunter, steht auf dem Hof unterm sündenschwarzen Himmel, Himmel hilf, der Messpfaff Ebenhein streckt das Kruzifix hoch, Himmel hilf, ein Brüllen und Sausen, die Pferde im Stall scharren vor Angst, der mit Gezeug beladene Karren schüttert, Knechte schieben, Knechte fluchen, der armgeistige Blinde, Vetter des Türmers, fällt den Messpfaff an, weil er das Kreuz küssen möcht, Hagel geht nieder, Faustschläge Gottes, reißt Loch um Loch, riech ich Schwefel, riech ich meine Furcht, dem Blinden rutscht die Binde von verschorften Augen, er wimmert wie ein Sündenkrüppel, mich streift ein Schatten, ich duck mich vor dem Schlag, der Ketzer zerrt den Blinden in den Stall, ich zerr den Pfaff ins Versteck, die Eisknöchel zerschellen im Hof, kein bisschen Licht, keine Gnade, brausende Winde über uns, der Mönch betet auf Knien. Himmel hilf.

Entfließen ihm die Worte meines Heils? Dies ist die Stunde. Dies ist die Stunde, dass man nicht knechtisch sein soll. Gott blend ich nicht mit Geplärr. Gott sänftige ich mit keiner Klage, ich renn nicht mit flüchtigem Fuß davon. Ein Pfaff zur Rechten, ein Pfaff zur Linken, in ihrer Mitte bin ich und find kein Heil, der Blinde flieht mit heulender Stimm über den Hof zum Bergfried, er wird in seiner Unschuld nicht erschlagen, dies ist das Zeichen in dieser Stund, entdecken die Pfaffen den Heiligen, oder sehn sie nur die

Trugspur, den Albdruck, den Brandschorf auf seinem Aug?
Das Traufenwasser fließt uns vor die Füße, die Eisklumpen schmelzen, wir sind nicht zersplissen. Der Pfaff schaut scheel auf den falschen Junker, schöpft er Verdacht? Er möcht ihn ansprechen, da schreit uns der Hauptmann ans Tor, Kaplan Ebenhein weicht zum Palas, wir müssen antreten.
»Knecht«, sagt er kalt.
»Herr«, sage ich, »straf mich, wenn ich's verdien.«
»Tadelt mich, Hauptmann«, ruft der Mönch.
»Junker Georgen, fast wäret Ihr erschlagen worden. Sucht Ihr die Fährnis?«
»Durch die Huld des Herrn ward ich geschont. Ich blies der Katz den unwertigen Geist aus, das gefiel dem Himmel.«
»Was sprecht Ihr da?«
»Mit Gunst zu melden«, sage ich, »er hat exorziert.«
»In meiner Burg?«, ruft der Hauptmann.
»Das Böse quillt allüberall, ich hab's totgetrampelt.«
»Wem habt Ihr's ausgetrieben?«
»Der Katz«, ruft der Mönch.
»Seid Ihr darum so fröhlich?«
»Aug um Aug, das kennt Ihr doch. Ich wach über unsrer aller Gutsein, auch in der Nacht.«
»Ich duld keine Kinderei«, sagt der Hauptmann, »Ihr seid hier in Gewahrsam, die Katz ist frei. Jeder Mann, jedes Weib, jedes Tier ist frei. Außer Euch ist nur die Magd nicht frei ...«
»Wer?«, sagt der Mönch.

»Eine Magd, Ihr habt's vernommen. Sie sitzt im Angstloch wegen Schandmäulerei.«
Der Ketzer möcht wissen, ob der Pfaff ihre Seel tröstet, und wenn ja, wann. Auskunft gibt der Hauptmann nicht, mich rügt er vor den Wächtern. Rabenschar streift übers Land und über die Nebelberge. Naher Donner, Fallwinde drücken blauschwarze Wolken über der Warte, Magd und Mädchen bekommen flinke Füße vor Angst.
Ich hör den Ketzer nach Matthäus sprechen: »So ich aber die Teufel durch den Geist Gottes austreibe, so ist das Reich Gottes zu euch gekommen ...«
Jesus blies fort die Schrecken, auf uns aber lastet die Unheimlichkeit. Was flieht aus unsren Mündern, wenn wir ausspucken? Leichenteil, Gall, Näpfe voller Malefize. Gib uns dein Wunderwerk, Herr. Nicht in Schlachten noch in Träumen erblickt ich den gefallenen Engel, nie sah ich ihn mit Bocksfuß scharren. Ich verbiet mir den unguten Sinn.
Luther entflammt: Er möcht mit den Knechten hinaus in den Wald, Blitz hat eingeschlagen, Blitz brannte und fällte Buchen, die Knechte wollen Feuerholz sammeln. Von Berlepsch lässt sich überstimmen, was sagt er dem Fürsten, wenn den Ketzer Blitze spalten?

Wir steigen hinab die Wege, die Eseltreiber fluchen, weil's ungewiss ist, dass sie heut Nacht in ganzer Haut schlafen gehen. Ich geh dem munteren Mönch zur Seit, der glaubt, er könnt mich mit Gebet und Gesang ergöt-

zen. Der Regen wäscht uns aus, fallendes Wasser, als hätt der Himmel Endzeit beschlossen.
Ich hör's rascheln und knacken, was streift durch die Felder, ich hör den Ketzer wispern: »Die Felsen sind fromm. Der Acker ist fromm. In den Brunnenschächten hallt's vor Frommheit. Die Bäche sind fromm. Hell, Dunkel, Spiegelsilber sind fromme Farben. Die Grenzsteine, die Wehrwälle, der wühlende Dachs im Bau, der hangab wälzende Stein, sie sind fromm. Das Jochvieh ist ergeben. Es wurzelt nicht in ihm ein das Übel. Nur wir gehorchen nicht. Gott kann ich sein Gutes nie vergelten. In Dunstwolken, in Nebel und Schwaden, in der nassen Erd acht ich das Wunderwerk. Nicht Purpur und Gold, nicht Strahl und Glanz. Maul auftun und auf den Teufel speien, das ist fromm. Es glänzt mir Mächtigsein wie Karfunkelstein im Ofenloch, ich lass mich nicht zerrütten. Büchsen und Harnisch sind fromm ...«
»Machst du dir Mut, Meister?«, ruf ich.
»Ich lob die Gegenwärtigkeit des Herrn«, sagt er.
»Will dich was fragen ...«
»Streit belebt«, schreit er.
»Du lärmst wider die Bildanbetung. Rufst du nicht in der Stund der Qual Nothelfer an?«
»Ich verehr nicht die Gnadenbilder, nicht bemalte Tafeln und Bildstöcke, nicht die Holzmadonna, nicht goldbekrönte Püppchen in Roben.«
»Maria schützt!«, sage ich.
»Ich empfehl mich nicht ihrer Fürbitte«, sagt er.
»Weil du sie hasst?«

»›Gesegnet seist du mehr als alle anderen Frauen‹, Lukas, Kapitel eins, Vers zweiundvierzig. Wer sie anfeindet, gehört zum gottlosen Gesindel. Sie erlitt die übel bresthafte Geburt Jesu.«

»Wenn ich mich ihr zuwend«, sage ich, »bin ich nach dir ein Heide?«

»Meine Mutter hat Sankta Anna angerufen in der Not. Sie hat's mir beigebracht, da war ich Kind.«

»Ist sie Heide, Meister?«

»Sie ist mir Mutter«, sagt der Ketzer kalt.

»Du fluchst sie nicht. Mich aber zählst du zu den verlorenen Seelen.«

»Der Blinde ... er hat, als der Hagel niederging, Namen genannt, immer wieder: Malchus, Maximianus, Dionysius, Johann, Konstantin, Seraphion, Martimanus.«

»Wer sind diese Leut?«

»Siebenschläfer«, sagt er, »sieben christliche Brüder in der Höhl, die schliefen zweihundert Jahr.«

»Und also ward der Blinde verschont«, sage ich.

»Der Herr tat's.«

»Er tut immer. In den, den Er erwählt, fließt Kraft.«

»Welsch Blut tut keinem Teutschen gut«, sagt er.

»Was heißt das?«

»Misch dich nicht mit Heilands rabenschwarzem Nachäffer.«

»Fluchst du den Heilgen Vater?«, sage ich.

»Lass ab«, ruft er, »will dich nicht vergrämen.«

»Männer deines Sinns werden an Holzsäulen gebraten, Meister ...«

Es heult aus dem Wald, die Knechte stellen sich jäh auf die rechte Wagenspur im Weg, suchen im Freien nach dem Mörder der Seelen. Ich brüll mich heiser, bis sie weiterziehen, bald kommen wir an am ausgebrannten Platz.

Ein Feld der Baumstümpfe, die Stämme zu Boden gerissen, sie liegen kreuz und quer im Schlamm. Der Mönch ist geblendet, er bleckt die Zähne. Er geht in die Stürme, er läuft ins Gebrüll der Winde. Die Äxte fahren auf und nieder, die Knechte hacken und spalten, Furchtfleiß treibt sie. Der Mönch zeigt auf die verkeilten Löcher in den stehenden und geborstenen Stämmen, ich erklär: »Die Bauern stopfen Milz, Herz oder Pfote der Sau hinein, schließen den Dämon des Siechtums ein.«

Er erbleicht und erzählt: »An den Steinhorsten, am Rande von Lichtungen, an Feldrainen, lauern die Vettern Satans, die Erscheinungen. In der zwölften Stund der Nacht erscheinen auf Kreuzwegen Geister, die ihren Willen haben dürfen. Sie hocken dem Mann auf und saugen die Kraft, sie sind ihm eine höllische Last. Er muss ausrufen: Lob Gott! Es ist ihm aber, als hätt man ihm das Maul zugesperrt.« Er setzt den Knechten mit seinen Worten des Gespuks hart zu, und da ruft er in die Winde: »Bind ihn, Herr, dass er gebunden sei und stehen soll als ein blinder Stock im Feld! Herr, blend, dass mich kein Dämon nicht kennt!«

Die Männer starren, ein Junker macht fromme Gebärden, er ist ihnen unheimlich, ich zisch ihm ins Ohr, dass er Pfaffenzauber stumm und still hersprechen soll, sonst bricht die Maske.

Gern würd er mit Hacken und Hämmern klappern oder den Holzknechten predigen, dass dem Untertan der Dienst am Herrn zugewiesen sei.

Er geht ins Holz. Ich witter nach kurzer Weil die Todesfalle, folg ihm mit gezücktem Eisen, find ihn erstarrt, als hätt er feurige Kohlen auf sein Haupt geladen.
»Meister«, ruf ich, »grimmt dein Bauch, soll ich weichen?«
»Satans Freude hebt sich«, sagt er leis.
»Hat er deinen Furz gerochen, dann wird er Kummers sterben.«
»Ich hab den schwarzen Hund gesehen.«
»Wo?«
»Hier stand er«, sagt er, »knurrte nicht, bellte nicht. Schaute mit Menschenaugen.«
»Es könnt ein verirrtes Kalb gewesen sein«, sage ich.
»Ein Hundsgesicht war's! Gaukelwerk erkenn ich. Ölgötz erkenn ich. Ich sah ein böses Fleisch.«
»Erst die Katz, dann der Hund. Als Nächstes sagst du mir, du hast die Federn des Erzengels ausgeputzt.«
»Kannst an mein Ehr und Glimpf mit Kotworten reden«, ruft er, »es greift mich nicht an, ich bin schon in Verruf geraten.«
»Noch mal, Meister: Hat er dich angefallen?«
»Hat er nicht. Stand und starrte. Dann strich er ohne Hast in den tiefen Wald.«
»Dort hinten sind die Felder zugebüschelt«, sage ich, »da haust bestimmt wildes Getier.«

»Man müsst sie wie Säue sengen«, sagt er und schaut auf sein Gehenk.
»Zieh das Schwert in Not. Sonst liegst du bald im Kote.«
Junker will er sein, den Junker muss er leben. Ich hab's ihm eingeschärft: auf der Wart die einschneidige Bauernwehr, des Griff ich mit Lederriemen umwickelt hab. Draußen das doppelschneidige Eisen. Als dienender Bruder hat er Reben vom Himmel gepflückt. Nun sollt ihm die Hand auf dem Knauf ruhen. Er ist bezwingbar. Er glaubt, was er berührt, ist geweiht. Kerle mit einem Lappen als Wappen auf dem Arsch wollen ihn mit Knüppeln lausen. Der Ketzer ist schlachtreif.
Wir kehren zurück zu den Holzknechten, die den bleichen Junker beschauen. Haben sie sich einer bösen Gesellschaft beigesellt? Ist das ein Magier, der ihnen Blut aus dem Leibe zieht?
Ich treib sie zum Zerhacken an. Kein Geheul, nur Wind und Regen, schmatzender Schlamm, ich späh nach Hund und Feind zwischen den Bäumen, Raben rufen auf dem Wipfel. Genug Holz fürs Feuer, der Karren ist beladen, ich beschließ die Rückkehr. Der Ketzer stimmt leis ein Schutzgebet an.

Der Hauptmann befiehlt mich in den Torturm, ich verschweig ihm den Wahn des Tollkopfs. Poltrig ist er dieser Tage, bei Radau und Krach schreckt er hoch, er würd mich und andre Wächter am liebsten in Haufen schmeißen. Er erzählt: Eine Schwangere ist gemordet. Man riss ihr den Bauch auf, schnitt der Frucht ihres Leibes die Finger ab, um sie als Diebskerzen zu benutzen.

»Kennst du das?«, fragt er streng.

»Die sündlose Seel des Kindes ist leuchtkräftig«, sage ich.

»Hast du ein Weib geschlachtet?«

»Das kommt vom Teufel, Herr.«

»Warst du nicht sein Gespiele?«

»Bin kein Landsknecht mehr«, sage ich, »bin im Sold des Fürsten.«

»Dir würd ich eigenhändig den Galgen zimmern, Kerl.«

»Die Diebskerzen, Herr.«

»Was ist damit?«

»Man schneidet dem ungeborenen Kind beide Hände ab, dörrt sie, überzieht sie mit schwarzem Wachs. Vor dem Einbruch zündet man an der Tür alle fünf Finger einer Hand an. Es wachen so viele im Haus wie die Finger, die nicht brennen.«

»Gottlos«, ruft er.

»Gesindel, Herr«, sage ich, »soll ich's für dich ausrotten?«

»Die Hurenbälger spießen dich«, sagt er, »die Rotte ist stärker als ein Mann.«

»Das sind Staudenschnapper.«

»Was?«

»Landsknechte«, sage ich, »ziehen herum, fassen Beute.«

»Kerle deiner Art«, sagt er kalt.

»Ja, Herr. Lass mich von der Kette, ich spür ihnen nach.«

»Hast du Glück und Gabe, die mir verborgen sind?«

»Es gilt mir der Herrenwille. Den Teufelsbuben scheint der Mond in den leeren Beutel. Die zücken nicht den Bettelsack. Die fressen nicht Stroh aus dem Schweinetrog. So klar als die mittägliche Sonne, die stehen kurz vorm Raub.«

»Sie stehen unter Gottes Zorn«, sagt er, »und also bin ich zornig. Wer wider die Ordnung ringt, verdirbt, hörst du, Kerl?«

»Ich gehorche«, sage ich.

»Der ... Junker Georgen spricht, dass die Sünder an den Lenden schwarz werden und Scherben erbrechen. Er spricht: Der böse Begleiter, der Erzfeind, streift durchs Land. Kehr ich mich daran? Früher hätt ich Sakramentsverächter gewürgt. Ich wach nicht über der Lauterkeit des Wortes. Es zählt allein unsre Dienstbarkeit ... Das Schinden und Schatzen der Rotte muss aufhören. Die Totschlägerei muss enden.«

»Ich bad ihre Hände im eignen Blut.«
»Ich bin in Fehde mit ihnen«, ruft er, »das sind mir hochschädliche Landstürzer. Du wirst kundschaften, mehr nicht.«
»Und wenn ich angefallen werd?«
»Dann stech sie tot«, sagt er, »jetzt drauf los wie der Hirsch, der in die Brunst tritt!«
Spricht er von seiner Brunst, die er nicht dämpfen mag? Ich neig das Haupt vor dem Mann, den ich plag, weil ich unter seinem Stande kriech. Der glaubt, dass er durch Schickung Gottes Kastellan worden. Der die Peitsche schnalzen lässt, wenn er zu Niederen spricht. Das sind die Stücke des Adels: Prunk und Parade. Dem Hauptmann hat die Mutter zu der Wiege von seiner Hoheit gesungen. Ich könnt ihm sagen: Ich will dir das Eis auftun und den Unflat herauslassen. Ich könnt sagen: Mit dem Mörserstößel will ich aus dir Lügen und Launen heraustreiben. Er folgt seinem Stern. Er setzt sich stets aufs beste Ross, schickt Schinder los, wenn das Böse quillt. Ich schreit durchs Tor.

Vor der Tür der Schenke, im tiefen Dunkel, reib ich mir den Schweiß von Stirn und Hals. Nach Eintritt lauf ich zum Mundschenk und sag: »Der Zinker ging mir an die Ehr, ich wollt nicht in deinem Haus rasen. Ich bitt dich, dass du mich duldest.«
Er schweigt, bis er mir mit dem Kinn den Tisch weist. Hätt er mich zu den Unehrlichen setzen wollen, hätt ich gewusst, dass ich nicht willkommen bin. Ich erfahr, dass der Falschspieler viele Stunden nach seinem

Ohr gesucht hat. Hier ist er nicht, ist er bei dem Hürlein?
Ein Kerl johlt und brüllt, bis der Wirt ihn wegen Aufsässigkeit rausdrischt. Ich trink den gepfefferten Wein, ich will nicht ein Fehlschuss tun. Die Schinder singen Buhllieder der Wolllüsterei. Haben sie sich in Hurenecken ausgebubt und entschüttet? Ein Knecht in Fetzen sitzt am andren Ende, schnitzt ins Tischholz, steckt das Messer ein, als ihm der Wirt auf den Arm haut. Ich erkenne den Mordsbub an seinen Schultern, er könnt dem Wirt ein Loch in die Zunge schnitzen. Er legt Münzen hin, steht auf, tritt zur Tür hinaus.
Ich tu's ihm gleich, folg ihm in die Nacht. Der Wind braust auf, so laut, dass man die Säue nicht grunzen hört, er stemmt sich gegen den Luftstoß, schaut nicht über die Schulter, wie's jeder rechte Kriegsknecht tut in der Finsternis. Ich folg ihm durch die Gassen und durchs Tor, ich folg ihm ins Holz. Ich bleib im Schatten stehen, wenn der Wind Ruh gibt, halt den Atem an, bis es wieder braust.
Irrlichter im tief verhangenen Himmel, kältestarre Zweige, die wie Totenbeine aufragen, Pestluft und Tierheit allüberall, es beengt mir die Kehle. Brechend abfallende Blätter, alles weicht auf, alles wird morsch. Lauf ich in die Spieße, komm ich zuschanden? Der Ketzer soll das Reich Gottes aufrichten. Der Hauptmann soll unterm Bannerfähnlein der Warte herrschen und nachts die Magd schwächen. Ich gelt vor ihnen als ein loser Bub, als Gottesräuber, dem Evangelium zu Schand und Schmach. Sie beide fechten jeder für sich einen

Rangstreit aus. Sie glauben, sie sind der Welt ein Schauspiel. Ich krieg paar Gulden wegen treuer Dienste, was gehen mich ihre Hader an?
Fast hätt ich mich verraten, ich weich jäh hintern Baum, er blickt blind und bleibt still. Ist er geistbegabt? Ich hab mir einen spitzen Stein eingetreten, er bohrt sich in die Ferse, ich hauch durch die Nase, ich riech nach Wein, Sack und Bitternis. Ich spür, dass er ausharrt. Er nimmt seine Stärke aus der Bosheit, er hat Fäulnis zur Mutter. Eh ich mich schlachten lass, verreck ich im Stehen.
Jetzt schleicht er weiter, ich rühr mich nicht, der wird mir einen Köder zurichten, der wird mir in den Nacken spucken, bevor er mir die Haut abzieht. Ich verwachs mit dem Baum, lass Wasser übern Leib rinnen. Dann wag ich den ersten Schritt, und den zweiten und den dritten, ich börstel mich wie ein Igel, halte inne am Rand der Waldblöße, ein kreisrunder Durchhau, das Lager der Weibsschinder. Der Kerl in Fetzen steht über einem gebundenen Mann in Fesseln, vier Mordsbuben haben Glut zusammengescharrt, reißen Stücke von gebratener Keule, saufen aus Schläuchen. Man müsst Eicheln von den Bäumen schlagen für die Mast der Säue am Feuer.

Ich hör den Zinker potz Marter fluchen. Er ist ein Sudler, bei ihm sind Maul und Arsch vertauscht. Die Kerle stehen auf sein Zuruf auf, umringen die Geisel. Sie knicken ihn. Sie treiben Stacheln in einen Finger. Sie klatschen. Sie zwicken seine Stirn. Sie brunzen auf seine

Hosensäume. Sie poltern. Sie spucken den Rest im Maul. Sie tun wie schnappender Wolf. Sie saufen sich selig. Sie packen den Zipfel. Sie packen Stück Bart. Sie peitschen ihn mit Stecken. Sie schreien die Flammen an. Sie reißen einen Nagel aus.
Der Zinker mit dem wunden Wulst. Sein Ohr im Burggraben. Er brunzt dem Mann aufs Haupt. Der Zinker, den ich krieg, dem ich die Lippen schneiden werd, dass er immerzu blecken muss, wenn er brennt ...
Ich spür den Saus in der Luft, spring aus der Hocke seitwärts, zieh das Messer aus der Knöchelscheide, stoß blind zu. Schwarzer Hund, grollende Kehle, ich stürm ins Holz, spitzer Stein im Schuh, hinter mir das Höllentier, das mich zerfleischen möcht. Der Ketzer hat's erkannt, und ich gab's auf die Hochgeistigkeit des Gelehrten, ich bin der Stocknarr, ich dreh mich im Lauf und werfe das Messer und hör ein übles Jaulen, weiter weiter, ran ran ran, das macht der Mönch mit seinen Wundergeschichten, mit frommem Gesang, dass mir ein Schelmenbein im Rücken wächst, ich werd faul und finster, ich muss mich in die Stiefel stellen, sonst mordet er meinen Kopf, lauf lauf lauf, ran ran ran.

Spät komm ich an und ruf Schrotter und Herwig im Torturm wach, sie lassen mich warten, ich schrei, dass ich sie schwärze beim Hauptmann, da öffnen sie die Flügel. In der Diele des Kommandanten leg ich die Leiter an, lauf hoch, poch an Luthers Tür. Er wacht im Lederkoller über giftigen Büchern. Ich bin der Türknecht des Fürsten, er setzt viel Hoffnung auf diesen Mann, der das Götzenwerk verbrennt. Er ist hochgestimmt, ich hab Blutdurst. Alles durch das Wort, alles durch das Schwert.

»Der schwarze Hund«, sage ich, »den hab auch ich gesehen.«

»Eine Abscheulichkeit«, ruft er und spuckt.

»Was ist er, Meister?«

»Ein Tier ohne Seel und Gesicht.«

»Ist er eine Verderbnis?«

»Teufels Günstling«, sagt er, »er spukt, solang dies Land nicht von Todsünden gesäubert ist.«

»Dann spukt er ewig.«

»Warum?«

»Welsche Andacht und der Teutschen Fasten gelten eine Bohne«, sage ich.

»Dies Diesseits ist Gottes und meines Feindes Land«, spricht der Ketzer.

Seine Knie sind vom Gebet gehärtet wie die eines Gauls. Auch er glaubte im Anfang, dass er seine Heiligung über Kniefälle erlangt. Ich sah ihn heimlich Kleeblätter essen, es dämpft die Lust, es kühlt den Leib. Heilands Herrschaft bricht nicht rasch an, wir sind nicht ins Licht gesetzt, die Pfaffen täuschen das Volk. Dass sich Gott verbirgt, ist mir gewiss. Der Ketzer in der Kammer, will er mich in sein Handwerk bringen? Erlöschte nicht meine Mannheit, wenn ich nur noch auf Trostspruch hoff? Fließ ich ab in die Rinne, weil mein Leichnam Mist wird?

»Bist mir kein Gehilfe«, sagt er leis.

»Was sprichst du da, Meister?«
»Du starrst auf die Schöße der Frauen.«
»Ich steh in Saft und Kraft«, sage ich, »willst du bis zum End im jungfräulichen Stand bleiben?«
»Mein Geschlecht erlischt«, sagt er.
»So dich die Gelegenheit grüßt, dankst du ihr.«
»Was?«
»Schwitz den Wein, den du säufst, bei der Magd«, sage ich.
»Ich werde nicht gemein mit Dirnen«, schreit er, »der Teufel steckt sich die Sünder in den offenen Arsch! Lieber schinde ich den Leib mit Bußmarter ...«
Ich erklär: »Es gibt noch ungesalzene Mädchen, die sich für hohe Herrn in Liebe entzünden. Sie schlagen die erste Bitte ab, nach dem zweiten Mal darf man sie schwächen.«
Er schimpft mich einen Weiberfreund. »Femina est in fide minus«, ruft er, »das Weib ist im Glauben weniger, keine Frauensperson ohne Teufel, keine, deren Bosheit alle Maße übertrifft. Es verrückt dem Mann die Ehr, dass er ein ehrlos Beiweib hält, man müsst Huren hinaus auf die Gassen stoßen, eine redliche Maid braucht kein Gepränge, sie würd ihre Dachtraufe nicht in eines Mannes Hof hängen.« Er glüht, als hätt ich den brennenden Kienspan an den Holzstoß gehalten.
»Gut, Meister«, sage ich, »dann sei im Gnadenstand des Mannes. Bete und büße als Mönch.«
»Als ich durchs Land reiste auf dem Weg nach Rom«, sagt er, »da kam ich in ein teutsches Städtchen, ich sah

das schandhafte Prangerstehen der Dirne mit dem strohenen Kranz in der Hand.«
»Sie tut's, damit der gute Name der hohen Herren nicht beschmutzt sei«, sage ich.
»Warum?«
»Wer in der Hinterkammer sündig wird, sollt nicht die Hur verketzern.«
»Bekehrung des Jud und der Dirn ist übel schwer«, ruft er, »ich musste mich nicht entmannen als Mönch, da ich nie wollüstig ward.«
»Und heut?«
»Ich lehr nicht die Abkehr von der Weltlust.«
»Du bist Herr über deinen Lustknochen?«
»Ich flieh die Dirnen«, sagt er leis, »wir müssen entfleischen.«
»Potz Leichnam!«, rufe ich, »Jesus war das reine Lamm, du bist es nicht.«

Hinter ihm das Licht. Hinter ihm die Schrift. Hinter ihm Tintenhorn und Feder. Er spricht: »Weil Eva im Paradeis dem ersten Menschen Adam die Frucht reichte und rief: Adam, iss!, folgen wir Evas Töchtern allüberallhin, es ist, als hätt man den Karren vor den Zug gespannt.« Der Messpfaff mahnte: Eva ist aus der sechsten Doppelrippe des Teufels entstanden, lass dich nicht ein mit den Waschweibern.«
Ich geb dem Ketzer Bericht, dass das Pfäfflein auch wider die Lustweiber hetzt, er nennt sie Fensterhennen, sie sollen schwefelgelbe Fähnchen als Hauben tragen, sie tasten die Ehr redlicher Frauen an, sie verdienen

nicht Schleier noch Mantel. Die Predigt des Burgpfaffen geht den Mönch nichts an, dem Griesbart wünscht er den schwarzen Hund an den Hals.

»Was wir im Beinling haben, ist gottgewollt, Meister.«

»Satan hat darauf Gewalt«, sagt er.

»Dann sei die Sünde ein Gebot?«

»Es ist wie beim Kleid, Krieger: Nutztracht oder prangende Staffage? Ich übersteig nicht das, was mir genügt.«

»Du gebietest Steifheit, Ketzer. Was eine Schande!«

Er wendet sich ab von mir, der ich verzagt bin und vom Kampfe erschöpft, obwohl kommende Feuerstürme Vortrefflichkeit verlangen, das sind seine Worte.

Sammle ich Schneckenhäuser zum Garnaufwickeln? Näh ich mir Blechglöckchen an den Saum? Es gibt ihn bloß dem Namen nach, er hat sich aufgemacht zur Geisterjagd. Ewiges Dunkel, erhellt von Grablichtern, das ist die Welt. Lieber im Lotterbett stöhnen. Überall rauchende Löschbrände, wir sind vom Gottesreich getrennt. Mattherzig bin ich nicht. Die vom Blatt fallenden Buchstaben leck ich nicht. Ich lass den Beter in Ruh. Sollt er für meine Seel beten, dank ich ihm.

An den zerknirschten Melanchthon, Evangelist durch Gnade.

Heiland

hilft. Du schreibst mir von Händeln in Wittenberg, es raufen Studenten und Gesellen des guten Malers Lucas Cranach, das ist mir keine Neuheit. Adliger und Obriger wilde Söhne wollten das Recht haben, Wehren zu tragen innerhalb der Mauern, Seine Kurfürstlichen Gnaden schickte Fußvolk wider die Aufrührer und befriedete gewaltsam. Ich stellte mich in dieser Sache gegens verbubte Völkchen, mir ward auf Anschlagzetteln angedroht, dass man Feuer unter meine Kutte legen würd, und ein Schandbub sprach: Ich will einen Stein nehmen und dem Mönch auf die Platte hauen, wenn er's Maul nicht hält. Was hat's denen geholfen, das Abfahren des Kotes macht der Mistpächter, das Ausfegen der Saumäuler macht der Fürst, wer mit Eiter anschwillt, muss schreien, da man ihm die Geschwüre aufbricht, kehr dich nicht am Geheul, bring mit Fleiß voran das Evangelio, das uns aus den Eisen lässt.
Ich hieß Ludder, ich strich das Doppel im Namen, ich nannte mich nach dem griechischen Wort »eleutheros«

Luther, das will heißen: frei. Fünfzehn Jahr war ich geschoren und hinter Mauern, lebte in der heiligen Gemeinschaft, ein Ordensmann im Dienste Christi, und doch musst ich lernen: Der Mensch ist geboren zwischen Kot und Brunz. Sieben Wochen lang zu Fuß war ich unterwegs, wallfahrte zu den sieben Hauptkirchen, vier Wochen lang war ich in Rom, was bringt der Himmel, das wollt ich wissen, ich aber erfuhr, viele sind vom Satan berührt.
Ohne Gerätschaft auf frosthartem Boden, die Fersen in die gefrorene Ackerfurche gestemmt, sucht er die Dränger zu wehren, das ist der heilsungewisse Pfaff und Mönch, den das freie Evangelio wird hinraffen, denn es ist ihm Gift, es ist allem Fleisch Gift, das des Papstesels Wort über Christi Richterspruch stellt.
Ich hab mich aus der Fessel ledig gemacht, in Rombabylon wohnt der Drache mit sieben Häuptern, im Römerkaftan steckt kein Frommer. Ich werd, wie ich's erfuhr, im Gottesdienst in Rom als Verworfener und Verfluchter genannt, mein Name wird mit den Namen andrer Ketzer jeden Donnerstag verlesen und verflucht. Ich weiß den Menschen zu erregen wider seinen gottlosen Nächsten, so wie mein Bruder in Jesus, Jan Hus, den man hat verbrannt in Konstanz und des Asche gestreut in den Rhein. Zehn Krüppel Mannschaft hat der Krüppel zu Rom, was will er mir drohen, ist er unüberwindlich, wie er Herr und Knecht aller Welt glauben machen will? Ich möcht unsres Erlösers Freilassung, denn Rom nahm ihn gefangen, sie schimpfen mich Lügner, weil ich die unzeitige Wahr-

heit künde, deshalb komm ich ins Geschrei. Jacob bekam den Namen Israel, das heißt Gottesstreiter, nachdem er mit einem Engel des Herrn eine ganze Nacht gerungen hat, Genesis 32, 29. Gott mag den Seinen geben und gewähren ein einzig Recht: mit Blut zu salben, wenn die Zeit der Ernte anbricht. Noch müssen wir ausharren.
Ich bin versucht, der Dämon prüft nicht meine Keuschheit, er prüft den Geist in mir, er wird zur Plag, dass ich vergess: Der Heiland ward uns genommen, wir leben danach, nie vergeht der Schmerz. Wie viel Mönch ist mir genommen in meinem Versteck? Bin hinausgefahren, bin hinausgetrieben, Dämonen spucken mich an, selig sind wir, die der Antichrist verfolgt.
Was ich nicht besitz, ist nicht mein Besitz, ich vermiss es nicht, was sollt ich abkehren von Lüsten, was sollt ich mich zeichnen mit eidgebundener Weibslosigkeit, die Tür zur Gnad Gottes ist dem Verstockten zugestoßen, uns stehen Tür und Tor sperrangelweit offen. Die krumme Rippe Weib bleibt die sprechende Rippe, hat die Rippe eine Seel, hat ein Weib eine Seel, das fragt sich das Priesterlein hier vor meinen Augen.
Wir wollen der Menschen Natur nicht genügen. Früher zogen die Mönche in die Wüste, die Klostergenossen heut fressen nicht Schrecken, sie ziehen nicht ins verfallene Grab, sie beten, verborgen und vergraben, ich will die Christenmänner unter ihnen rühmen. Überwunden ist dies mönchische Tun, weil's nicht steht im Buch, daran halt ich mich.

Du bist von deinem Weibe geplagt. Minusfemina. Der Dämon ist geschminkt. Also hat ein Weib, schmucklos und ohn aufgestrichene Farb im Gesicht, rot zu werden vor Scham. Der Frau sprießt die Lust aus dem Nabel, dem Manne aus den Leisten. Eine Hausfrau sei keine Ausfrau. Die Verbesserung der Weiber tät ich dir und keinem Manne an, denn das Weib will Haupt und Glieder der Männer überwinden, Haushaltung säumen, unwillig werden, zum Heiland zu kommen, die christliche Ehr nimmt Schaden. Lieb dein Weib in Bravheit.
Ich zähm meine Lust. Jesus ging um im Leben, er ging nicht in den Kerker wegen Heiligkeit, und also lob ich jeden Austritt eines Mönchs, ich lob ihn, wenn er's nicht der Lendenlust willen tut, denn die Schrift ist nicht geschrieben Zeug, ist nicht Kropf noch Krösch, ist Gottes Angesicht in Maskenstaben. Jedermann zupft sich Stellen, die ihm behagen, jeder Hund fällt mir ins Lied: Gleich dem Schmied, der den Rohluppen läutert und auf dem Amboss streckt, ist's mir aufgegeben, aller Christen Leiber ins rechte Maß zu zerren, dass wir versammelt seien in Christi Leib.
Sag's dem Volk, sag's von Luther, der spricht: Dieser mein Sermon ist nicht Gesprächsbüchlein noch eine Unterredung. Wir sind durch Gott gelangt zum neuen Heiligtum. Ich will nicht zehn, nicht hundert, nicht tausend Seelen erlösen, ich bang um meine Christenheit.
Das verkehrte Volk möcht gedroschen werden mit vielen Flegeln, ich hüte mich nicht vorm Schmachwort, und also

richt es aus, sag's von Luther, der schimpft: Kotige Sündensäcke, Lustbälger, stürzend, tierhaft, Büttel des Fleisches, Judas' mindere Stümper, sie siegen nicht.
Wenn sie laut schreien, verweis sie auf den Römerbrief: »Der aus Glauben Gerächte wird leben«, verweis sie auf den Galaterbrief, auf den Brief an die Epheser, auf Johannes' Evangelium, nicht aber Johannes' Offenbarung, das sei mir und ihnen welsch.
Der Krieger, von dem ich schrieb, geht ganz nach seiner Weise, er singt keiner Macht Jubelrufe, Gottes Grimm verzerrt ihn nicht, er möcht mich glauben lassen, er sei der Verstrickung entronnen. Ich verwunder mich über den Mann, der teutsche Eigenart wahrt, das ist schon ein Meisterstück, dass er Lügen riecht, die sich mehren zu allen Seiten, weil alles Volk mümmelt und mit halbem Mund redet. Fleischhacker ist er gewesen, Metzger auf dem Feld, er singt immer noch im alten Ton, halben Herzens recht katholisch, und doch verweigert er Huldigungseid und Gunsterweis.
Der Burgvogt ist von allerlei Widersetzlichkeit erbost, weil der Krieger sich im Kampf in Ehren schlägt und Gemetzel überlebt, kann er nichts richten. Cranach müsst sein Konterfei malen: als Heidenkerl, der gutes Christenwerk vollbringt. Als Blutmann inmitten von Götzenscherben. Will's Gott, wer wendet's, möcht Gott sein Maul vergolden, dass ihm die Spottwort ausgehen, das gilt für den Kriegsknecht und für alle, die mit Büchsen und Harnisch ausziehen.

Ein wenig werd ich schreiben übers Abendmahl, das Sakrament. Leib und Blut Jesu sind in Brot und Wein. Dass wir den Kelch reichen der Gemeinde, gefällt nicht jedem, ein Altgläubiger in Wittenberg mag darin den Bruch aller Gefäße sehen, und nicht das Mahl in beiderlei Gestalt, wir dürfen nicht über ihn richten.
Der Bauer wirft die Samen an Ackerecken aus, das ist für Spatz und Sperling, die die reife Saat nicht fressen. Richt ich seinen Glauben, ich richte nicht.
Von der Nabelschnur des neugeborenen Kindes lässt die Mutter beim Kirchgang ein Stück in der Kirche fallen, dass das Kind gottesfürchtig werd. Ich richte sie nicht.
Die Magd glaubt: Die Wiege des Kindes muss aus ungeschälten Weidenruten geflochten sein, denn unser Herrgott lässt die Ruten mit den Schalen wachsen, der Teufel schält sie. Richt ich, ich tu's nicht.
Vor mir sprach ein Wächter den Bannspruch gegen Schwindel: »Fleisch und Blut / Werde gut, / Haut und Bein / Steh wie Stein.« Auch ihn mocht ich nicht schelten.
In der nahen Stadt rollen Christen Gebetsstreifen von der Leibeslänge Jesu, sie sprechen Gebete in heiligen Längen, es geschieht aus Herzhitz für Jesus, und also ist's wohl geraten. Ich seh, wer ein verborgen Gift kocht, er sei vermaledeit, ich seh aber auch, wer die zwei Zinken der Erdhacke abergläubisch behaucht, er tut's, weil er keine rechte gelehrte Redeweise hat, und nicht, weil er Wiesen und Äcker behext.

Der Herr liebt die Ungelernten, da sie haben ein Organ für den hineingehenden Gott, sie prunken nicht, keine drei Batzen wert seien Prälaten in Prachtwämsern. Das sind trügerische Heilige, sie halten die Frucht des Lebens in Händen, der Apfel wird bald runzeln.
Bet für mich, so wie ich bet für dich.

Tag der Kettenfeier des Apostels Petrus.
Martin Luther

Es gibt einen Stein, der heißt Mörderknecht, er macht unsichtbar, Schrotter trägt ihn nah am Herzfleck.

Schmied Bartholme ruft: »Eisen, Flegel, Stachelbogen, das ist mir wahre Schutzwehr.«

Wir reiten gegen die Räuberrotte. Hartung führt sechs Kriegskerle aus Eisenach. Der Ketzer hält sich an Hauptmann von Berlepschs harte Warnung, er schweigt auf dem Pferde still, schaut tief ins Holz, als würd er die finstere Dämonbestie durch Blicke würgen und stechen. Glaubt er, dass wir Schlingen stellen, dass wir Singvögel fangen? Hab ihm erklärt, dass wir Menschensäue jagen. Dass die Säue die schwangere Bäuerin aufgerissen haben. Er schimpfte sie Heiden, Türcken, niederes Geschlecht, unehrliche Kinder, Wechselbälger, gezeugt von Abraham und der Sklavin Hagar. Über uns aufschwirrende und niedersausende Krähen, sie hüten die Jungen im Nest. Die Hitze verdorrt uns, wir wollen Blut saufen.

Auf ein Zeichen von Führer Hartung steigen wir ab, Herwig bleibt bei den Pferden. Wenn uns eine Beute entwischt, verstellt er ihr den Weg. Er speit mir vor die Füße: Der Wärter wird in seiner Totschlagkunst gering geachtet, er darf nicht in die Kämpfe, er würd stolpern und in den Bolzen laufen.

Ich acht nur, dass der Junkermönch unversehrt heimkehrt zur Warte. Er ist geschickt im Schleichen, er ist ein Schatten von vielen Schatten, wie hat er's erlernt? Hat er auf dem Feld im Bluteifer verstümmelt?

Er hat an manchen Tagen Landknechtsart, rau und ruppig, dann spricht er: »Wo ich hinkomm, da ist es gut gewesen oder will bald bös werden.« Ran ran ran, nicht mit dem Kopf, mit dem Eisen voran, ich schüttel alles ab, Mönch und ich sind Seit an Seit, wir folgen Hartung und ducken uns am Waldrand.

Wir sehen die Menschensäue am Feuer lagern, tollköpfige Meute, was hausen sie am selben Platz, was sind sie nicht weggezogen, dann hätten wir den Fliehenden nachsetzen müssen. Wo ist der Junge, den sie gemartert? Wir sind wie der Wind, der in einen Haufen Federn stößt, wir werfen sie mit einem Ruck nieder, wir knebeln ihre Hände.

Hartung bricht den Zinker mit einem einzigen Knaufhieb und tritt ihm ins Maul. Alle Räuber tragen Hüte mit umgeschlagener Krempe, was sind sie närrisch, wir zwingen sie in die Hocke.

Der Ketzer ruft: »Ihr müsstet mit der Klapper der Pestsiechen durchs Land ziehen, verdammt und zerfressen seid ihr!«

»Leck mir die Kerbe, Junker«, schreit der Zinker und lacht auf. Als er mich sieht, schimpft er mich Zottelbock, ich schuld ihm das Ohr, ich soll's vergelten, er bittet Hartung, dass er ihm das Eisen reicht, er möcht mir den Schädel raspeln.
»Ein Grindiger kratzt den anderen«, sagt Schrotter und bekommt einen harten Stoß von einem Eisenacher. Wir dampfen Mordlust, er könnt der Erste sein, der leblos ins Feuer fällt.
Hartung steht fest wie der Berg Sinai, er packt den Jüngsten aus der Rotte, zieht das Messer, er will ihm das Kainsmal in die Stirne ritzen, wenn er nicht redet.
»Geist erschien auf dem gesalbten blanken Schulterblatt eines Widders«, sagt der Kerl.
»Welcher Geist?«, sagt Hartung.
»Aus der andren Welt kam er. Wir haben ihn gerufen. Blut vom Wiedehopfweibchen haben wir getrunken.«
»Malefiz!«, ruft der Ketzer.
»Ist der Geist noch bei euch?«, sagt Hartung.
»Er zeigte sich und verschwand.«
»Du hast dich vom Satan taufen lassen«, schreit der Ketzer, »der Henker breche dir den Hals.«
»Lasst mich ihn verhören, Herr«, sagt Hartung streng »... hat der Geist befohlen, das arme Weib zu zerreißen? Ich schlag dir beide Augen aus, wenn du lügst.«
»Das ist wahr, ich schwör's«, schreit der Kerl.
»Hoch schwören die Lügner. War's der Widderknochen, war's das Blut, war's die Sau, die euch führt? Wer gab den Befehl?«
Der Junge windet sich, er fürchtet den Zinker, der

wünscht, dass uns die Därme um die Beine baumeln. Er hat das Geschmeiß zu üblen Teufeleien angestiftet. Wir erfahren, dass er die Geisel aufspießte und verscharren ließ tief im Holz. Der Ketzer verdüstert sich, je mehr er hört, je zorniger wird er, »Satan gebärt Kot«, schreit er, »das ist das Geschlecht der Hundsgesichter, Vaganten, Feuerfresser, Räuber, sie sind verrucht und verflucht, sie sind unbehaust, gottlos und tückisch, sie sind abgedrängt, weil sie sich herrenlos wähnen, man müsst jeden von ihnen in den Stock stecken, das bisschen Ehr aus dem Leibe pressen, sie schändlich machen.«

Er raunt den Tauben ins Ohr, die Sackpfeifer huren mit Kröten. Die Flüche, die der Mönch ihnen schreit, verkrähen die Vögel. Hartung packt einen Kerl nach dem andren, er schöpft nur Schaum, keiner will wirklich bös gewesen sein. Ich hör den Jungen das Vaterunser sprechen, der Ketzer starrt ihn an, schaut weg. Wir stehen bei dem Zinker, der an der Fessel zerrt und spuckt.
»Kerl«, sagt Hartung, »du bist ihr Haupt.«
»Hab mit der Hur hart gerungen«, sagt der Zinker zu mir, »das war gestern Nacht. Sie wird noch Tage an der Wund lecken.«
»Wovon spricht er?«
»Weiß nicht, Herr«, sage ich, »hab ihm das Ohr abgehauen. Das ist ein fatzender, foppender Nachtrab.«
»Dein Knecht hurt«, ruft der Zinker, »lass ihn auf seine Seel schwören, dass er rein ist!«
»Halt das Maul«, sagt Hartung, »wer hat die Frau aufgeschnitten?«

»Ich war's, mit dem Messer, an das ich jetzt nicht rankomm. Sonst würd ich euch alle scheren.«
»Hast auch die Finger des Kindes geschnitten?«
»Ich war's ... diese Tölpel sind zu nix gut.«
»Heiland hilf!«, ruft der Mönch.
»Den haben sie genagelt, da half ihm keine Bitt.«
»Du springst in den Pfuhl, Hund!«
»Und du folgst mir nach, Junker. Da wird erst dein gefetteter Bart brennen, und dann dein fauliger stinkiger Arsch.«
»Los!«, ruft Hartung.
Wir stürzen uns auf die Mordbuben, wir stechen ihnen die Kehle durch, ich pack einen Kerl, dem ich den Hals spalt. Der Junkermönch, der sonst die Lämmer weidet, sieht, wie wir reißende Tiere schlachten. Sie sind bei lebendigem Leib verwest, jetzt sind sie Aas fürs Getier, sie bleiben unbegraben.
»Wieso lebt der Zinker?«, fragt der Mönch, »die Knechte, die ihm gehorchten, werden in Höllenfeuer gezerrt.«
Ich sage: »Weil er nicht leicht sterben darf. Die andren bekamen den Gnadenstoß. Er verdient die Henkerstrenge. Ihm wird der Marterkittel angezogen. Er wird auf dem Stachelstuhl sitzen im Verlies. Der Blutvogt kann mit guter Macht Schädlinge strafen.«
Junker ist er nicht. Mönch ist er nicht. Meine Kirche hasst ihn als Ketzer. Er sieht den Blutkranz um den Kopf eines jeden toten Teufels. Er springt seitwärts, speit gottergeben zwischen die Stauden, er bebt, er würgt, er zerbeißt sich, als fahre seine Seel aus dem Leib. Ist ihm die halb rohe Lende, in Streifen geris-

sen und vorm Aufbruch verzehrt, nicht gut bekommen?

»Kotz doch der Teufel«, brüllt er.

Ich steh ihm bei in einigem Abstand. Ungnädig wird er, wenn ihn ein unsauberer Geist rüttelt. Ungnädig wird er, wenn ich ihm die Hand reiche, dass er sich stütze, dass er zu Atem komme. Ich hör die abscheulichen Sprüche des Zinkers. Ein fallender Mann. Fleisch, befleckt durch heidnische Ansteckung. Getaufte Natter. Luther wischt über seinen ledernen Kürassierrock, schaut hoch zum Himmel. »Menschensohn Jesus«, wispert er, »segne diese Sauschneider an meiner Seit, und führ die böse Sau in den Pfuhl.«

»Was lachst du, Krieger?«, ruft er.

»Erst speist du Brocken, dann summst du das Gebet«, sage ich.

»Es wird helfen.«

»Bleich bist du, wie der Tod, Meister.«

»Das kalte Gesicht fährt hier herum, fährt in den Mann ein.«

»An diesen Dämon glauben die Bauern.«

»Das Gesicht ist ein unerlöster Sünder«, sagt er.

»Was will er von den Lebenden?«

»Nichts, was wir ihm geben könnten.«

»Siehst du ihn?«, sage ich.

»Halb wildes Gähnen vor der Schlachtung«, sagt er leis, »halb Heiliger, des Leib Sündenknoten entsprossen. Sieh seine Hände. Sieh die langen Nägel. Will er den Zehnten von seinem Leib Gott geben, der die Opfergaben nicht braucht?«

»Ich seh meine Hände, Meister, bespritzt vom Blut des Räubers.«

»›Heilig, heilig, heilig ist Gott, der Herr, der Allmächtige, der da war und der da ist und der da kommt …‹«

»Offenbarung des Johannes«, sage ich.

»Du kennst sie?«

»Vatter sprach die Worte, jeden Tag, fast jede Stunde.«

»Ein frommer Mann!«

»Frommheit edelt nicht«, ruf ich im Zorn, »lohnt denn der Kadaverglaub im kommenden Reich?«

Jäh ist mein Kopf von erzenem Reif umspannt. Rasseln im Nebel im Holz, ich seh nicht die Hände, die sie schütteln, was naht, was verheißt Verderbnis, Gespinste, Fieberwahn? Ich hass den Ketzer, der fordert: keine Duldsamkeit, wenn die Irrlehrer dröhnen. Ich zieh mir Übel zu, weil er von irrendem Geist schwätzt. Bald fallen mir die Glieder ab, bald leid ich an Knochenfraß, bald bin ich einer der Affensinnigen, die wie ein neuer Lederriemen knarzen.

Sollt ich ihm durch Hornruf verkünden, dass ich nichts wissen möcht von Heiltum? Ich lern vom Vogelschwarm, ich trink abgekochte Eselinnenmilch, ich gieß mir die Schusswund mit siedendem Holunderöl aus: Das hab ich gelernt durch eignes Tun. Ich vermisch mich fleischlich mit der Hur. Ich bleib beim alten Gebrauch und reiz keinen zu Frevel und Aufruhr: Das geschieht nicht durch Eingebung, das ist mein Wille. Der Ketzer soll sich abschilfern im Tumult wider meines Papstes Gräuel. Ich geh's mit Geschick und Gelenk an im frü-

hen Tagesblau, er schreibt und schreibt, die Geißen und Kälber lecken die Seiten blank.
Die Eisenacher rücken mit dem Zinker ab. Schrotter wird lebhaft, da Herwig mich behämt: zwei Fratzen ziehende Schrate.
Ihnen stockt das Herz, als der bleiche Ketzer ruft: »Die Bestie brüllt, die Propheten brüllen, Endzeit ist erfüllt, das Reich Gottes naht.«
Aus Furcht vor des hohen Junkers Mordraserei sprengen sie in Richtung der Feste.

Der Blinde setzt eine Walnussschale aufs Wasser der trüben Lache, schiebt mit dem Finger den kleinen Kahn sachte herum. Der Türmer schaut vom Bergfried herunter auf den Vetter. Ich frag ihn, was er spielt, ich frag ein zweites Mal, er zerdrückt die Schale in Stücke und flieht. Das Waschweib hat ihm Zauber beigebracht: Wenn die Gerstenkörner auf dem heißen Herd springen, droht Fährnis. Werden sie nur liegend geröstet, darf man auf Gunst hoffen. Der Türmer wirft Lose, um kommendes Glück oder kommenden Schreck zu erkennen.

Ich setz den Rundgang fort, find in dunklen Unterschlupfen Rattenkot und Schimmel. Kein Feind, keine glühenden Augen.

Der Hauptmann befiehlt Luther und mich in die Diele. Der falsche Junker hat Sauerkirschen gegessen, um die Schärfe der Galle zu dämpfen. Schweiß rinnt ihm in den Bart, wir schwitzen alle unsere Wämse nass.

»Was denkt Ihr über die Ehe?«, sagt der Hauptmann.

»Von Gott befohlen«, sagt der Mönch.

»Mein braves Weib starb. Jetzt will ich mich mit einer Freifrau verbinden.«
»Tut es. Darauf liegt Segen.«
»Ihr seid unbeweibt. Gilt noch das Gelübde?«
»Nicht für mich und nicht für andre Brüder«, sagt der Mönch.
»Hier könnt Ihr Euch umschauen«, ruft der Hauptmann und lacht.
»Es wird die rechte Zeit kommen.«
»Wann? Wird's geschehen, da Karfreitag auf einen Mittwoch fällt?«
Der Frater wendet sich ab, als hätt der Hauptmann vor unsren Augen schwarze Maden erbrochen. Er will seine Keuschheit unbezweifelt wissen. Was macht wohl der Blinde in der Hitze der Brunst?
Ist er lendenlahm? Gehört er deshalb zu den Ungelernten, zu Jesu heimlichen Jüngern?
»Es gibt Gerüchte über Euch«, sagt der Hauptmann.
»Die Eiche fällt von einem Streich nicht«, wispert der Mönch, »sie fällt von vielen.«
»Die junge Dame, von der ich sprech, sie weiß von Euch. Sie hat gehört, dass Ihr in meiner Feste in Gewahrsam seid.«
»Von Euch?«
»Nicht von mir«, sagt der Hauptmann kalt, »zweifelt nicht an meiner Ehr!«
»Ich bitt um Vergebung, Kastellan.«
»Sie darf Euch nicht sehn! Ihr wisst, weshalb.«
»Weiber nehmen ist kein Pferdehandel«, sagt der Mönch.
»Was?«

»Bei Frauen ist des Schwatzens hohe Schule.«
»Ihr seid nicht erfahren«, sagt der Hauptmann, »Ihr solltet schweigen. Ich kenn mehr Männlein als Männer mit starkem Sterz. Die Kerle lassen sich keine Spinn überm Maul wachsen.«

Der Mönch räumt die Schergenstube, die wenige Habe passt auf einen Maultierrücken: Tintenhorn und Schreibfeder, ein Nuppenglas für den Wein, ein Stangenglas fürs Bier, in der Baumtruhe Kutte und Riemenschuh, ein Glockenfußleuchter, Bücher. Er zieht ein ins Männergemach im Palas, überm Sockelgeschoss neben dem Speisesaal. Die Fensterlöcher sind mit ausgespannten Tierbälgern verschlossen oder mit gefirnisstem Pergament bespannt. Die Wächter müssen weichen.
Es riecht in der Kammer nach gerösteten Schweineschnauzen, nach Talg, Wachs und Schmiere. Ich lass ihn in Ruh beten, rüste mich für den Botengang: Der Hauptmann hat befohlen, des Tags umzugehen in Eisenach, er fürchtet Volkes Aufruhr.
Man hat den Affensinnigen aus der Kiste gezerrt und vertrieben, hör ich, er ist Blut vom Blute des Zinkers, den man im finsteren Angstloch peinigt. Kaufleute und fromme Bürger streichen auf gestelzten Überschuhen durch die Straßen, ihr Blick geht hoch zum Himmel, auf der Suche nach dem Feuermal, das ein irrer Bettelmönch geweissagt.
Ich sehe den Kerl vorm Franziskanerkloster halb nackt sich auf Dornen und Disteln wälzen, dann zeichnet er mit der Zunge Kreuze auf die Erde. Ich lausch den Ge-

schichten der Kerle und Weiber, die ihn umstehen: Er hat die ganze Nacht mit dem Kopf nach unten in frommer Tollheit im Rauchfang gehangen. Wieso? Der Heilige rettet Seelen aus dem Fegefeuer.
Das ist eine üble Manier. Junge Frauen wollen ihm den Saum küssen, er lässt sie huldvoll gewähren. Was soll ich vor diesem Mann die Kappe lüpfen. Einer Dirne Schoß und eines Mönchs Gewissen tragen, was man ihnen auflädt. Hülf die Kutte vor dem Höllenfeuer, so wird das Kuttentuch sehr teuer: Das sagte mir mein Obrist, vor dem Kriegszug, zwei Stunden später traf ihn ein Pfeil im Genick.

Ich flieh vor dem Jahrmarktaffen, ich flieh zu den Niederen, die heimliche Reden führen. Eisenach ist Pfaffennest, es gibt viele wackere Streiter meines Heiligen Vaters. Ich hör: »Martins Ketzersekte druckt fliegende Schriften, die Gelehrten lesen sie uns vor. Hat der abtrünnige Frater in der Biblia einen Übungssatz entdeckt? Gerächt durch den Glauben, was soll das heißen? Dass wir uns irren, ist bekannt. Dass die alten Propheten irren, weil's dem Doktor so vorkommt, ist teuflisch. Der Mönch lehrt Zertrennung! Wer hat ihn berufen?«
Ich hör die Schinder, die Lohgerber, die Riemer reden: »Luther ist der Finger in den Himmel, der Aufstand der Erde. Die Herren fluchen: ›Ihn gibt es nicht, er ist der Lichtschein der Hölle.‹ Wir aber bezeugen: Es ist nicht wahr. Er betet keine Gebeine an, keine Sackbündel in Kleidern, kein bemaltes Holz, keine bemalte Wand. Im Anfang war das Wort, und Luther spricht es nach.«

Werd ich gefragt, schweig ich. Das ordnet mein Herr, der Fürst: Schutz und Bewahrung. Dunkle Worte hat der fürstliche Hofprediger Spalatin gesprochen, beim heimlichen Gespräch; er las laut vom Blatt ab: ›Futter, Last und Prügel gebühren dem Esel. Es soll der Bauer sein Himmelreich verdienen durch den Dienst am Fürsten. Ein rüstender Knecht und ein pflügender Fürst, das ist vom Teufel gestiftet. Die Bauern sollt man schlagen und klopfen, bis sie sich in Hundedemut beugen. Dann schlitzt man dem Teufel die Zunge.‹
Er las laut von einem anderen Blatt ab: »Einen großen Titel führte auch Luzifer, der hellster Stern gewesen, jetzt frisst er Christenseelen in unseren Landen, größte Leuchte zu Füßen des Herrn gewesen, jetzt wühlt er sein Maul ins Aas. Frommheit löst uns aus seinem Anhang. Ohne offene Fehde wird's nicht gelingen. Alle Throne werden umgeschmissen. Es wird aufgehen ein anderes Reich. Die Hochlöblichen stürzen …«
Herr Spalatin sprach zu mir wie zu einem Kinde, des Verstand er schärfen wollte, er sprach von dem Frater als unserem Freund in Diensten, von dem mächtig bewegten Doktor, dem Verhandlungskunst fremd sei. Was sollte man halten von der Zeile: ›Der Heiland hat seine Macht offenbart, offenbar ist aber auch die Verderbnis aller Stände worden …‹ Wie sollt man den Satz verstehen: ›Fleisch der Freien und der Knechte, Fleisch der Obersten und der Untersten, Fleisch der Reinen und der Verunreiniger, alles eins …‹
Seine Kurfürstlichen Gnaden erweise Martin Luther Gunst, Richten und Retten sei das Tagwerk Seiner Er-

laucht, und wenn er wüsste, was der Augustiner unter Berufung auf Kirchenvater Augustinus predigte, nämlich den Schrecken der Gesetze gegen die Ketzer aufzufahren, wenn er dies Geschrei vernähme, dann entstünden Ungelegenheiten. Der Mönch ward von Gott beglaubigt, das Volk wollt's gläubig hören und Wunder des Heiligen berichten: Luther hätt schon im Mutterleib Psalmen gesungen. Wenn er heut weint, verlieren die Engel Flügelfedern. Da aber auch sogar die Fingerhüter glaubten, dass sie nicht durch den Herrn, aber durch Luthers Gnade erfunden und geweckt wären, was hinderte sie daran, einen Spieß auf die Achsel zu nehmen und den Thron des Fürsten umzuschmeißen?

Herr Spalatin fragte mich: »Bist du bereit für die üble Stunde, da du entscheiden musst zwischen Fürst und Mönch?« Ich schwor Treue, ich schwor, es mit keiner Silbe zu erwähnen. Vor der Schelmenschelte graust's mich nicht. Zu den Ehrvergessenen gehör ich nicht. Es ist die Zeit: Bartscherer und Badstuber, Stein- und Bruchschneider, Zahnbrecher und niedere Krieger sehnen sich nach Waffengetöse. Sie liegen auf Stroh und denken: Ist es nütz zur Seligkeit? Was kehr ich der Obrigen Schmutz in den Rinnstein vor meiner Tür? Was geb ich dem Pfaffen den Zehnten, statt dass ich ihm mit dem Glutstock Zeichen meines Hasses aufbrenne?

Ich kenn das verwilderte Volkstum, es ist ihm die Ruh genommen, der Ketzer ist schuld. Ich bete, dass das alte Reich in ewiger Zeit fest und unerschütterlich bleibe. Dies sag ich dem Burgvogt, als ich später vor ihm steh

und erzähl. Er hat vergessen, was er mir aufgetragen, sein Weib wird kommen, wir sehen Dunkelheiten, er ist blind geworden für das Licht, wir tragen alle Blendleder, die Klappen liegen auf unsren Augen.
Ich sehn mich nach dem Hürlein. Hat der Hautriemen, den ich ihr geschenkt, sie vor Hurenmeuchlern bewahrt? Ich lauf zum Junker Georgen im neuen Gemach. Er steht am Fensterloch, den Tierbalg hat er abgehängt, er schaut gebannt hinaus auf Berge. Auf den Wink von ihm stell ich mich neben ihn und starr in die Richtung, in die er zeigt.
»Was siehst du?«, sagt er.
»Land und Himmel.«
»Nein, dort ... wie heißt der Berg?«
»Hörselberg.«
»Siehst du es?«
»Schwaden steigen auf«, sage ich.
»Eine bebende Rauchsäule«, wispert er.
»Gewölk, das sich von der Erd emporhebt. Dunstnebel, Meister.«
»Nein«, ruft er, »das macht der Erzwolf.«
»Wer?«
»Der Nachtzehrer, der Blut und Mark saugt.«
»Du sprichst von deinem Lieblingsaffen, dem Teufel«, sage ich.
»Es hat begonnen.«
»Es endet, predigst du alle Tag«, sage ich, »steht dir der Sinn nun nach Anfängen?«
»Der Wolf kommt aus dem Holz«, sagt er, »der Wolf geht in die Herde. Wer will ihn bannen?«

»Du, Meister?«
»Das ist nicht von dieser Welt. Dämon hat Macht erlangt. Ich erschau seine Scheußlichkeit.«

Der im Junkerwams schwitzende Mönch erzählt: »Satan weilt in grimmigen Ecken, spießtief packt er Lügen in seinen Hals, wer Satan nicht Sporen streuen sieht, ist ein tot Ding, hoch und weit speit er Bluttat, Verhängnis, falsches Licht in der Farbe von jungem Gold, tausend Ochsenfuhren voll, Satan, mit schuppiger Höllenborke versehen, mit geschwürigem Rachen, ist der Meister der Verzauberung, er kommt über den Bauern, der seinem Weib in der Ackerfurche beiliegt, er kommt über den Pfaff, der heilige Stücke vorzeigt und unübertrefflichen Ablass zuspricht.
Magst alle Steine umwenden, du findest den alten Feind, denn Satan ward durch den Fall nicht geborsten, Sturz und Gottesgrimm hat er überlebt. Sich in alle Gestalten verwandeln, das kann er, der Gottlose wird alles verlieren, denn Satan stört und verstört.
Sagen nicht die Gerber: Häutchen, was stinkst du, aber Geldchen, wie klingst du? Sie sind fromm und gut. Grindig aber sind die heiligen Wallfahrer, die nach Winselei und Heimkehr glauben, der Schwefelnebel hätt sich verzogen, kotige Heidenseelen, sie sind versteinert zu Götzen. Es brauchte eines Augustinus, den Hammer, der auf die Ketzer einschlug ...«
»Halt ein, Meister«, rufe ich, »das war kein guter Christ.«
»Was?«
»Schreibt er nicht: Jedes ungeborene Kind gehört dem

Teufel, weil's in der Hitze der bösen Geschlechtslust erzeugt ward?«
»Woher weißt du das?«, sagt er.
»Ein gelehrter Pfaff hat's mir beigebracht.«
»Ein schriftkundiger Krieger, das ist selten.«
»Schreibt er nicht: Alle, die nicht von einer Jungfrau geboren sind, gehören dem verdammten Menschenvolk?«
»Er schreibt's in anderen Worten«, sagt er, »aber du triffst den Kern.«
»Ein ungetauftes Kind fährt nach Augustinus gleich in die Hölle«, sage ich.
»Sie sammeln sich im Limbus infantium, in der Vorhölle, der Kinder ohne Taufe.«
»Ohne Schuld verworfen, ist das gerecht?«
»Das lehrt der Patron, dem du huldigst«, sagt er und lacht auf.

Ich empfang das Heil, da ich mich meiner Kirche unterwerf, der Ketzer vergrämt mich mit Flüchen, er verwünscht den Heiligen Vater, den er Römling schimpft: Glaube der Römer an seine Vollmacht, zu binden und zu lösen? »Unter meine Füße mit ihm«, schreit er, »der Hohepriester maßt sich die Oberhoheit an, das ist ihm nicht von Christus versprochen, das ist ihm in die Hand gegeben von seinem Vater, dem Teufel ...«
Ich lausch ihm, wie ich Männern aller Stände lausch, die von Schwiemel und Geisterei schwätzen. Der Diener Brauch sei es, zu dulden, und also duld ich. Kann ich doppelgläubig sein? Ich fecht gegen die Lumpenbrut, gegen Strohschneider und Stümper. Soll doch eine

Hälfte der Welt Ketzern zufallen, die andre Hälfte reicht mir vollauf. Der tobende Mönch ist nicht Lügenapostel noch falscher Christ, es wird das Gottesreich nicht kommen, das er verkünden möcht. Er predigt: Gewalt ist von Gott, der Fürst ist unverrückbar, der Stuhl des Antichrist soll aber bersten. Die Macht der Römlinge, der mächtigen Sauköpfe im goldenen Stall, wird zerfallen. Was lahmen wir, statt zu stürmen?
Luther ist ein der Kirche Christi abgehauenes Glied. Ein teutscher Stimmführer. Muss er alles unter seine Füße tun? Muss ich ihn verhimmeln? In den Ställen und Spinnstuben sprechen sie von der Neuerung: Frater Martinus lehrt Gottseligkeit. Wer muss auf seinen Buckel einen Eselssattel tragen: er oder ich? Ich glaub nicht meiner Kirch, ich glaub nicht dem evangelischen Geist des Ketzers: Das Kind ist sündlos. Es brennt der Kerl, der es in die Hölle schickt. Bei Predigern kann sich zwischen Kelch und Lippen viel tun, ich entsag mich dem Pfaffenwort.
Ich erzähl dem Mönch von den neuen Wundern: Ein Bauer brachte ein frisch gekauftes Schwein rückwärts in den Stall, dass es zur prächtigen Muttersau gedeihe. Da fiel er aufs Gesicht und ward tot. Als man ihn umdrehte, sah man schwarze Stiche in Gestalt des umgedrehten Kreuzes.
Eine Magd, die sich vom Incubus besamen ließ, gebar einen Knäuel sich windender Würmer, man erkannte in ihr eine Buhldirne und erdrosselte sie im Kindsbett.
Ein Kind mit blutigen Schläfen im weißen Hemd, dünner Zweigstrauch in der Hand, zeigte sich auf dem

Hügel, da riss die Erd auf und schluckte Mann und Weib.
Wunder, die man hört, sind nicht Wunder, die man sieht, und doch erhitzt es den Ketzer: »Dämon dröhnt und begeht tausend Teufeleien.« Ist das der Mann, der dem Kaiser getrotzt?
Ich schau auf den Teller: das Fleisch ungebissen, die dicke Tunke geronnen.

Wächter Herwig ruft mich auf den Hof: Hauptmanns Verlobte, Herrin Beate von Ebeleben, ist eingetroffen, als Burgfräulein sei's ihr Vorrecht, dass wir vor ihr Haupt und Knie beugen, der Kastellan schickt die Vermahnung, Sitt und Anstand mit großem Fleiß zu achten.
Ich folg ihm in die Diele unseres Kommandanten, die Dame steht neben ihrem knirschenden Mann. Die Hörnerhaube krönt sie, der Leibrock presst ihre großen Zitzen, ich hefte den Blick jäh auf meine Füß und denk: Da hat der Pappschnabel von Berlepsch Händevoll zu greifen.
Ich werd als Waffenknecht vorgestellt, ich heb den Blick und sehe Tasche, Schlüssel und Dolch eingehängt in die Haken am Gürtel, der lose auf ihren Hüften liegt. Die kleinen Schellen am Rock klingeln, als sie sich umdreht zum Verlobten, der mir barsch befiehlt, durch Gang und Stuben zu gehen, die die junge Freifrau bezieht. Ich schlag aufs Gehenk, steig hoch, zück den Katzbalger, stürm hinein und heraus, kehr zurück, meld dem

Hauptmann, dass die Kammern frei von Feind und Geist seien.
Nun ist die Freifrau geweckt, welcher Geist, ist's der Geist, der die Schindeln umdreht oder zu Scherben und Splittern zerbeißt?
»Nein, Herrin«, sage ich, »es war von mir unbedacht geredet.«
»Der Kriegsknecht hat engen Umgang mit Niederen«, sagt der Hauptmann streng, »daran leidet sein Betragen.«
»Mein Herr hat recht«, sage ich zur Freifrau, »ich bitt um gnädige Verzeihung.«
»Der Kettenhund«, sagt sie, »ist er zahm?«
»Nicht zu finsteren Fremden, Herrin.«
»Könnt ich ihn streicheln?«
»Mit Gunst zu melden, nein.«
»Er sollt sich an mich gewöhnen.«
»Ich verbürg mich dafür«, ruft der Hauptmann und entlässt mich mit scheuchender Hand.

Wird der Kerl im Schein der Öllampe, in der Nacht, da eisige Winde draußen brausen, an Salbtöpfchen riechen, die sie ihm reicht? Wird er Pulver, Kräuter und Pasten loben müssen, da sie sich ihm sonst verschließt?
Das Weib ist geschmeichelt von seiner Macht über narbige Kerle. Der Ketzer lehrt: Das Weib soll in abgetragenen Kleidern das Haus verlassen und durch die Gassen gehen. Das Hinterste muss bedeckt sein, in Schleiern sollen die Weiber laufen. Sie würd den Mönch, wenn er's Maul nicht aufklappt, nicht erkennen. Der Leibhaf-

tige umzüngelt ihn. Das Weib umzüngelt den Kastellan.
Als hätt ich's beschrien, greift mir der Hauptmann von hinten jäh ins Genick, wie hat er sich anschleichen können? Er faucht mir ins Ohr: »Es wird mir lang im Magen liegen, dass du mein künftiges Weib missachtet hast. Ich warn dich, Knecht, dies ist mein letztes Wort, du wirst sie nicht beschauen. Du wirst mit gesenktem Blick zur Seite treten, wenn sie des Weges kommt. Sonst schreib ich meinem Fürsten, dass ich dich im Südturm tief im Loch verwahr. Pack dich, Kerl!«

Wir erstarren, es schreit der Mönch, als hätt ihn der Bolzen getroffen, ein großes Schlagen und Stoßen, wir hetzen ins Palas, ich sehe noch einen Schmierschatten übers Traufgesims ziehen, dann bricht der Kalkmörtel, und die Dunkelheit wird in die Mauerspalte gesogen, ich rück mit gezücktem Eisen durch den Stall, spring über die Stufen, Luther hält die Biblia in der Hand, vom messingenen Eckbeschlag tropft Blut, »wer ist wie Gott?!«, schreit er, »gelobt sei der Herr in der Höh«, er holt aus zum Schlag gegen uns, und da er uns erkennt, legt er das heilige Buch auf den Tisch.
Ich sehe die Bisswund am linken Handgelenk, ich stürm in den Speisesaal, rüttel an den Sperrbalken der Holzläden, die Köchin und die Magd sind zu Tode erschrocken, nichts geblickt, nichts gespürt, ich steige die Stiegen rauf und runter, und als ich wiederkehre, seh ich den Hauptmann nah beim Ketzer stehen.
»Mund aufreißen«, befiehlt er, der Ketzer gehorcht, und

der Vogt schiebt die Lippen auseinander, starrt auf die Zähn, starrt auf den Biss, löst sich vom bebenden Mönch.
»Was ist geschehen?«, sage ich.
»Satan griff an«, wispert er.
»Draußen«, sage ich zum Hauptmann, »hast du's auch gesehen, Herr?«
»Verschmierter Nebelfetzen, der entwich«, sagt er leis.
»Das war die falsche Schlange«, ruft der Mönch.
»Trug«, sage ich.
»Er wurde gestürzt, der große Drache … Weh aber euch, Land und Meer! Denn der Teufel kommt zu euch hinab und hat einen großen Zorn, er weiß, dass ihm eine kurze Frist bleibt …«
»Die Offenbarung.«
»So wie er gestürzt ist, möcht er zu Boden schmettern, Mann und Weib.«
»Potz Tausendsakrament«, ruft der Hauptmann, »wer hat Euch gebissen?«
»Schwarzer Hund Teufel«, sagt der Mönch.
»Auf meiner Burg gibt's nur den Kettenhund, der hat helles Fell.«
»Er war's nicht, Kastellan.«
»Sprich, Meister«, sage ich.
»Erst hör ich Geflüster: Gott ist dein Gift. Bist du vergiftet? Ich dreh mich und dreh mich. Nur Geflirr, keine Gestalt, nur eine Stimm aus Abgründen. Ich hör: Fac mihi nominium. Leiste mir den Treueeid. Aus den Wänden quillt's Wort und Wort, Fac mihi nominium …«
»Satans Latein«, wispert der Hauptmann.

»Eritis sicut Deus, erstes Buch Mose, Kapitel drei, Vers fünf.«
»Was heißt das, Meister?«
»Ihr werdet sein wie Gott. Einst ward er Morgenstern des Herrn, jetzt ist er Erzlügner worden.«
»Warum biss er dich?«
»Er will nicht Gott sein«, sagt der Mönch, »er will den Mann lenken zum bösen Wort, das da heißt: Mehr als Gott will ich haben. Er steckt mich an, der ich widersteh, zu glauben, dass er ans andre Ende Gottes entweiche ... Ein wütiger Hund mit verschorftem Fell, da saß ihm Satan leibhaftig drin.«
»Das ist sein Mal?«, sagt der Hauptmann und zeigt auf die Wunde.
»Er hat ein spitzes Maul, dass er uns sticht und bricht«, sagt der Mönch, »dass wir bluten sieben mal sieben Wundmale.«
»Wie ging Eure Rede wider ihn?«
»Ich fehl bei deiner Götzenmesse, das hab ich gerufen, und schon riss seine Fratze auf.«
»Nur diesen Spruch?«
»Gulden aus Tonscherben machen, das ist der Spaß der Schwindler«, sagt der Mönch, »Leben in Lehm hauchen kann nur der Herr.«
»Ihr habt gepredigt?«
»Ich griff zur Schrift und hieb in die Fratzenspalte.«
»Und dann, Meister?«
»Ich sprach das Gebet, das Heiland uns gelehrt: Unser Vater im Himmel. Dein Name werde geheiligt. Dein Reich komme. Dein Wille geschehe auf Erden wie im

Himmel. Gib uns unser täglich Brot immerdar. Und vergib uns unser Sünd. Denn auch wir vergeben allen, die uns schuldig sind. Und führe uns nicht in Versuchung. Sondern erlöse uns von dem Übel.«

»Der Herr erhört«, ruft der Hauptmann und erschrickt, als der Mönch die tönerne Öllampe zu Boden schleudert und dann in Seelenruh die Scherben aufliest. Er streut sie auf die Treppen: Er will's merken, wenn der Dämon naht, ein nächstes und übernächstes Mal wird's geben, kein Zweifel, die Hundsgestalt lauert. Der Hauptmann möcht mit dem Hundehirt reden, er will nicht wanken, aber den Spieß in den Feindesleib stecken.
Ich will nach dem Bader schauen, Luther verstellt mir den Weg, er sagt: »Damit kenn ich mich besser aus, bleib.«
Ich wach über ihn, ich decke seinen Rücken und seine Seiten, ich fürchte mich vor der bösen Kraft, die lockt und mit Gesichten prahlt. Den Mönch hat diese Kraft mit Stummheit geschlagen. Was hat er geschrien? Wer ist der Mund Gottes?!
Im Nachthimmel durchqueren die Lüfte nicht allein Krähen und Raben. Sollte man die Türschwelle mit Weihwasser und Pestsalbe besprengen und beschmieren?
Der Ketzer würd mich Papist schimpfen und fordern, dass ich mich der Entsündigung unterzieh. Ist der Unreine vertrieben? Wenn der Teufel faucht, gibt's Stürme. Die heilsamen Winde fauchen die Engel. Ich schreit in die Küche, Köchin und Mägde flüstern, und als ich sie

befrag, ruft die Magd: »Es zeichnet der Teufel den Aussatz, wenn im Leib die Sünde stinkt.«
»Ich stoß dich um«, sage ich streng.
»Der Herr Georgen, er ist befallen.«
»Wovon?«
»Ich rede nur nach, was die Leute reden«, sagt sie.
»Verrat's mir. Sofort!«
»Die gottverhängte Buße gelingt dem Junker schlecht.«
»Macht's ihn zum Schandbub, Weib?«
»Was weiß ich schon?«
»Weiter«, sage ich, »sonst schnür ich dich auf.«
»Bin schon vergeben einem Eisenacher Türmer«, sagt sie und kichert.
»Er muss es nicht wissen.«
»Hör auf, das Mädchen zu quälen«, sagt die Köchin.
»Dich würd ich auch gern quälen. Du oder sie, mir ist's gleich.«
»Der Herr Georgen kommt aus dem Totenreich«, sagt die Magd leis.
»Er ist aus Fleisch«, sage ich, »wenn man ihn zur Ader schlägt, fließt Blut.«
»Mir hat er gewispert: Das Böse ist geboren, es zerreißt mich. Mich hat's gegraust vor Unheimlichkeit.«
»Kann er Zauber«, sagt die Köchin, »kann er Blutregen herbeibeten?«
»Ein bloßes Wort muss er sprechen«, sage ich, »und dir sind die Knochen im Leib gebrochen.«
»Nein«, ruft die Magd.
Sie steckt den Holzstock in die Grifftülle der Dreibeinpfanne und holt sie aus dem Feuer.

Ich sage: »Ein Wort nur, und ein Geist schüttet dir heißes Pech auf die Fußsohlen, das ist dem Herrn Georgen ein Kleines.« Die Köchin scheucht mich auf den Hof. Ich beschau mit Vorsicht die Ritz, in die Hund Satan kroch: Sie raucht. Mörtel verbrannt und verklumpt. Stellte sich der Feind, würd er mich würgen? Wart und Wächter auf dieser Höh, wir sind schwach.

Herr Spalatin,

ich send den Brief des Mannes in Gewahrsam. Er zerriss ihn in Fetzen, ich fand die Fetzen und schick's laut Befehl.

Dämonen verblassen nicht, sie ahmen ihren dreimal verfluchten Vater nach. Wie der Teufel stürzte, so stürzen sie und brennen, da sie aufschlagen, einen Stempel in die Erde. Die stinkende falsche Gottheit, die sie anbeten, wird sie nicht belohnen, sie brennen und schreien auf ewig. Gott ist verborgen.
Sollt ich mich in der Nachahmung üben, sollt auch ich mich verbergen? Was Er abwehrt, lock ich dann aber an: den alten Feind, den Lichtschlucker, den verbrannten Tilger der Seelen, den Verleumder. Untergang ist bestimmt. Es wird das Feuer ausbrechen allüberall, wir werden nicht länger stehen. Die Schrift ist erfüllt. Aus den Gräbern quillt das Fleisch, morgen geschieht's mit einem Schlag. Heut sah ich von der Höhe wiedergehende Tote auf den Feldern.
Ich bin nicht unversucht. Nichts kann mich brechen.

Nicht die Knüppel der Frevler, der Herr zerbricht sie. Nicht Schenkgroschen, Gold und Gaben, nicht Geld und Gewinn, der Herr zerstäubt sie. Nicht der böse Helfer, der aus dem Staube hebt, was uns aus der Hand fiel, der Herr wirft ihn nieder. Nicht das Halbtier, das mit Tierheit lockt, sie ist nicht vollendet. Nicht das Weib im Dirnenputz, nicht ein weiberbrüstiger Engel, nicht Unnatur und Versündigung, der Herr plagt die Widersetzlichen. Der Teufel hält mich in der Klemme, nichts mag mich kühlen. Die fremde römische Hülle streift ich ab, was sag ich, ich zerriss sie. Nicht kann mich das Löwenantlitz des Antichrist schrecken, der Schmelz reißt und bricht, das wirkt der Herr. Nicht kann mir der Fürst der Welt in den Beutel blasen, da er mir flüstert: Du bist in aller Leute Mund, ich mehr deine Macht.

Nicht kann mich Heiltum berauschen, nicht können mich Ehr und Eide binden, die wider Gottes Allmacht stehen. Ich verfall nicht der Abgötterei, ich lass nicht elend stinken Brunz und Kot, ich deck meine Notdurft zu. Nicht will ich, dass Satan mir die ersten Träum Adams und Evas schenkt, was träumten sie schon außerhalb des wahren Reichs. Sie träumten vom großen Zusammenlauf der Geister, schwarz geröstet, grindig, gebörstelt, und als sie die Augen aufschlugen, sahen sie: Ein Baum, an dem in großen Kapseln und Blütenkelchen Lämmer wuchsen. Sie verbrachen im Paradeis unterm Baum der Frucht, dies nun war der Baum des lebendigen Fleisches, und da sah Adam, und da sah Eva, den Übelsten allen Lumpendrecks, vom dunklen Nimbus um den Kopf des Sündenaffs tropfte Seim, er ließ sich von seinen Knechten Rüstungsplatten anschnallen, denn es begann der Krieg, er brüllte: Gebt her eure Seelen, denn sie spotten ihrer Ketten. Gott habe, was Er mag. Er sei, wie Er sei, ich geh voran mit dem Feuer und erhelle.

Und da erwachten Adam und Eva zum wahren Leben, baten um Gottes Huld. Die wilden Dämonenvölker, hinter den Wüsteneien, sind losgelassen, von Juden bestochen sind die Römer, ich fall nicht in die Sinkgrube. Nicht zählt mir Gunst hoher Herren, Gott hat ihnen die Schelle umgebunden wie einer Katz, ihnen versag ich Achtung. Nicht bin ich der, nach dem ihr euch alle sehnt. Nichts bedeuten meine Sendbriefe, ich weiß mich überwunden, ich setz meine Haut daran, räudiges Dienstvolk zu bekehren. Die größten Zinnteller und Schüsseln rücken die Fürsten vor sich selbst, man müsst ihnen das Maul reiben, man müsst ihren heiligen Boden zerscharren. Menschenbosheit siegt. Diebisches Gesindel herrscht. Ich sieg nicht, ich herrsch nicht, ich tu alles aus eigenem Durst. Der Bannfluch liegt auf mir. Vom Teufel eingeblasen ist mir manches Wort, er wird mich nicht brechen. Träger Darm im Leibe, mein Haupt ist blöde, und da möcht ich alle Berge ebnen? Satans hinkende Schergen, tragen sie mich auf Achseln, mich, den sie aller Ketzerei Vater schimpfen? Ich verwelsch und bald hause ich in der Tiefe. Gedieh ich nicht im Klosterschatten? Legt ich nicht ein Vorrat an, für kommende Tage des Hungers? Geh ich

im Aug des strengen Richters nach Gelegenheit und Gefallen?
Frommsein bleicht mich aus. Erzhuren, Teufelsmäuler, ich hör sie sprechen: ›Hier sind sechshundertsechsundsechzig Dornen, flechte sie zum Kranz, Martinus, und deine Verkündung wird aufgenommen in die Biblia! Passt dir nicht Fürstlichkeit zu Gesicht und zu Leibe gut? Wir raunen dunkle Gebete, weil wir wollen stören dein Behagen, wir wollen zerstören den Christenleib. Winkt dir wirklich Lohn, wenn Er Seine Gnade eingießt in dich? Es gibt eine Frist in der Verborgenheit und eine Frist, da man an die Kriegsgeräte eilt. Krieg des Geistes. Krieg des Fleisches. Heut ist die große Ernte. Heut steigt das Blut der Feigsinnigen bis an die Zäume der Pferde. Dies Land wird vor Leichen strotzen. Bau an Neu Babel.‹
Ich bin verwüstet, ich bin verheert, ich bin gesäubert. Papst mit Goldnimbus. Sündenaff mit schwarzem Nimbus. Tempel werden bersten, und Feld und Wege werden verwandelt zu brennendem Schlamm. Die Verheißung ward verdunkelt. Bin ich der Patron der Giftmischer? Ist es seine Höllischkeit, der Papst?
Satan schafft sich unter den Leuten wenig Feinde. Viel Volks fällt ab. Der Feind wird uns auf den Tod zerfetzen. Es erheben sich Winde, allüberall. Leere zerbissene Nester. Nun wird die Nacht geschaffen, dass wir uns ängstigen. Ich sehe den Großen Raub, die unsauberen Geister rauben unsre Seelen, und der halbe und der dritte Teil unsrer Leiber verbleibt. Am Tag dieser Großen Tilgung wird jeder

Atem verweht, klirren jedem Mann die Zähn, die er noch im Maul hat. Wird man mir zwei Bockshörner auf den Rücken brennen? Ich ess nicht das Brot der Gottlosigkeit. Das Böse bekommt Gewalt über uns. Menschenwerk fault, Hexenwerk glüht …

Herr, heult die Hölle aus ihm? Ist er sprechendes Fleisch? Ist er ein heulender Hexer, in Christus gewandet, ein blutender Stumpf, gewachsen im Sündensumpf? Ein Wort, Herr, und ich rott ihn aus. Keine Schuppen und keine Klauen, ich acht drauf, dass ihm keine Unheimlichkeit auswächst. Mir ist er schädlich. Ist er Deiner würdig? Ist er die Spur des Feindes, Lücke und leere Stelle?
Ich duld es nicht. Ein Richtspruch, Herr, und ich brech ihm mit einem Streich das fauchende Mönchsmaul. Ich halt Wacht, wie befohlen, Herr, nah bei dem Mönch, von dem ich nicht weiß, ob er Hexer oder Kettenhund sei. Als wär der Kerl aus dem Höllenschacht gestiegen. Und doch weiß er die halbe Welt bevölkert von Befleckten. Lädt er zur dunklen Weihe ein? Wüsst ich nicht, dass jeder Pfaff die Verderbnis predigt, legt ich ihn in Ketten und Banden. Denn der Mann, der die ranzige Kutte trug, speit im hohen Schwall dem römischen Bischof in die Fratz. Ein Wink, Herr, und ich schäl ihn aus der Haut.
Ist eine schändliche Seel eingeschlossen ins Fleisch? Ich riech an ihm nur das Menschenfett der Büßer, das mir übel in die Nas steigt. Ich bin ein weniger Mächtiger. Ich wölb mich nach unten. Und streck mich nur als Gliedmaß

meines Herrn nach oben. Dann aber zum Stechen und Rupfen. Mahlen und Malmen in Deinem Dienst, das tu ich, bis man den Feind als Schlachtabfall zum Schindanger bringt. Befiehl es mir. Ich steh nicht ab vom Zorn. Ich blas in die Asche, dass dem Mönch die Funken in die Aug stieben. Ich hab das Fleckfieber überlebt. Ich knick jede Laus tot.
Vor Dir beug ich das Knie.

Burkhard, Dir untertan.

Mein Fürst gibt Brot. Sein Wort hat Gewalt. Der versteckte Mönch darf leben. Der Kurier hat mir des Hofpredigers Brief übergeben: Der Herr gebietet, dass ich mich aussöhne und auf zorniges Schellengeläut verzichte, der Mann, über den ich wach, hätt nicht ohne Grund den Namen des Patrons der Krieger angenommen, der Heilige sei einer der Nothelfer, und ich müsst den Frater weiter bewahren, sonst würd ich ins Schwert beißen wie ein Hund.
Hat Spalatin auch dem liebesräudigen Hauptmann geschrieben? Von anderen Knechten lässt er das Weib schützen. Der Ketzer aber steht am Fensterloch, starrt auf die Rauchsäule, die aufsteigt vom Berg, und manchmal schreck ich hoch bei der Wacht, weil er ruft: »Götze im Schlamm, du bist niedrig kraft der Worte des Herrn, Gott hat dich nicht erhoben …«
Er verschlingt sich selbst, er weist die Knappen ab, die ihm die vollen Schüsseln zutragen. Ich hör über die Freifrau die Mägde schnattern, es plagt sie der Albdruck nachts im Gehäuse. Sie sieht im Traum einen Fisch-

beinreißer Walbarben zu Stäben und Stangen spalten. Von Berlepsch steckt die Stäbe in die Puffärmel der lohfarbenen Robe. Es heißt, dass sie ihn ergrimmt hat, weil sie ihm den Traum erzählte. Er soll geschrien haben: »Siehst du nicht dies Schwert? Bin kein Galanterieartikelmacher. Träum eine anständige Sach!«
Was ihm gegen die Härtigkeit geht, fasst er hart an. Ich hab den blinden Tollkopf bescherzt, ich höhlte einen Apfel aus, sperrte die dicke Biesfliege ein, legte ihm die Frucht auf die flache Hand, sprach ein Lateinbrimborium, und da wackelte der Apfel, und die Bremse brummte im Kern. Der Hauptmann kniff mir ins Genick, trieb mich mit Tritt und Knuff in die Abseite. Ketzer und Krieger, neue Kerle auf der Wart, bringen ihm Schand.
Nach Stunden im Regen, da ich zur Strafe an der Zisterne geradstehen sollt, schickt er mich nach Eisenach: Heut haut der Blutvogt dem Zinker das Haupt von den Achseln.

Dreimal selig ist das Volk auf dem Markt, die Kerle und Weiber wollen wissen, dass an diesem Tag der Himmel einfällt.
Der Zinker ward erst an die Staupsäule gebunden und gepeinigt. Dann hat man ihn ins Angstloch verbracht, und begossen hat man ihn mit siedendem Wasser. Der Lochhüter Jochim ist bekannt durch seine weisen Sprüche: »Wer sich nicht bessert, den nehm ich in die Schule.« Er hat den Zinker Schreien und Grausen gelehrt, er soll ihm alle Zehen abgekniffen haben.
Dem Schänder einer schwangeren Frau geht's nimmer

wohl, die Herzen der Menschen aller Stände beben, dies ist Recht, das jedermann gefällt. Dem Schuldigen dottert, das brüllen sie ihrem Nächsten an der Seit. Von einem Müller hör ich: Die Knechte haben die kleine Bühne gezimmert und den Strafpfahl im ausgeschnittenen Loch aufgerichtet. Der lichte Galgen besteht aus entrindetem Holz, sonst könnt sich ein Dämon oder die ausgefahrene Seel des Mörders zwischen Holz und Borke verbergen.

Ein hoher Herr auf Trippen ruft: »Mit starkem Strick müsst man auch den abtrünnigen Martinus aus dem Pfuhl ziehen, er ist der Schänder der Nonnen!«

Fast wär ich dem Verleumder in die Rede gefallen, ich beiß mir in die Lippe. Der Frater scheißt dir von der hohen Wart aufs schäumende Maul, denk ich und geh in die vorderen Reihen. Da entdeck ich das Hürlein, der Hautriemen baumelt ihr um den Hals, sie beißt ins Brot, der Hunger macht hart Brot zu Speckkuchen. Sie erschrickt, als ich ihr den Nacken behauch, ich dräng mich ihr zur Linken.

»Gleich kannst du Blut vom Munde lecken, Blut, das der Zinker verspritzt«, sage ich.

»Was suchst du?«, sagt sie.

»Hab's schon gefunden.«

»Du bist aus böser Wurzel!«, ruft sie.

»Weil ich dich gewürgt hab? Hab halt kein weiches Schnäblein.«

»Dich müsst man auf den Galgen stellen.«

»Wird schon geschehen, aber nicht heut«, sage ich, »der Hauptmann hat hohen Besuch.«

»Ist's unser Fürst?«
»Das Weib, das er zur Ehefrau nimmt.«
»Was tut er?«, ruft sie und lässt fast den schimmligen Kanten Brots fallen.
»Musst die Jagd abblasen«, sage ich, »hast nichts gefangen.«
»Lügen tust du.«
»Ich schwör nicht wie ein Gassengeck. Es ist wahr. Sie ist jetzt Burgfrau. Was hat der Hauptmann dir versprochen? Hecht in Sülze in der Früh und Kapaunenbrüh in der Nacht, bevor er dich durchwalkt?«
»Scheiß und Dreck schmeißt du«, ruft sie, »kaum dass du die Kinnbacken aufsperrst!«
»Sein Glück ist das Beste«, sage ich, »er bleibt in seinem Stand, und dich und mich lässt er sinken …«
Die Hur flieht, als hätt ich wie der Burgherr Lieb und Lust versprochen. Nun sind ihr Salz, Talg und Feldfrucht verdorben. Was fällt ihr das Leben in Asche, wenn der Trug offenbar wird?
Ich spring ihr nicht nach, ich säusele nicht, ihr Kummer wird vergehen. Wer ist in wessen Kopf ? Von Berlepsch im Kopf des Hürleins. Satan im Kopf des Ketzers. In meinem Schädel spukt kein Graus.

Ich hör den Ruf eines Mannes hoch über den Köpfen des schaulustigen Volks: »Macht Platz, auf dass euch Gott das Leben schenk!« Auf einem Karren wird der zänkische Zecher in Banden gebracht vom Meister der Verliese. Der Gehilfe des Henkers reißt mit glühender Zange Fleisch vom Fleische aus. Zinker brüllt und brüllt, das Volksgelump begeht dies Fest, als gelte es, den Türckensultan aufzuspießen. Man hat dem Räuberführer Hautriemen herausgeschnitten, die blutigen Messer pendeln am Gürtel des Knechts.

Er zwingt ihn vom Karren aufs Gerüst, der Blutvogt folgt ihm mit dem prächtigen Richtschwert, er beugt das Haupt vor den Männern des Rats. Der Zinker fällt auf die Knie und wird aber hochgezerrt, Henker und Gesell schnüren ihn auf die Bank.

»Eure Gunst«, ruft der Henker.

»Dir gewährt«, ruft der oberste Ratsmann.

»Fecht ich hier mit eigner Kraft?«

»Dies Schuldopfer haben wir dir zugeführt.«

»Ich soll glätten?«

»Die Bosheit läutern«, sagt der Ratsmann.

»Dem Sünder die Kehl drücken?«

»Am Kultstein Gottes, ja!«

»Welche Stelle ist gelost?«, sagt der Henker.

»Unnennbar ist seine Sünde, brich ihm die Brust.«

»Eure Gunst.«

»An den Rumpf mit Gunst!«

Auf dies Zeichen fährt der Blutvogt dem Zinker mit dem Eisen hinein, es kümmert ihn nicht Schrei und Jammer, er sticht und wühlt und sticht, er spreizt ihm die Brust, schneidet das Herz aus dem Leibe und schlägt ihm damit drei Male aufs Maul. Der Herren Durst ist nicht gestillt.

Der Henker schlägt der Leich auf der Bank Nägel in die Schläfen, und bei der dritten Gunst haut er mit einem Streich das Haupt ab.

Der Knecht lässt sich den Schädel reichen, der vom Galgen herabfiel unter die Leute. Ich sehe den Fetzenwulst, erst gab der Kerl das Ohr, dann Haut und Herz.
Die Herren rücken ab, eine faulige Seel ist der Welt entfahren, der Frevler ist Vogelfraß, er soll Wind und Raben ausgesetzt sein. Was wird man mit dem vogelfreien Frater tun, wenn man ihn fängt? Man stellt ihn in die Scheiter. Erst brennen Stroh, Reisigbündel, Holz, Pech und Schwefel, dann brennt der Ketzer, den man mit nassen Stricken an die Sündersäule band. Es würd brennen im Peinkleid ein Mann, der viele Feuer entfacht.

Kerl und Weib allesamt stürzen sich auf die kopflose Leiche, sie haben Messer gezückt, sie wollen schneiden Nas und Gaumen, Ohr und Fingerkupp, der Henker treibt den Haufen brüllend und mit deftigen Maulschellen zurück. Ein mächtig starker Waldochse von einem Mann drischt mit dem Knüttel zu, der Hieb des Blutvogts fällt ihn. Er möcht die Stücke des Geköpften für gute Gulden anbieten, sie sind ihm vom Rat als Blutlohn versprochen.
Es zupft mich jemand am Rock, ich dreh mich jäh um, hol aus zum Schlag und erstarr: Die Magd, die von meiner Seite wich, zieht an mir, wir laufen in die Gassen. Viel Volks will störtzen, rupfen, stechen, ich fäll Lumpen, die nach der Hur greifen, sie fallen wie geborstene Viecher, ich bin der Buhler der Dirne, ich komm mit Gewalt über sie.
Ich fecht kurze Kämpfe, bis wir zum Hurenwinkel gelangen, Schlick und Mist spritzt hoch, losgerissene Säue

brechen durch den Schlamm, und endlich sind wir in der Kammer, ich schnauf mich mit dem Eisen in der Hand ruhig.
»Hab's Blut gerochen«, sagt sie.
»Es floss und floss aus ihm heraus«, sage ich, »es floss aufs Gerüst und herunter auf die Erde.«
»Die Bösen haben's in Fülle.«
»Was?«
»Das Blut. Es ist in ihnen, mehr als bei uns. Sie sind widersinnisch. Aber der Heilige Geist lässt sich nicht übermeistern. Jetzt hat er Scharten am Hals.«
»Ein Schlag, ein Kopf«, sage ich, »dein Wirt, der Blutvogt, ist ein wahrer Meister.«
»Hab's Blut gern gerochen«, sagt sie leis.
»Bist verdreht. Bist die böse Else.«
»Hab's gern gesehen, dass er dem Kopf Nägel eintrieb.«
»Weil er den Geist auspflockte?«
»Hat ihm die Seel zerschändet«, sagt sie, »der Teufel geht rum und rum, sucht die Fetzen, er bekommt sie nicht am Stück, was ihm eine Freud wär.«
»Was sprecht ihr alle immer von dem Erzfeind«, sage ich.
»Wer redet denn noch?«
»Jeder, der ihn herbeiruft.«
»Hab den Finger ins Blut getunkt«, sagt sie und spuckt auf den Mittelfinger, streicht ein schief und krummes Kreuzmal auf den Türbalken, sie muss sich auf die Zehnspitzen stellen, dann bückt sie sich und malt das Mal auf die Schwelle.
Ich rüg sie wegen der Narretei, die kein vollgültiger

Christ machen würd, da sinkt ihr Gesicht ein wie eine ausgepresste Traube, dann aber schäumt ihr die Galle hervor, sie drückt meinen Hals, ich lass sie gewähren, bis ich nach Luft schnapp. Sie lacht und lacht, streift dabei ihren Schamflicken von den Hüften auf die Knöchel, sie möcht, dass ich sie im Stehen schwäch, und während ich vergeh, denk ich an den Tag, da ich das Hürlein entdeckte. Sie war im Tross einer Räuberschar, die schmutzige Magd, und weil sie dem Henker an die Hand gelobte, als sein Besitz zu gelten, hat er bei den Gewaltigen Schonung erreicht, sie ward für ewig Hab des Blutvogts.

Seither kann er auf seinen Hefen liegen wie ein Herr des Gesindels, er stört sich nicht dran, dass ihm verboten ist, in Badestuben einzukehren. Er hat keine Tochter, die die Ehrlichen nicht freien dürften. Er spannt Preistreiber und Zecher in den Prangerstock ein, er reibt seine Zangen für Häutung und Fingerabkneifen glänzend, er ritzt Adern an und lässt den Gemarterten ausbluten.

Fürsten müssen Gelegenheit haben, zu strafen, unser teutsches Land ist ein durstiges Land. Was schert ihn umgehendes Gerede, dass er ein Männlein sei, das eine Männin nach der andren einfängt, die sich an Buben verhuren, weil er sie verhext. Ich hört ihn sagen: »Verschließ es und verlass es.« Üblich und Gebräuchlich muss bestehen, er tastet's nicht an.

Die Magd wäscht ihre Blöße, mir reicht sie das Tuch zum Sauberreiben. Ich leg ihr die Münzen hin, als Dank,

dass ich Wollust trieb, der Leib ist mir leer, ich will nichts ausgründen.
Sie sagt: »Es gibt einen Herrn, der riecht darnach aus dem Riechfläschchen, das ist gefüllt mit Bisam.«
»Ist's der Hauptmann?«, sage ich.
»Der ist es nicht.«
»Bekommst wohl oft Besuch.«
»Sie tropfen aus und sehen mich wieder als niederes Weib.«
»Wir sind gut zum Dienen«, sage ich, »größerer Wunsch ist ein Streich ins Leere ... Musst vorsichtig sein.«
»Warum?«
»Der Hauptmann ... Er könnt dich mit Gerüchten zuschanden machen.«
»Er hätt nichts davon«, sagt sie.
»Einen kupfernen Kopf voll Blödigkeit hat er. Nun wird er tugendhaft.«
»Wegen der Ehe.«
»Wegen des Weibs, das er nicht vergrimmen möcht. Wenn er streut, du bist die Hex, die sich bestreicht mit dem Sud gekochter Kinder ... dann wird dein Wirt dich rösten.«
»Ich küss dem Teufel nicht den Arsch«, ruft sie.
»Pfaffen und Herren meinen, wir huldigen Satan.«
»Ich reit nicht auf der Ofengabel!«
»Kennst den Sohn des Lochhüters Jochim? Das ist eine arge Sau, dieser Matthes. Der hat die alte Bäuerin geschwärzt. Hat sie eine saugende Schlang geschimpft, die in die Euter der Kühe beißt. Da sind die Leute zu ihr gezogen und haben sie zerscheitert.«

»Die Bäuerin war herzensfromm«, sagt sie leis.
»Heute gut, morgen Leich, so kann's dir und mir ergehen.«

Ich glaube schon, dass sie mich zur Tür hinausjagen wird, weil ich ihrs Gemüt verdunkelt hab. Sie lässt mich aber auf der Schütte liegen. Ich bin der Tellerlecker des Fürsten, er gilt mir weniger als Rübenschnitt. Ob der Untertan verdirbt, ist ihm gleich. Ein jeder Herr bleibt bei seinem Wort wie der Hase bei der Trommel.
Und der falsche Junker Luther? Er fastet. Er will Heidenseelen retten. Kann er Schlechtigkeit in die Welt bringen? Die Hure Else, bei der ich lieg, würd er finsteren Weibmoloch heißen. Durch den Hundsbiss ist er gelähmt. Seinen Sterz hat er wundgerissen. Er wird zerrüttet durch die unsichtbare Kraft. Steckt er im Lämmerpelz und rüstet sich zur Bluttat?
»Was bist du versunken?«, sagt sie.
»Nichts«, sage ich schroff.
»Mehr Räuber lauern im Wald ...«
»Was?«
»Die streifende Rotte hat sich versteckt, das glaub ich.«
»Ich hab sie geschlitzt«, sage ich, »sie sind alle tot, die der Zinker führte.«
»Du bist gegen sie geritten?«
»Bin ich. Auf Befehl hab ich einen aus der Rott gestochen.«
»Da hat er Blut vergossen«, sagt sie und dreht sich zu mir um, »hast du dich damit gezeichnet?«
»Bin kein Hexer.«

»Nichts heimlich abgeschnitten?«
»Lass ab«, ruf ich.
Die Magd wird Taubenmist fressen, wenn ihn ein fahrender Händler für Himmelsbrot ausgibt.
Ich verspreche Wiederkehr und reiße mich los.
»Verheißen ist der Retter«, zisch ich in dunkler Gass, »wer wird ihm am Saum kleben, wer wird ihn in den Gottesbann tun, grader Weg, Umweg, Unweg, alles eins, Herr, gib uns Kraft in Stumpf und Stiel, schütz uns vor Bestien, die aus Mordstätten quellen.«

Wir gehen in den ersten Tau, wir gehen zum Büßer, von dem Luther nicht weiß, ob er gesegnet sei oder mit seinem Haufen ein Teufelsmahl im Hain halte. Gelehrte und Gelernte verfehlen die Erlösung. Der Gottlose sucht Gottgleichheit: Ist der Büßer im Wahn, ist er im Glauben?
Der Mönch hat geträumt: Fetzen in den Astgabeln, er jagt, er findet, er röstet und frisst. Er frisst seinen Anfang und seine Mitte. Sein End ist in seinem Magen. Er verdaut, er versinkt, er wird zum Fetzen am Ast. Träumte ihm vom Tag der Einsammlung aller Seelen? Er schweigt still. Ich wünschte, ich hätt die Gabe, gesund zu machen.
Wir gehen ins tauende Grün, die Nachttropfen schmelzen, der Wind trägt weiße Asche herbei. Stein an Stein schabt in meinem Schädel. Betaute Spinnweben, auf den Büschen aufgespannt wie Spitzentücher, die des Hauptmanns Weib allzu oft aus dem Ärmel zupft. Unsere Gehenke stoßen an die Schenkel. Schwaden in den

Senken. Ich blick streng in dunkle Unterschlupfe, auf Trug und Heimlichkeit. Wer will tauschen sein Raubnest gegens Paradeis, wer ist unbekannt und ungefasst, und lauert am Rand, und knüpft Schlingen?
Ich sehe das Völklein der falschen Konfession, magere Kerle in geschlitzten Kutten, schweifende Bettlerschar, ich seh einen Mann, dem wohl die Nas als Strafe fürs Betteln abgeschnitten ward, unter Absingen von Bußpsalmen schlägt er sich wund, die Ehr ist ihm genommen, und also fleht er und macht Geschrei. Elende Heuler, die wider die strenge Sitte Entflammtheit rühmen. Wer löste ihre Fesseln, dass sie das Heil der Propheten winselnd erbitten? Eifernde Geister, in kalten Flammen röstende Herzen, zügellose Schwärmer. Sie haben sich mit Kreuzen gebrandmarkt.
Ein ausgedienter Kerl, der ihr Meister ist, hebt die Hände, die Büßer legen sich aufs Gesicht. Der Meister streicht den ersten mit der Geißel, er ruft: »Steh auf durch der reinen Marter Ehre, und hüte dich vor der Sünden Mehre.« Der Büßer steht auf und reiht sich hinter ihm. Jeder, den er mit der Rute streicht und bespricht, gesellt sich zur Rotte der falschen Heiligen.
Luther starrt die barhäuptigen und barfüßigen Geißler an. Die Gottbesessenen schlagen sich blutig, ohne Maß und Ziel. Sie haben Einlass verlangt, der Burgwart drohte mit Beschuss, sie wichen in die Ebene. Der Mönch wollt dies Schauspiel erleben, es ward ihm gestattet: Der Beseelte sucht Zerstreuung, ich bin der Gehilfe.
Er sagt: »Habt Ihr die fallende Krankheit?«
»Fallsüchtig sind wir nicht«, sagt der Meister und blickt

aufs Schwert in meiner Hand, »der Geist spricht aus uns.«
»Wie ist er hineingefahren? Hat der Himmel sich ergossen?«
»Das tat er. Wir füllten uns.«
»Ihr seid Gefäße?«, sage ich und lache auf.
»Übervoll«, sagt er, »wir laufen über und tränken die Welt. Das alte Reich ist gerichtet.«
»Unter tausend Getauften ist ein Gerechter«, sagt der Ketzer leis, »so viele Gerechte im Haufen hab ich noch nie geschaut.«
»Du höhnst?«, ruft der Meister der Zerlumpten, »was bist du? Hirnschal und Gebein.«
»So ist es.«
»Dies sind die Tage: Der Tod wird besiegt sein. Das Tier wird besiegt sein.«
Die Rute, mit der er die Kerle neu erweckte, ist ein Hirtenstab, in den er den Namen des heiligen Blasius geschnitzt hat. Dieser Zauber gilt dem Schutz der Säue, ich strahl ihn lächelnd an. Auch ihm träumt des Nachts, womit er des Tags umgeht. Er predigt wohl zu seinen Männern: Hass gegen sich selbst, das ist die wahre Buß. Doch zählt er sonst die Bissen, die die Sünder fressen.
Ich trau ihm nicht, ich steck das Eisen nicht in die Scheide.
»Die gebrannten Kreuze in Eurem Fleisch, was habt Ihr Euch gezeichnet?«, sagt Luther.
»Die Kreuzigung, das ist das Lösegeld, das Jesus an den Teufel zahlte, für unser aller Errettung.«

»Der Strafe verfall, der die Schrift verlästert«, ruft der Mönch.
»Nichts Neues aufkommen lassen, das fordern die Philister.«
»Schwatz solang, wie der Tag hell ist«, sage ich.
»Wir zogen dreiunddreißigeinhalb Tag durchs Land. Rabbi Joschua hat so viele Jahre gelebt. Oft ward er der Stadt verwiesen, so wie man's mit uns macht. Wen treffen wir? Mal einen stoßzähnigen Arschkopf, mal den rotzenden Bischof. Der spricht zu uns, als wären wir noch gebunden, der spricht: ›Wollt ihr wie im alten Bund Judkraut und Giftbeeren brennen in der Räucherpfanne?‹ Er fragt: ›Wer ist der wahre Weinstock?‹ Er prüft mich, so wie die Pharisäer prüften Rabbi Joschua. Ich antworte: ›Wer ist die Ranke des Weinstocks? Die heilige Kunigunde ging nacktfuß über glühende Pflugscharen und blieb unverletzt. Es vollbrachte dies Wunder ein frommes keusches Weib. Es bewies, dass es mit Gott im Bunde war. Wer hat es als unzüchtig und als verachtet verrufen?‹ Wir schlagen nicht das Angesicht nieder, wenn's aus der Nacht knurrt. Wir huren nicht fremden Göttern nach. Prophezei und Obrigkeit verachten ich und die Meinen. Satan tritt in die Bresche, so wir denn reißen. In die Stadt haben die Herren uns nicht eingelassen. Sie saugen weibisch am Myrrhenharz. Sie werfen teures Tuch auf die Achseln. Das uns geltende Heiltum ist ihnen gering. Wir wandeln und wandeln, wir wandeln im Trauersack. Wir fürchten Dämon Umklammerer, der hat einigen Brüdern als Metze angehaftet und ausgesogen ...«

»Du weißt nicht, wen du ansprichst«, ruft der Ketzer.
»Hochgestellt bist du, Herr«, sagt der Geißlermeister, »auf Würmer bist auch du gebettet …«
»Maden sind meine Decke, ich kenn die Stelle in der Biblia.«
»Verscheinen wird dein Ruhm.«
»Halt das Maul«, sage ich.
»Was, wenn nicht?«
»Dann schneid ich dir die Lippen und steck sie zwischen die Backen.«
»Zwanzig gegen zwei«, sagt der Kerl, »du kannst den Nacken härten, wir brechen dich.«
»Schau hoch«, sage ich.
Der Blick des Zerlumpten geht nach oben aufs Bollwerk: Er sieht nun endlich die Krieger, die die Armbrust spannen, er sieht wohl auch den finsteren Hauptmann, der mit einem Wink dies Pöbelvolk löschen kann. Die Jünger unter seiner Macht, blutig geschlagen von ihres Meisters Hand, rücken zusammen wie junge Brut gegen die Kälte. Er schaut sich um. Sucht er nach der bösen Metze? Hofft er auf einen Windsturm, auf die Große Metzelung durch den Herrn?
»Ihr habt Euch selbst gerichtet«, sagt er.
»So viele Leben, so viele Seelen«, wispert der Ketzer und kehrt dem Haufen den Rücken, ich bleib beim Geißler, dass er nicht heimlich ein Messer nach dem falschen Junker wirft. Ich steh bereit, ich wünsch, dass er dem Kampf sich stellt.
Der Herr der Büßer in staubigen Kutten stimmt einen

Bußpsalm an, die Jünger peitschen mit Stöcken ihr Fleisch und ziehen im Sündenjammer ab. Luther muss ins Gehäus, bald kehrt die Freifrau aus Eisenach zurück auf die Burg. Zur Vergrimmung des Hauptmanns trägt bei, dass sie morgen heimreist: Heimgesucht vom Albdruck jede Nacht, gepeinigt vom Braus der Winde und vom Regenfall will sie fliehen.
Dies ist kein Minnegarten. Dies ist steinerne Wehr auf der Felsen Kuppe. Sie fragte: »Wo ist der Mönch, der Jesu Bande löste? Den ich lieb wie Vatter und Mutter in einem. Der mir's Herz durch frohe Worte freifegt von Gram ...«
Eines hohen Weibes Gekreisch, es kann mich nicht rühren. Sie sei der Topf, der Burgvogt gehört als Deckel darauf. Es blitzt in seinem Aug ganz wundersam. Er schaut auf den Zauberstein, den sein Liebchen in der Drosselkuhle über den wippenden Zitzen trägt. Wer sich beweibt, welkt dem Grab entgegen. Wer kein Weib hat, wird mählich allzu scharf und schartig.

Die Magd tritt ein, bückt sich, um die Schüsseln auszutragen. Luther blickt auf die entblößten Kniekehlen, blickt schnell weg, abtrünnig ist sein Fleisch nicht worden. Näh gibt's nirgends. Er wispert: »Not und Schmerz hat der Herr ins Fleisch des Weibes geblasen, dass es seiner Urmutter gedenke, die Adam entspross, ihn um Gottes Nähe betrog und ihm aber folgte.«
Die Magd verlässt wie gepeitscht das Gemach. Ich steh am Fensterloch: Der Mond steht am Himmel. Eine Scheibe, die die Raben bestürmen. Fegefeuerfackeln in

der Höhe und die schwirrende Rauchsäule auf der Erd.
»Das ist kein heiliger Streiter«, sage ich, »was glaubst du, Meister?«
»Ein Rottengeist, dem's aus dem rückseitigen Rauchloch pfeift«, sagt er.
»Und die Gebete?«
»Das Ach und Weh der Unerhöhten. Sie fetzen sich umsonst. Keiner kann durch Wund und Striemen Gottes Gnade erpressen.«
»Der Heiland hat's vermocht.«
»Das hat er«, sagt er leis, »weil Vater unser ihn hat geliebt ... Wer liebt dich, Krieger?«
»Niemand«, sage ich.
»Ist's dir nicht bitter?«
»Ich kannt' einen Gottfrommen, der hat uns Landsknechten gepredigt: Ist das Herz voll, so könnt ihr aus einer Büchs alle Speis würzen. Es traf ihn der Spieß wie viele andre.«
»Mich traf fast der Blitz«, sagt er, »ich ging auf die Knie und gelobte, Mönch zu werden, wenn der Herr mich verschont.«
»Er hat dich geschont«, sage ich.
»Hat er das?«
»Haderst du mit ihm, Meister?«
»Wie könnt ich Ihm widerbellen? So viele Leben, so viele Tode.«
»Was?«
»Gott hat uns angegriffen mit der Strafe der Pestilenz. Zwei meiner Brüder starben, das war in Mansfeld. Mit

Sirup und Saft kriegte Mutter wider die Pest. Ein lebendiges Huhn hat Vatter dem Kleinsten ans Bein gebunden.«

»Kein leichter Tod«, sage ich.

»Die kleinen Leichen hat man auf den Totenkarren gepackt … Pest ist die Hand Gottes, Exodus, Kapitel neun, Vers drei.«

»Und dann?«

»Dann kam der nächste Tag«, sagt er, »Mutter summte wie eh beim Reisigschleppen ein Lied: ›Mir und dir ist keiner hold, das ist unser beider Schuld.‹ Vatter zog die Schuh an, die Sohlen waren mit Eisen beschlagen, er ging unten im Berge klopfen.«

»Wir beide sind entraten, Meister«, rufe ich.

»Der Blitz hat mich nicht getroffen damals«, sagt er, »aber Gott rückt näher …«

Er erzählt: »Es ist kein Evangelion, das der Wanderbüßer redet, es ist gesponnen und gelogen. Der Kerl hat viel zu schaffen, und wenig ist ihm befohlen. Solche Leute ziehen in die Städte, schlagen sich wund, als wär ihre Sünde Prunk, das sind zur Tarnung getaufte Halbgläubige, Bauchpfaffen im üblen Ruf, sie bestricken die Ungelernten, die doch das kommende Reich erben.«

»Ja«, sage ich, »der Tag ist zu Ende, schlaf, Meister, für dein' Zorn ist morgen Zeit.«

Nach drei Tagen und Nächten hat Meister Martinus das Fasten unterbrochen, er isst in Asche gebackene Fladen. Die Bisswunde hat sich zum schwarzen Kranz gehärtet. Er harrt der weiteren Anschläge, er möcht daher noch im Palas verbleiben, er prüft Berg und Tal mit scharfem Blick.
Der Mönch ist zum Kettenhund gelaufen, der ihm die Hand leckte: Das Tier kann nicht höllisch sein. Der blinde Tollkopf streicht um ihn herum, auch in ihm erkennt der Ketzer keinen, den sündhafter Eigenwille treibt. Wir schöpfen Wasser aus Stall und Keller, wenig fehlt, und wir ersaufen. Die Zisternen sind gefüllt. Der Eisenacher Schultheiß Johann Oswald hat als Dank, dass wir die Rott zerschlagen haben, jedem Knecht einen Schlauch Wein und eine faustdicke Wurst geschenkt. Die Eseltreiber wollten im Schützenerker mitprassen, der Hauptmann scheuchte sie fort.
Es werden Bälger mit Lippenscharten und gespaltenem Steiß geboren, es naht die Frist, die der Herr uns setzt. Von seinem baldigen Abscheiden spricht der Mönch.

Ich werde mit dem Todesengel raufen, er müsst meine Seel erbeuten, bevor er des Ketzers Seele aus dem Munde zieht. Der Heilige Vater fordert den Türckenzehnt für den Kreuzzug und Ablass aus jedem teutschen Eckchen ein.

Das liegt Luther auf dem Hals, er schreit: »Papst, das ist der Gaunername des Diebsbuben, Papst ist Jud und Türck an Tücke überlegen, die Kirche frisst, der Teufel reibt sich den vollen Magen. Die Papstwürde unter unseren Füßen! Im Papstpalast spricht die ausgescharrte Leich auf dem Thron. Es kringelt sich die Schlange und sie zischt: ›Mein Gebot und mein Gesetz stehen höher.‹ So spricht der Herr der Hölle durch des Papstes Mund. Der Antichrist schert die Schafe. Wir halten übers wüste Tier Gericht, Pfuhl aller Schande. Der Papst ist dem Teufel angelobt und angetraut. Keine Ablassgroschen diesem Tier. Satan fährt nicht aus, solang der Papstleib richtet. Wir Teutschen werden gemolken, und ich bin im Evangelio wie im Teutschsein, zweifle mich nicht an, Kriegsknecht. Der Papst ist dem Arsch der Lateiner entwischt, sie kneten den Kot zum mannshohen Götzen und drücken die Krone darauf ...«

Er beleidigt mein' Glauben und meines Vatters Sitte, ich möcht ihn niederwerfen, doch er sinkt entkräftet zu Boden, wehrt mich ab mit erhobener Hand.

Ich hör ihn klagevoll wispern: »Kein hoher Herr außer unsrem Herrn. Auf dass die Niederen besprengt werden mit Christi Blut ...«

Er reizt mich zum Zorn, der Ketzer. Der Zinsgroschen, das ist die Münze, die wir dem Herrn abgeben. Sonst werden wir rissig, und dann dringt in uns ein, was sich aus Schlammlöchern erhebt. Ich zärtel nicht mit Pfaffen, ich will aber nicht missetun und abfallen. Wer ist wider Christ? Bin ich es vor ihm, weil mir der ferne Vatter in meinem Land und der meinige Vatter im fernen Land in eins fallen?

Ich knurr dem Ketzer einen Fluch, er knurrt zurück, zwei wölfisch Kerle in einer Kammer, und da lacht er, bis ihm die Tränen in den Bart rinnen, und da singt er die Anfangszeile des Lieds, mir und dir ist keiner hold, und ich lach und schüttele mich, dass ich umfalle wie der Blinde, wenn ihn die Freude sprengt, wir lachen wie Narren mit Schellen, bis die Tür knarrend aufgeht.

Der Knappe glotzt auf dies Wunderspiel, ihm sträuben sich die Haare, er fürchtet zwei Affensinnige, die ihm aufhocken wollen.

Diese Nacht durchwachen wir. Er ritzt Runen. Verraucht ist mein Zorn. Hat die Freifrau in unsrer Burgfremdheit einen Abdruck hinterlassen? Darüber denk ich nach. Hab ich gefehlt, dass ich an den Fürst ein Schreiben gerichtet hab? Darüber denk ich nach.

Wind rüttelt an den Tierbälgern, und ich seh durch Spalten Trugfeuer in der Ferne: brennende Seelen, Pestflämmchen, nierenfettfressende Lochratten.

Es ist die Stunde der Judasse, die auferstehen in den Wüstungen. Herr, sei bei uns. Herr, sei unser Schild.

Der Messpfaff stellte sich bei meinem Wachgang mir in den Weg, er sprach: »Die fehlende Ripp Adams hat man durch die Gerte vom Haselstrauch ersetzt. Deshalb haben wir Männer Stechen an der Seit, bedenke dies!«

Ich bedachte nichts, dieser knispernde Hutzelkerl im Gewand meiner Kirche soll sich schleichen. Der Ketzer, ihn reitet Gott. Bin ich eines dunklen Gebieters Reittier? Hat der Mönch mich dienstbar gemacht? Darüber denk ich nach.

Der Rock spannt ihm übern Rücken. Was sinnt er auf dem Papier? Die Feder ist die Wurfschaufel, mit der er Spreu vom Weizen trennt. Lüg und Legende scheidet er von Heilands Helligkeit. »Herr, lass mir Helles wachsen im Totenland ...«

»Was hast du gesprochen?«, sagt Luther und blickt mich hart an.

»Ein kurz Gebet«, sage ich.

»Gebet des Kriegers, der ein würgend Schwert führt.«

»Rast in mir ein übler Geist, Meister?«

»Gott erregt die Seinen zum Krieg gegen Seine Feinde ... Mit der Bauernaxt müsst man dreinschlagen aufs Lügenvolk der Theologen. Die Gesandten der alten Schrift, sie waren brausende Krieger.«

»Nimmt das alles ein gutes End?«

»Das Blutspucken kommt noch«, sagt er.

»Und du bist mittendrin im Haufen«, sage ich.

»Wenn ich weiche, sollen mich auf dem Rad die Raben fressen.«

»Was schreibst du?«

»Über die Säue, die das Gerücht verbreiten, ich lad ein zum Glaubenswechsel«, ruft er.

»Dann bin ich auch die Sau«, sage ich.
»Gottheit, der ich dien, ist Gottheit der du dienst.«
»Du hast uns gespalten, Meister. Du hast unseren Brauch einen mottenfressig Fetzen geheißen.«
»Unsere Kleider sind von einerlei Faden.«
»Mit Gunst zu melden«, sage ich, »das ist Eselsweisheit.«

Es kommt ihn sauer an, dass ich ihm nicht Mut zuspreche. Es sitzt ihm der Wurm im Verstand, wenn er den Heiligen Vater Pilatus, Judas, Herodes schimpft. Wenn er meinen Weltenkönig ächtet als Widerchrist, der unterm Kreuz des bösen Schächers lebt. Ich sah das Bild auf der Flugschrift der Ketzer: Drei Kronen der Tiara des Papstes, drei Köpfe des höllenhütenden Hundes. Aus dem Reich Arabia fluten Gog und Magog, die Wenden und Welschen, in den Stätten der Kulte zu Rom harrt man voller Freud der Fleischwerdung der bösen Macht, die Pfaffen meiner Kirche wollen das Tatarenheidentum einführen.
Luther ruft: »Nicht zu starr und nicht zu zart, ist so teutscher Schlag und Art! Ich schlag mich in die freie Schanze und spann die Ader an ...«
Er betört mich nicht mit seinem Widerspiel. Seine Leute fegen den Hostienteller zu Boden, auch die Oberkeit sieht's und wetzt die Waffen. Herr Spalatin mahnte in einem zweiten Brief: »Sei weiter regsam für unsre Sach! Es herrscht der Wahn allüberall, Stern- und Pulsschlagdeuter verführen Knecht und Ritter. Gestern ritzte ein gläubig Mann in den Türsturz: Christus Mansionem Benedicat. Der Christsegen gilt heut als Frevel der Rö-

mer, die den Namen des Herrn unnütz im Munde führen sollen. Acht auf unsren Gast, dass er sich nicht unbedacht einmische in Unruh und Aufruhr ...«

Der Ketzer aber spricht zu jedem Anlass: Majestäten stehen für immer und ewig außerhalb der Fehde, es gilt das Gebot: Nicht der obrigen Gewalt widerstehen.
Kann ich dem Mönch trauen? Meister Martinus nennt sich Bauernsohn, Sohn des Bauern aus Mansfeld, der Bergmann und Hauer gewesen. Er mag kümmerliche Kenntnis haben darüber, was sich begab. Herr Spalatin weiß es, ich weiß es, wir schweigen: Vatter Luther war Hüttenmeister. Eine kleine Lüg. Lügt er also auch den neuen Glauben zusammen? Er lehrt: Durch den Heiligen Geist wird der Glaube eingegossen. Heil kommt von außen, extranos. Hofft er, dass dies Heil ihn wäscht und wäscht, bis ihm die neue Haut wächst? Nah beim Feuer, das ist er. Nah beim Geschütz, das ist er nicht.
Wieder dreht er sich um und schaut. Ich hab wohl laut hergesagt, was ich denk, und ihn aufgebracht: Sein Rumpf bebt.
»Ich mag der Esel sein«, sagt er, »doch was bist du?«
»Ein Knecht«, sage ich, »nah bei dir.«
»Hast du die Scherben auf der Treppe gefegt?«
»Ja, Meister.«
»Soll sich Satan unbemerkt einschleichen?«
»Die Knappen traten drauf. Die irdenen Schüsseln gingen zu Bruch.«
»Mehr Scherben, mehr Schutz«, sagt er.

»Mehr Eisen, mehr Bruch«, sage ich.
»Der Vetter des Turmwarts, der Blinde, er hat mich auf den Hof gerufen, auf den Wehrgang ...«
»Wo?«, ruf ich.
»Auf der Vorburg. Der Tollkopf zeigte ins Dunkel, hockte sich nach zwei Schritten hin. Ich folgte und sah: tote Ratte. Nägel gebrochen. Vorderpfoten zu Stümpfen gekratzt. Hat aus der Schnauz geschäumt.«
»Ratten tret ich tot«, sage ich »allein zwei Mal diese Woche.«
»Die Ratte hatte keine Wunde im Fell.«
»Fell?«
»Zotteln«, sagt er, »eine alte Ratte. Hat Biss und Stich überlebt. Ist all die Jahr klug worden. Und dann hat sie ein Übertier aufgestöbert. Sie ist an Todesfurcht verreckt.«
»Ihre Frist war verstrichen, Meister.«
»Der Blinde, der nicht sieht, hat die Ratte gerochen. Ich, der ich nicht riech, hab die verdorbenen Aug gesehen, sie waren aufgerissen.«
»Sie wollte noch leben«, sage ich.
»Die Ratte war ein zermalmter Götze«, sagt er.
»Liegt sie dort, wo du sie gefunden hast?«
»Verbrannt.«
»Warst du's?«
»Wärter Schrotter«, sagt er, »der üble Knecht. Der hat die Ratte mit dem Eisen aufgespießt. Hat sie am Kopf angezündet. Da fing sie an, lichterloh zu brennen. Hat mit dem Schwert auf die Mauerkrone gehauen. Die Ratte fiel in den Graben.«

»Sie wird gefressen«, sage ich, »und das Malefiz ist getilgt.«
»Niemals«, ruft er, »ich verhefte die Hand, dass Jesus zur Stund aus den Wundmalen blutet.«
»Es ist vorbei, lass ab, Meister!«
»Er hat unseren Grund betreten. Bist du blinder als der Tollkopf, den's auch graust? Er streut Sünde um Sünde …«
Der Kettenhund heult auf, wie er's jede Nacht um diese Stunde tut. Der Mönch greift nach der Feder, ich hör's auf dem Papier kratzen …

Ich, Luther, bin angesteckt von Rabe und Schrei, Hund und Gebell, von Verfaulung und Bitternis, am Trostbild Christi häng ich und will nicht lassen. In diesem Haus fand ich ein Unterkommen, ich frag mich: Wird's ein verdorbenes Jahr? Wozu bin ich beauftragt? Wünschte mir, wünschte mir sehr, dass ich nach Jesaja, 66,8 ausriefe: »Wer hat solches je gesehen?« Die Geheiligten schauen, sie erblicken den zernagten Grund und erfahren: Der alte Feind muss sterben, der alte Mensch muss schwinden. Hure Babel wird verwandelt zu Neu Jerusalem.
Ich verwende viel Führungsfleiß darauf, dass mein armes Christvolk nicht zerfällt. Ich schau in die Tiefen und erblicke: Die Worte flecht ich schnurgerad und verreck an dieser Kraftprob, man müsst mir den Narrenkolben in die Hand drücken und die Schandhaube aufsetzen. Ist's Trugspiel, nur Flirren und Gleißen, wenn ich mir

Heilands Hilf erschreibe? Ich hack ab das kranke Glied vom Corpus Christianum. Bewegt's das Knechtsvolk, dass ich Posten fass in der Betstub, verheert am Heiligen, gebrannt am verheerend heiligen Wort, dass ich wund sitz die Hinterbacken?
Unter der Wucht der Worte gingen sie nieder, früher: Verleumder der Propheten. Wenn die Falschen lehren, ist zur wahren Unterweisung die Biblia unkräftig. In unseren Tagen geht mir vieles verkehrt, ich künd's mit Postille und Bekenntnisschrift, und doch beschreien sie mich: Der Gehörnte liebt die Neuerung, Bruder Martin kratzt sich an den Sprossen, die ihm die Schläfen verwachsen! Dient ich dem bösen Lohnherrn, würd ich schallend lachen über den Spott. Ich glimm im Zwielicht, ich bin fast verloschen.
Gewiss bin ich mir: Jüdischkeit ist Gottes Herrschaft feind, die Schrift hat sie überwunden, nach Römer 11 sind Juden vom Ölbaum abgebrochen, sie werden eingepfropft, wenn sie sich bekehren lassen. Der Jud hat doch die fremde Wesensnatur, die die Taufe überdauert. Will er die Taufe, so knüpfe man ihm den Fels an den Leib und werf ihn hinab ins schäumend wilde Wasser. Ersäuft er, packt ihn der Teufel. Ersäuft er nicht, trägt ihn der Teufel, ich müh mich nicht an seiner Bekehrung.

Ein Volk ohne Trost, gottverlassen, man müsst dem Jud die Sünde aus dem Rücken peitschen. Gewiss bin ich mir: Ich zittere, weil die Sünde mich beschwert, weil ich kleiner

Heiliger kleine Sünden scheu, und doch ist der größte Sünder Satan hinter meiner Seele her. Er setzt mir zu, er stellt mir nach wie das Buhlweib einem Jüngling, er pocht nicht an, dass man ihm auftut.
Zwischen Gott und Satan gibt es keine Mittelmacht, der man anhängt, da man aus der mittleren Laune der Menschenmade schmeicheln mag. Mensch ist Made. Mensch ist mistig. Mensch ist beflecktes Hurenkind, eine Ungeburt. Eine Drecksapotheke trägt der alte Feind am Buckel: Er hat allerlei Gifte gerührt, dass wir Sünde bekommen, dass wir's Maul aufsperren und nicht zuklappen können, er bläst uns in den Schlund, und wir brennen und brechen. Das Böse in der Luft, in den Dämpfen, im Rauch, im widerlichen Dunst, es giert nach Weihgeschenken, es kommt als Schwarm von Fieberfliegen.
Gewiss ist mir: Ohne die Stille, in die Würgerdämon einbricht, war ich verbogen. Ich trag mich müde an den Worten, und fast geschieht's, dass mich üble Kraft untertritt, ich fress dann toten Stoff. Ohne die Kargheit, die mich verdreckt und vertiert, würd ich hitzig werden und verglühen. Ich riech die Pestluft des Kerkers, mein Darm ist verschwärt, und doch ruf ich nicht nach dem Afterarzt, der mich ausdärmen möcht, da sein Sinn wider unsre Natur ist, da jeder Jud als aufmüpfiger Haderlump Pest und Plag breitet über uns. Mein Gewerk sei Dienst am Herrn, ich wandle auf scharfen Graten, ich brauch kein Entgelt, dass ich den teutschen Christenmensch von den Schellen befreie.

Gewiss bin ich mir: Ich hock auf dem Galgenhügel und scharre aus die brüchigen Knochen der Leugner des Herrn, der ihnen das Übel gab, weil sie das Übel beschrien, ein Felstrumm fiel von Himmel und begrub sie. Er tilgte die Unreinlichkeit, er löschte die Worte in ihren Mäulern. Sie glaubten, sie können aus den Sternen wahrsagen, doch Gestirne sind keine Propheten, der Herr lässt alle Jahr eine neue Welt werden, man kann graben und hacken, man kann himmelwärts fluchen, lang Mundwerk sei bös vor Seinem Angesicht. Ich lass mich nicht im Ruhelager überteufeln.

Mir kommen die Todesschrecken der hiesigen Bauern zur Kenntnis, mal wollen sie Tumult wider die Tyrannen, mal fürchten sie das nächstkünftige Endgericht, mal sprechen sie einen Pfaffen heilig, der viele Stunden auf Erbsen kniet, um Buße zu tun. Sie glauben: Die Hexe wäscht im klaren Bach das Totenhemd des Mannes aus, der bald sterben wird, ihre langen eisernen Zitzen kratzen über die Kieselsteine am Grund, sie hat den Mund mit der Kinnbinde verschlossen, und wenn sie sie aufschnürt, entreißt sie durch lästerlichen Lockruf dem Leib die Seele.
Gewiss ist mir: Ich höre sie umgehen, sie wird umzuckt von Blitzen, sie ist die Nächtliche, die Streunende, Herrin der Wandlung, sie schreit: Wenn man Bohnen will, muss man sie aus den Schoten klauben, das ist ihr irres Gerede, am Moor, am Teich, am Feldrain, am Grab des wahren Ketzers, am Burggraben, an der Hütte des Bauern, Gewis-

per und Fauchen, sie hat zwei Sehlöcher in jedem Aug, weil sie Diesseits und Jenseits beschaut, dies Weib will mich bestricken. Scheuch ich's mit bloßen Worten? Ich zweifle. Will ich die Türckenandacht in Kapellen? Will ich wie der Jud Betriemen wickeln um den Arm? Will ich mein Volksgut, mein Gottvertrauen brechen und des windigen Zigeuners Lieder singen?

In meinem Haus bete ich an das wahre Kreuz, und nicht die Galgenbalken, von denen ich mir wünsch, dass die Welschen und Sippenfremden dran hangen sollen. Auf dem Schoß des Antichrist sitzt gottverlassenes Gezücht, es wird sich uns entgegenstürzen, es häutet sich noch und noch, bis es uns wie Brot eigener Bälger scheint, wir werden Dung sein für ihre fremde Welt auf unserem Boden. Ich wünschte, es wüchsen Krallen aus meinen Händen, ich kratzte die Falschheit aus den Aug eines jeden Welschen ohne Wurzel. In der Hölle rosten die Nägel, die man aus Heilands Händen und Füßen zog. Mächtiger ist der Hohe Gott.
Und die Worte? Wer Tupf und Tüpfel setzt, glaubt, er sei gelehrt und könnt alles überströmen. Bin nicht der Erste meiner Art, ich aber greif zum Ersten in der Art Jesu, ich möchte meinen Hals dargeben, ich möchte mit der Schrift als Eisenwerk stürmen wider den wüsten Baal. Babel zerbricht, ich sehe Staubwirbel aus der Tempel Trümmern aufsteigen.
Sind die Könige Israels alte Ratten im Grund, weise

Geister, die unsren neuen Bund zernagen, sie sind's nicht, wir fürchten sie bloß, obwohl die Zertrennung stattgefunden hat. Jacobus, der Gerechte, Heilands Bruder, rief Paulus wegen Verkehrtheit nach Jerusalem, er musst sich im Tempel reinigen, die Strafe nahm er hin von den ersten Judenchristen, er gab aber nicht den Widerruf.

Gewiss ist mir: Der Römer möcht, dass auch ich bade in seinem Schmutzwasser, dass ich erbötig werde, er verlockt mich nicht. Ich hülse nicht Bohnen aus, ich ändere nicht meinen Zungenschlag, mir ist sein Prunk ein Unwert, sein Ritus Geblök der Böcke, Narren fuchteln am Altar, und die Knecht gehen auf die Knie.

Und aber mein Wort? Ich zweifele die Staben, ich zweifele ihren Sinn. Unvermerkt vergehen die Tage, und ich mauer mit Kot, es wendet sich, es wandelt sich, und ich wähne mich voller Findigkeit, wenn ich der Römlinge Brunztöpflein umschmeiße.

Bin ich im sicheren Gehäus vermindert? Ich erwürge den Leib, da mir ein Weib zur Ansicht kommt, was fühl ich mich nicht froh, was denk ich, dass ich trotzdem einem gaukelnden Sumpfpfaff gleich? Ich tu und tu und find trotz Mühen doch nur zwei Erbsen in der Hülse.

Der Kriegsknecht spricht: »So ist der gemeine Lauf, es macht uns tobend, dass wir nichts wirken, totenstarr werden wir liegen und faulen, was bleibt vom Werk?«

Sollt ich darob totenblass leben und schreiben trotz allen Murrens, und Hoffnung machen den Affensinnigen mit der Lüg: Der Geist ist auf uns herabkommen?

Der Kriegsknecht sagt: »Unten Feuerkasten, draufgesetzt das Feuerloch, da zieht der Rauch ab, das ist der Ofen und das ist der Mann, dichte mir und dir keine andre Art an …«
Sollt ich Krähen in die Kammer laden, dass sie mir die Worte aus dem Kopfe kratzen?
Der Fürst, Seine Gnaden, hat die Heiltumsstück erhalten, freut sich über tausend Segen, die ihm ins Schloss gekommen, und aus dieser großen Freud schickte er uns über den Herrn Spalatin Safran, mit dem Gütesiegel: Nürnbergisch Gerecht Geschaut Gut.
Mir schmeckt's nicht in der teutschen Speis, wir haben genug Würz im Land, was versteh ich schon von persisch Krokus. Ich sann nach, und schön erschien's mir, wenn jeder im Heiland Geheiligte von sich sprechen könnte: Gerecht Geschaut Gut.
Es ist genug.

Ich rat dem Mönch die bessre Tarnung an: »Ritter sind nicht reinlich, du wäschst dich zu oft.« Am Tag des Herrn, da er ruht, und wir ruhen mögen, wäscht er sich im Waschzuber. Es stinkt, wenn Junker zusammenkommen, das sagt er.
Schmied Johann, der des Ketzers Tarnnamen für echt hält, lacht ihn aus.
Er wurde an einem Bein lahm, weil der Eber ihn rammte. Der Keiler hat scharfes Gewaff, spitze gebogene Eckzähne, die den Mann aufbrechen, wenn er sich ihm unbesonnen stellt. Was dem Eber vors Gebräch kommt, das frisst er, sagt Johann. Warnt er ihn vor dem morgigen Tag, spricht er Unheil aus?
Luther schwitzt im Wams, sucht das Gelände unter uns nach dem Mittagsdämon ab, der in schänderischer Lust hochschleichen könnte. Johann hebt den Huf des Pferdes auf, nietet die Nägel mit Klinge und Hammer auf. Hebt mit der Zange die Eisenschenkel an, von hinten nach vorn. Zieht die Nägel raus und nimmt das Eisen ab. Zwickt Horn ab mit dem Nipper. Den Huf setzt er

auf den Beschlagbock und raspelt mit dem Bimsstein fein. Dann brennt er das neue Eisen kurz auf, dass nicht zu viel Horn weggesengt wird. Vor dem Rauch tritt Luther zurück.
Schmied Johann lacht und ruft: »Da fußt der Doktor aber schnell vom Boden ab, als wär er recht beschlagen!« Der Ketzer ist starr vor Schreck, ich lös mich von der Starre.
»Doktor?«, sage ich.
»Bin der Junker Georgen«, sagt der Mönch.
»Im Winter muss man's Tier unbeschlagen lassen«, sagt Johann, »nasser Schnee stollt auf.«
»Habe dich gefragt«, sage ich.
»Dies ist ein schmiedefrommes Pferd, es lässt sich beschlagen.«
»Sprich klar, was wahr ist.«
»Er ist mir Bruder«, sagt Johann, »ich trau nicht seiner Tracht.«
»Steck im Lederkoller«, sagt der Mönch, »trag's rote Barett. Weis ich mich nicht als Ritter aus?«
»Das tust du, Frater Martin.«
»Du redest dich um den Kopf, Kerl«, rufe ich, »ich müsst mit der Zange zufassen.«
»Ich rede nach der Schnur her«, sagt Johann, »bin längst gestaltet und gehärtet, dank des frommen Herrn, der mir hierher gesandt ward.«
»Der Ketzer, den du meinst, ist gestorben.«
»Dienst du dem Antichrist?«, ruft der Schmied und greift nach dem Hammer, ich greif zum Eisen, um diese niedere Sau zu sengen.

Ich brüll: »Der Ketzer Brand, der Teufel kommt zuschand«, und er flucht: »Dein Papst macht beim Scheißen die Knie krumm.«
Ich versetz ihm einen Stoß gegen die Brust und will nachsetzen, da stellt sich der Ketzer zwischen uns, ich könnt in zwei Streichen zwei Feinde meines Heiligen Vaters köpfen, ich könnt die Augen rausstechen und die blutigen Höhlen mit Klumpen Erde füllen und die Köpfe nach Rom schicken und wünschen, dass man für die Seelen meiner Ahnen eine Messe hält.
Ich hafte an mein Wort, mein Wort haftet am Fürsten.
»Herr Luther«, sagt der Schmied leis, »soll er mich doch spalten.«
»Nein ... Zügel dich, Burkhard.«
»Du fluchst meine Kirche«, ruf ich, »schau, wie dein Gläubiger dir den Saum küsst.«
»Ich küss nicht Hände noch Füße«, schreit der Schmied.
»Da lacht der Türck«, sagt Luther, »wir schlagen uns tot, er muss nur die Frist warten.«
»Gott erlöst«, wispert der Ketzerschmied, er legt den Hammer auf den Amboss, ich wart auf die Finte, und da er aber ruhig steht, steck ich's Schwert in die Scheide. Närrische Kerle, ich trau beiden die grobe Neckerei zu, dass sie mich vereint in den Graben stoßen.
Der Mönch erzählt eine Fabel: Der Rabe hat Jesus vor Judas' Verrat gewarnt. Er lohnte es ihm: Nimmer sollt es in sein Nest regnen. Am Jüngsten Tag wird der Vogel bleichen und beschenkt werden mit schneeweißem Gefieder. Wir starren aufs Rabenvolk in den Bäumen.

Es zählt Heilands Segen, der Zorn des Sünders zählt nicht.
»Herr Luther«, sagt der Schmied.
»Bin nicht Herr«, sagt der Mönch.
»Ich will dich fragen, ob ich in die Irre geh.«
»Bist ein Rußwurm«, rufe ich, »Mohr in der Esse.«
»Ruhig … frag mich.«
»Ich ging ins kahle Holz, gestern war's, da hab ich erst gezittert, und ich lief dann mit flinken Schritten weit und weiter, und ich hab über die Achsel geschaut, weil ich sicher war, dass mich jemand aufstöbert, da kam ich auf die Lichtung, und da geschah's.«
»Welche Lichtung?«, sage ich kalt.
»Dort habt ihr die Kerl gestochen.«
»Du zogst nicht mit uns. Wer hat's dir verraten?«
»Wir wissen es alle«, sagt er, »du bist ein Römling, aber feig bist du nicht.«
»Red weiter«, sagt Luther.
»Hab Gespenstergeläut gehört.«
»Das ist die Lieb der Leichen!«
»Was?«, rufe ich.
»Eine hungrige Seele kehrt zurück und leckt's eigene Blut.«
»Jesus Christus Heiland!«, sagt der Schmied.
»Hast du die Seele geschaut?«
»Ich stand am Rand, am anderen Waldrand glomm's auf, und mit einem Ruck wurden mir die Beine weggezogen. Ich brach mir den Zahn hier. Ich konnt ihn aber nicht finden.«
»Den hat der Nachtzehrer«, sagt der Mönch leis.

»Wer?«

»Ruheloser Toter. Geht um, schneidet und bricht und schlingt.«

»Hat er … hat er meinen Zahn gefressen?«

»Und deinen Schädel ausgeschlürft«, rufe ich.

»Papistensau!«

»Lasst ab«, sagt der Mönch. Er ist bleich geworden, der Totendämon hat ihn geschreckt.

Was glaub ich, und was ist die Mär des Ketzerschmieds, den man am Arsch beschlagen müsst? Die Raben: Wenn sie gesegnet sind, was fressen sie dem Gehenkten Aug und Nas ab?

Könnt ich nur loskaufen meine Seele.

Die Toten, sie gingen voraus, wir gehen ihnen nach. Ein jeder nach seinem Stande, lehren die Pfaffen. Meine Mutter, die das Gotteslob keinen Tag vergaß, wurde geschändet und zerstückelt von Landsknechten, sie taten's vor den Augen meines Vaters. Was ist ihr Rang bei Christus? Empfing er sie im Ganzen, wurden ihre Fleischstücke verschmolzen, war ihr Gesicht frei von Wund und Rissen, hat der Heiland sie, in deren Scham die Mordbuben Pflöcke trieben, zur keuschen Himmlischen erhöht? Klingen stachen und rissen sie auf, die Tiere fielen sie an bei Verlust ihrer Seligkeit. Hat Gott ihr den Kranz aufgesetzt? Wird er mich ins Höllenmaul stoßen, weil ich den Lumpen nachsetzte und jeden der acht Notzüchter pfählte, ohne Lust, ohne Reue? Die Raben fressen Aas, ich fress Aasstücke. Ich komm mit dem alten Feind in Gemeinschaft, an allen Orten. Er raunt mir immerzu ins Ohr: Lösche das Licht. Das Dunkel befiehlt.

Wir brechen früh auf zum Waidwerken: Berittene Treiber, Fußgängige. Die Jäger tragen Wämser ohne bauschige Ärmel und Leibröcke, die des Mannes Teile recht knapp bedecken.
Luther auf dem Pferde würde sie am liebsten niederreiten. Wenn die Kerle sich bücken, glotzen uns Backe und Kerbe an, sie ziehen und zurren, schieben die lose genestelte Schamkapsel zwischen die Lenden in die Mitte, schieben die Hand drunter und kratzen die Flöh am Gemächt tot.
Der Gottesmann bockt. Sein Ross kaut an der Trense im Maul. Den Prunkriemen am Pferdekopf hat der Ketzer abnehmen lassen, er rief: »Es geht nicht zur Parade oder in die Schlacht!«
Die Kinnkette scheuert, das Tier treibt aus Trotz zur Seite ab, er hackt sacht die Sporen in die Flanken, das Pferd springt vor und wieder ins Glied. Wir haben kleine Butten mit Brot, Wein und Frucht mitgenommen, es sind noch viele Stunden bis zur ersten Rast.
Ich kenn den Hauptmann, er wird nicht eher ruhen, bis

die Spürhund gutes großes Wild in die Netz hetzen. Er hat dem Ketzer hart zugesetzt, er wollt ihn wieder in der Schergenstube haben, Luther widersetzte sich. Fast hätt der Burgvogt ihn niedergehauen. Er wollt auch nicht auf die Hatz, da setzte ich ihm hart zu; er rief: »Die Ritter, sie sind wüst und grob, sie saufen, sie fressen, sie huren.«

Ich rüttelte ihn, ich schrie: »Grob und laut, Meister, das ist der rechte Gang und Klang für einen Junker. Verhalt dich in deiner Verkleidung, wie sich's für den Ritter geziemt …«

Man könnt ihn, da er gezähmt und gefasst im Sattel sitzt, für einen wahren Edelmann halten.

Die Eisenacher flüstern, dass er Schand und Schaden wirkt. Er müsst nur mit den Fingern schnalzen, und schon bebte Berg und Hang. Einer von ihnen hat mir verraten, dass er Mohn aufs Grab des Bruders streute, dass der Tote auf ewig die Körner zähle und sich nicht erhebe, um den Lebenden zu schaden. Könnt der magische Junker ein schwarzes Gebet sprechen zur Bekräftigung?

Sein Obriger Hartung packte ihn an der Achsel und schleuderte ihn zu den andren Knechten. Schlimm und schlecht ist es, dass man den falschen Junker verheiligt, es lockt die Feinde an. Eisen, Schäfte, Stachelbögen, damit bejagen wir das Wild. Sind wir aber wehrkräftig wider eine Rotte Meuchler tief im Wald?

Ein Greif hat ein Rebhuhn geschlagen und die Federn gezogen, wir finden die Rupfstelle. Wir finden ausge-

würgte kleine Ballen unterm Baum weiter im Holz. Luther sinnt und sinnt, ich erlös ihn: Gewölle unterm Schlafbaum des Waldkauzes.
Übersetzt er Rupfen und Würgen ins biblische Bild? Sieht er nicht den Greif, der die Beute kröpft, und aber den Morgenzehrer, der sich in die Seele des Sünders verbeißt? Sieht er nicht den Jäger mit dem Wurfspieß, und aber den Erzengel Michael, den ärgsten Feind der Feinde Gottes? Das Wild hetzen, bis man zum Schuss kommt, bis man es schießen kann: Das ist die Treibjagd. Bestimmt sieht der Mönch einen andren Kampf, den Krieg in himmlischer Gegend. Rebhühner streichen flach über dem Boden ab, Hunde setzen nach, der Burgvogt brüllt vor brustsprengender Freud auf, als würd er gleich ins Heer der Aufrührer springen.
Ich reit an die Seite Luthers, wir sind der Nachtrupp, der Tross aus zwei Männern. Das Gebrüll zerwirkt ihn, er kämmt die Pferdemähne mit bebenden Händen.
»Es möcht dir nicht gefallen, Meister.«
»Ist's Zeitvertreib oder Mordlust?«, sagt er.
»Der Herr von Berlepsch verreckt in der Ödnis«, sage ich.
»Er sieht sich um nach Räubern.«
»Sie sind auch Wild, das man hetzen und stellen kann.«
»Der Herr hat ihnen Seel eingeblasen«, ruft er.
»Und die Tiere?«
»Was lebhaft ist, muss Leben in sich haben.«
»Die Ratte, wo kommt sie hin nach dem Tod?«, sage ich.
»Der Esel, auf dem Jesus in Jerusalem einzog, ward belohnt mit dem Himmelreich.«
»Gut, Meister, ich rede von der zotteligen Ratte.«

»Was unschuldig verbissen wird, kann nicht Luft werden«, sagt er, »die Ratte ist ein Drecksgeschöpf, wie die Laus, wie alles, was im Schmutz haust …«
»Du weißt es nicht«, sage ich.
»Es sitzt nur einer auf dem Thron«, ruft er und sprengt vorwärts, der Zorn hat ihn wieder ergriffen, im Zorn könnt er nun niederstechen Wolf und Endzeittier. Ich seh einen Eisenacher am Boden kauern, er beugt sich über das Trittsiegel des Hirsches. Der Hauptmann gibt das Zeichen, und der Führer mit Leithund nimmt die Fährte auf, geht in das Holz, bringt den Hirsch zur vollen Flucht. Die Hetzhunde setzen ihm nach und stellen ihn. Der Weidemann erlegt ihn. Jetzt lassen die Knechte den Blick schweifen: Die Ritter mögen gemäß ihres Standes das Wildbret stechen, wer ist der Erste unter den Ersten?
Der Hauptmann schaut auf den falschen Junker, er aber starrt nur aufs blutende Wild am Boden. Von Berlepsch macht den ersten Stich, der Hirsch wird vor unsren Augen aufgebrochen und zerwirkt. Als Weidrecht bekommt der Suchhund das Hirschhaupt, der Rest der Hundemeute frisst das Gekrös. Die Leber gehört dem Jagdherrn, der Burgvogt zerbeißt sie roh, er bleibt im Sattel sitzen, sein Aufschmatzen ekelt den Ketzer. Ich weiß, dass er denkt: »Wird mich der Grabdämon in dieser Art aufbrechen, wird er mir Galle und Herz und Leber reißen aus dem Leib, wird kein Engel mir beistehen, werd ich …?«
»Es ward zum Ende der Jagd geblasen, Meister, es ist vorbei.«

»Vor einer halben Stunde lebte der Hirsch«, sagt er, »jetzt ist er Fraß für Hund und Mensch.«
»Magst du nicht Wildbret schmausen?«
»Ich ess, was mir der Herr auf den Teller legt.«
»Gut«, sage ich, »es muss aber erst erjagt werden.«
»Blutige Geschäfte, mich ergreift's nicht.«
»Es schmeckt dem Hauptmann«, sage ich, »er lässt das Hirschblut im Barte trocknen. Dann muss er nur die Lippen belecken, und schon schmeckt er's Wild.«
»Unser Herr, der Fürst, hat ihm's Bruchstück des Kelchs vom letzten Abendmahl geschenkt«, sagt er.
»Wofür?«
»Für treue Dienste. Für sichre Verwahrung des Heiltums auf der Feste.«
»Hast du's gesehen?«, sage ich.
»Er hat's mir gezeigt. Im Beutel am Gürtel trägt er das Stück.«
»Es wird ihn schützen.«
»Er ist mit totem Ding bewehrt«, sagt der Mönch, der seine Kutte misst. Den die Sünder in der Schar schrecken: In der Klosterstille ist er gediehen. Außerhalb der Gemäuer muss er Tag um Tag Gottes Geleit erstreiten. Er blickt auf die Bäume, in denen die schlichten Bauern raue Geister verkeilt haben. Es riecht nach Opfertier, nach Hundsrotz und Galle. Aasfliegen schwirren übers zerlegte Fleisch. Wir steigen ab, die Knechte eilen herbei und führen die Pferde zum Tränken an den Bach.
Von seltsamer Ruh werd ich überkommen, es ist die Ruh nach der Schlachtung. Bei der Hatz und bei den

Kämpfen will's selten beim ersten Stoß gelingen, und wenn's gelingt, schweigt still der Jäger des Tieres und des Menschen.
Ein Eisenacher bringt dem Ketzer ein Stück von der Keule, er beißt ein Loch und ein zweites Loch hinein, er frisst wie ein Junker.

Nach kurzem Ritt haben wir Herberg bei Bauern. Väter und Söhne, sie sind mager, sie decken mit dem Leib nicht mal das Licht einer Leuchte ab. Sie buhlen nicht um die Huld der Herren, sie neigen das Haupt, ohne die Lumpenmütze zu lüpfen. Ich hör den Hauptmann rufen: »Man müsste den Kerlen das verflohte Barett an den Schädel nageln!«
Auf sein Geheiß geh ich mit Schrotter alle Wege ab, der Kerl ist säuisch gelaunt, er will in der Nacht, da er Posten fasst, eine der Töchter anfallen, er steht im Dienste des Fürsten, es könnte kein Höriger ihn übermannen. »Zuchtlos sind die Metzen«, sagt er, »sie flehen um den harten Mannsteil, der sie zerglüht ...«
Erst lass ich ihn seinen Spieß und seine Lenden rühmen, dann geh ich ihm übers Maul, ich fäll ihn mit hartem Schlag. Bevor er aufspringt, setz ich ihm den Katzbalger an die Kehle.
»Die Jüngste des Bauern«, sage ich, »ich kenn sie ... Bleib da, kein Geschrei ... Ich kenn sie als die mächtige Magd. Sie wurd auf dem Acker geboren. Sie hat die Gabe, sie kann Geister sehen.«
»Du fabelst«, ruft er.
»Sie sah den Schatten eines hohen Herrn kurz vor Mit-

ternacht. Dem Schatten fehlte der Kopf. Sie schrie: ›Dich holt der Tod.‹ Im Morgengrauen starb der Mann.«
»Ist das wahr?«
»Die Sperlinge gingen ins Korn. Sie besprach die ausgesäten Körner. Sie machte die Sperlinge blind durch Zauber.«
»Sie ist eine Hexe?«, sagt Schrotter leis, ich geb seine Kehle frei, er steht auf.
»Sie wirkt gegen Hexe und Hagel«, sage ich.
»Wer's glaubt.«
»Hab dich gewarnt. Kriech ihr in die Nähe. Wirst sehen, was sie aus dir macht.«
»Was denn?«
»Sie wird dir die Rute in die Stirn versetzen«, sage ich und lauf zurück.

Die Herren sitzen am großen Feuer, mein Platz ist bei den Knechten, die sich am kleinen Feuer wärmen. Der falsche Junker weilt bei den Seinen. Er sprach: »Keiner fechte gegen seinen Oberherrn, so er denn dem Höchsten dient.« Er sprach: »Wer über sich haut, dem fallen die Spän in die Augen.« Er sprach: »Obrigkeit mit Macht, ich lob ihr Geblüt. Der Bauer soll Kartoffeln zusammenscharren. Was schert ihn der Lorbeer? Kommt er an die Macht, fällt das Recht in Acht. Schlagt ihm das Haupt ab, dass er nicht mehr frage nach Ingwer auf seinem Teller. Diesen Buckligen macht das Grab gerade.«
Als würd er mir in den Schädel schauen, sagt der Älteste: »Die Junker erwerben Ehr, wenn sie Brot und Pansen teuern.«

»Der Pfaff hat's gepredigt«, sagt sein pockennarbiger Sohn.
»Was denn?«, sage ich.
»Nach Prophet Jesaja: ›Deine Fürsten sind der Diebe Gesellen geworden.‹«
»Der Pfaff frisst den Zehnten«, rufe ich, »Pfaffengut ist Raffgut.«
»Der Pfaff, von dem er spricht, gleicht nicht den andren«, sagt der Älteste.
»Kann er übers Wasser gehen?«, sagt Schrotter.
»Ist ein Mönch, der ärmer ist als wir alle zusammen. Der greift nicht in andrer Männer Säcke.«
»Und was lehrt er?«, sage ich.
»Würd ich folgen seinem Rat, müsst ich zum Herrenfeuer gehen und die Teufelsbündler schlitzen.«
»Acht auf deine Worte«, ruft Schrotter.
»Du sitzt an meinem Feuer, Kerl. Geh doch zu ihnen, die's Gesinde als Gesindel verschreien.«
»Wir danken dir fürs Brot«, sage ich, »wir sind Knechte wie ihr.«
»Höriger bist du nicht«, sagt ein Junge, dem am Kinn ein Büschel Bart sprießt. Für die Ehr des Hauptmanns und der Eisenacher Junker rauf ich nicht mit den Bauern. Ich könnt viel erzählen von den Hochgeborenen, die auf die Niederen speien. Man soll die Knecht nicht bitten, schreien sie in ihren Palästen, sonst schwellen ihnen Bauch und Stiefel. Der Bauer muss sich bücken, so er denn gut ackern soll.
Ich schweig und blick ins mild prasselnde Feuer.
»Sie werden verheert«, sagt der Sohn.

»Von wem?«, sagt Schrotter.
»Vom Herrn, der sie übersteigt.«
»Wer um mehr bettelt, als ihm zusteht, läuft in die Spieße«, sagt Hartungs Kriegsknecht.
»Kettenhunde schnappen nach dem Fraß der Edelleute«, ruft der Sohn.
»Was?«
»Ruhig«, rufe ich.
»Stinkend Metzenfotz bist du!«, sagt der Kriegsknecht zum Sohn des Ältesten.
»Bin nicht Leder, das du schmierst. Dein Schimpf trifft mich nicht.«
»Wenn's genug ist, kommt die Frist«, sagt der Bauer, »dann kommt die Hoheit zu Schaden. Der Pfaff, von dem die Rede war, der spricht: Ich wollt Christus folgen, da aber sah ich, wenn ich's tu, komm ich an den Galgen. So wie sie ihn ans Kreuz geschlagen, so würd man mich würgen am Balken ...«
»Er wollte die Haut nicht hergeben dafür, dass die Fürsten nicht fallen. Er ist fast zersprungen, da half nicht Gebet und nicht Buße. Da wusst' er: Ich muss meine Seel retten.«
»Haben wir keine Seel?«, sagt der Kriegsknecht.
»Wir sind hier all Christenmenschen«, sagt der Bauer und hält den Sohn zurück, »ich rede vom Pfaffen, und der Pfaff hat geredet, dass er mit Zunge, Hand und Fuß Christus folgen wollt.«
»Und nun kratzt er Grind vom Arsch und lässt kleine Placken in die dünne Grütze der Bauern fallen?«
»Jesus macht krumme Sachen recht«, sagt der Sohn.

»Amen.«
»Ich such nicht den fünften Zipfel am Sack«, sagt der Älteste, »ich such nur, was ich hab verlegt. Und ich und wir Knechte haben das Heil verlegt. Gott hat's für uns gefunden.«
»Welches Ding ist dies Heil?«
»Jeder wird gleich, jeder isst Disteln.«

Sie zanken, sie zanken um nichts, sie blasen einander Luft ins Maul, der Bauer dem Krieger, der Krieger dem Bauern. Blut wird's geben, Blut der Leute, die auf Lohn im Himmel hoffen. Der Bannfluch der Herren trifft scharf, der alte schorfige Ackermann, der sich bei Jesus verdingt, wird gespießt fallen auf sein Feld, wird düngen die Saat. Seine Sense stößt auf Stein. Er hätte Hartungs Knecht sagen sollen: »Du Hetzhund hast keine Seele, die ist längst verwest.«
Der Herr der Heiligen möcht abhauen Ast und Stumpf, wer will's wenden, wer will's wehren?
Ein Narr ist der Ackermann: Glaubt er, dass er sich durch Gottes Anhauch aufrichtet wie am Tag des Gerichts? Dass Er die Ehr der Hörigen wiederherstellt?
Ich schau hinüber zum Herrenfeuer, der Ketzer fehlt. Ich spring auf, lauf zu den Feldern, dort steht er und zählt die Krähen, und als ich mich ihm zur Rechten stell, spricht er's aus: »Hab sie gezählt, bin auf die Zahl neununddreißig gestoßen.«
»Es lockt sie der Fraß in den Furchen«, sage ich.
»In der zweiten Epistel an die Korinther, Kapitel elf, Vers vierundzwanzig, schreibt Paulus: Von den Juden habe

ich fünf Mal empfangen vierzig Streiche weniger eins. Das ist fünf Mal neununddreißig.«
»Er wurde geschlagen?«
»Die Sintflut begann am siebzehnten Tag des zweiten Monats und endete am siebzehnten Tag des siebenten Monats.«
»Das war vor Paulus' Leben ...«
»Zweites Buch Mose, achtundzwanzigstes Kapitel: zweiundsiebzig Glöckchen am Obergewand der Priester.«
»Meister«, rufe ich, »das ist mir wirr.«
»Evangelium des Johannes, einundzwanzig, elf: Die Zahl der von den Jüngern Jesu gefangenen Fische: einhundertdreiundfünfzig. Einundfünfzigster Psalter, die Sündenklage: Verwirf mich nicht von Deinem Angesichte und nimm Deinen Heiligen Geist nicht von mir ...«
»Lass ab, Meister, sonst fallen die Vögel tot auf dich.«
»Ich rede nicht in Zungen«, sagt er leis, »meine teutsche Zung wirft große Worte zwischen die Zähne hinaus ...«
Da steht er, der Herr der Krähen, vom Wind zerzaust, ein sprühender Schatten, er rechtet mit der Mutter der Lüge, der ehernen Schlange.
»Wenn die Sünde blutrot ist, soll sie doch schneeweiß werden«, schreit er, »und die fressgierigen Vögel sind seine Gemeinde, ist Kühnheit eine Wundertat, meine Opfergabe ward mir von der Hand geschlagen und ein Pfahl ins Fleisch getrieben, ich las: Dass die Weisheit seiner Weisen untergehe und der Verstand seiner Klugen verblendet werde, und ich madiger Kielkropf verstand, weil's gesenkt ward in meinen Geist«, schreit er, »und

das Vogelvolk ist seine Gemeinde, leb ich in der Verbergung seit langen Wochen, unvermerkt vergehen die Tage, es wird alles zu seiner Zeit offenbar, und ich Unfläter lass mich vom falschen Tröster verführen, eine glühende Kohle müsst der Engel in meinem Mund rühren, dass Malefize gesengt und ausgebrannt seien. Das Blut ist die Seel, fünftes Buch Mose, Kapitel zwölf, Vers dreiundzwanzig, ich verblute, ich blute mir böse Sporen in die Lenden, das macht der Widersacher«, ruft er, »und die Krähen krähen das Gotteslob, ich lobsinge dem Herrn, der die Hand regt wider mich, der mich von meinem Stande stürzt, ich bin der schreiende Schädel, ich vergeude mich in Glaub und Beschwörung, und doch ist ein Schwindelgeist unter uns ausgegossen, und jeder geht um als Prophet, und jeder speit, was ihm ins Maul fällt, und jeder rühmt sich als den lebenden Gesandten des lebenden Gottes, was gilt schon mein Menschenname«, schreit er hoch zu den Vögeln, die in der Höh ihren Vogelnamen krähen, »ich bete nicht an das steinerne Bild im Tempel, ich kotz nicht aus Höllensud und nenn's dunkles Gebet, ich spreche den Bannspruch über die sündige hungrige Seele, die mich umweht, ich sauf nicht aus Pfützen, die der Widersacher mir in die Kammer brunzt, ich steh im brausenden Wind und lobe Dich, Herr, und lobe Dich, Herr, denn Du wirst aufstehen, dass Du Dein Werk tust auf eine andere Weise, dass Du Deine Arbeit tust auf eine andere Weise, die Spielhöfe der Heiden meid ich, die Feuer der Junker, die Dich verlästern, verlass ich«, und die Krähen brausen im Braus der Winde, stürzen hernieder, als wären wir mit

Menschennamen Aas, das sie mit Schnäbeln packen und fortbringen wollen.

Ich zieh das Eisen und zerteil die Luft überm Haupt des Ketzers, ich zerr ihn von den Feldern, von kreischenden Totenvögeln, der Feind hat sie verlockt und wider uns gehetzt, wir laufen und straucheln, und Luther schreit schäumend im Wahn: »Fünf Bücher Mose, das sei das Gesetz, vier Evangelien, das sei die Gnad«, ich zerr ihn fort von den Feldern und Feuern, hat er mich geseucht mit Übel, dass ich an die zwei Krähen denke, die ich im Flug zerklopft, die ich geköpft, ich komm mit Ruck zum Stehen und halt den fiebernden Mönch fest in der Umklammerung, bis er endlich schweigt.
»Wes Geist ist in dich gefahren, Meister?«
»Ich saß bei ihnen«, sagt er heiser.
»Wolltest du bei uns Knechten sein?«, sage ich.
»Das hätt meinen Mummenschanz verraten.«
»Ja, Meister.«
»Du hast ihre Grunzschreie gehört?«
»Hab ich. Das ist Junkerart.«
»Ich hass es auf den Tod«, sagt er.
»Und die Krähen hassen dich«, sage ich, »du hast sie gepeitscht mit der Biblia.«
»Es ist ein unschuldiges Volk. Die Säue aber sind trunken von starkem Getränk.«
»Das hat dich vergällt?«
»Ihre Altarsteine wird Er zu Aschehaufen brennen«, ruft er.

»Genug der Predigt. Ich spreche zu dir, sprich du zu mir. Haben sie gespottet?«
»Ich sollt mich füllen wie sie, und weil ich's nicht tat, haben sie mir Weibsmanier angedichtet.«

Luther erzählt, weil ich nicht nachlasse und dränge, dass ein Eisenacher eine Rachepuppe aus dem Sack gegriffen und vorgezeigt hat, sie war von Nadeln durchstochen an Brust und Scham, der Kerl hat gerufen: »Das ist der Ketzer Martinus, meine Flüche sollen ihn treffen, dass er verkohle und tot umfalle!«
»Und der Hauptmann?«, sage ich.
»Ist bleich geworden, er musste lachen wie die anderen Säue.«
»Hast dich verraten?«
»Ich sprach: Man wird's noch merken, wer von Gott abgefallen und wer treu im Dienst am Herrn.«
»Der Kerl hat dich geprüft«, sage ich.
»Er warf die Pupp ins Feuer und prüfte mich weiter.«
»Hat dich die Hitze vertrieben?«
»Zauber bricht mich nicht«, sagt er, »ich hab zum Schlauch gefasst und gesoffen. Da ließ er mich in Frieden. Sorg dich nicht, ich bleibe unerkannt.«
»Du beschreist die Krähen, Meister, das ist nicht deinem Stand gemäß.«
»Wann kehren wir heim zur Warte?«
Er muss den morgigen Tag erdulden und das Getier im Unterholz und in den Lüften nicht zu seiner Gemeinde zählen, das sag ich ihm. Er hasst die Hatz, er hasst die

Leute, die Wild hetzen. Würd er bei den Bauern lagern, was wählte er für grimmige Worte?
Ich rede ihm vom Zorn der Hörigen, die für die Obrigen Galgenstricke knüpfen.
Unsinnige und Säue gleichen Geschlechts, schimpft er sie, ins kommende Reich würde keiner ragen, der Fehden führt außerhalb seiner Seel. Und das Brot und der Hunger?
Er verübelt mir die Widerrede, er möchte nichts wissen von adligem Blut, das von Sensen und Flegeln tropft, die Ratten sollen die Welt erben, der Christenmensch erbt das sanfte Lamm, dies sei endgültig beschlossen im Buch des Herrn. Den Ketzer hat's nimmer gehungert, sonst würde er selbst nach der Mistforke greifen. Ratte und Sau sind Adel, sie haben unser Menschtum geknebelt.
Die Bauern, sie sind fromm. Den Zehnten aller Frucht und Vieh geben sie hin. Wenn sie ihn behalten, verwehrt ihnen der Zehntherr die himmlischen Gnadenmittel. Ob Martiner oder Mann meiner wahren Kirch, ob zwo oder sieben Sakrament, die Bauern fürchten den Fluch. Sie wollen sich verbergen vor dem Graus, doch der Graus hat sie entdeckt. Sie sprechen: »Die Hexe bläst in die Lockpfeif, die ist aus dem Röhrenknochen der Gans, die Buhle ruft alles, was schwarz ist und verkrüppelt, was uns verschreckt, und die umgehende Seele des geköpften Kerls, der Grenzsteine verrückte, die ruft sie auch. Sie knüpft Nestel, sie bindet Knoten und treibt mit Hundsknochen Zauberei. Sie macht Kehricht zum goldenen Napf. Brennt

ihr Nest aus«, schreien sie, »zerrt die Heimliche ans Licht!«
Sie sind nah beim Viehkot, beim geräucherten Mist, bei argem Übel, sie wickeln sich in Lumpen und möchten schärfen das Kratzeisen für die gottlobige Tat. Verkehrte Kerle, sie satteln die Ochsen und koppeln die Rösser.
Angelockt von den Schreien rücken die Junker an unser Feuer, der Älteste erzählt. Der Ketzer staunt die Ackerknecht an, als würd er Aussätzige besehen. Er hat in einer Rede den Hörigen als Bauer Hungerknecht genannt, den man vom Abendmahl ausschließen müsste wie Fresssüchtige. Vergessen die Krämpfe und Wirbel, vergessen der Sturz der Krähen, der Abtrünnige wandelt sich vor meinen Augen zum Stockmeister: Er möcht die Buhle bannen.
Der Hauptmann ruft: »Ich will die Hexe merzen. Ich will, dass die Nestel reißen, wenn ich ihr den Rock zerfetz!«
Die Eisenacher jauchzen wie eine Rotte Geißler, auch dem Mönch fährt Kraft in den Leib. Die Herren hoch zu Ross und wir fußgängigen Knechte laufen ins Holz. Wir stoßen auf ein Feld mit schief eingesunkenen Grabsteinen, Luther wispert: »Liegen hier Christen in der Erd? Oder ist das ein Heidengelände?«
»Ist ein alter Totenacker, Meister.«
»Ich sehe keine Kreuze auf den Steinen.«
»Sie starben und wurden begraben«, sage ich, »seither haben sie ihre Ruh.«
»Bist du kein Christenmann?«, sagt er.

»Was willst du tun? Das gefaulte Gebein ausscharren?«
»Sind's Heiden, bet ich nicht für ihre Seligkeit.«
»Gott lässt sie auferstehen«, sage ich, »was gilt schon dein Pfaffenwort.«
»Deine Kirche hätte dich für diesen Frevel verketzert«, sagt er.
»Mönche zanken, Mönche sterben. Dann kommt ein dreibeiniger Hund und scheißt ihnen aufs Grab ...«
Er treibt das Pferd an, der Ketzer flieht meine Ketzerei, ich lache auf, dass es hallt.
Der Hauptmann straft mich mit einem Stoß in die Kniekehlen, ich geh zu Boden, ich richte mich jäh auf. Die Hand auf dem Gehenk, Hass im Herzen, der mir vergeht, ich beug vor ihm das Haupt. Kein falscher Schritt, kein unbedachter Streich, er würd mich sonst im Turmverlies verrotten lassen. Dass ich die saftsprießenden Zitzen seines Weibes beschmatzte, hat er mir nicht verziehen. Kein falscher Blick, kein widersetzlich Wort, es würde mein Ende sein.
Luther ruft: »Ist dem Mann das Heil entzogen, so atme er Gott ein und aus.«
Die Krieger nehmen's als einen Spaß und johlen rau auf. Zwei Söhne des Ältesten laufen an der Flanke, sie halten vor Furcht die Fackeln hierhin und dorthin. Es bläst sie hart an, dass sie durch die Finsternisse schreiten müssen. Ein Dämon könnt ihnen aufhocken, eine böse Seele sich an ihrer Wade verbeißen.
Der Dachsgesichtige ruft Maria an, und als die Wipfel rauschen, duckt er sich. Ist das ein heiliger Wind

oder der Gifthauch aus den Namen der Gotteslästerung?
Wir sind auf der Hut, der Hauptmann befiehlt, dass wir die Waffen ziehen. Bei jedem Schritt schmatzt die regennasse Erde auf. Bei jedem Laut aus dem Dunkel rucken unsere Köpfe in die Richtung.
Schrotter an der Spitze macht Zeichen, dass wir halten: Auf der kleinen Lichtung steht die Hütte der Hexe. Wir stehen und lauschen, wir hören nur den Regen fallen. Wir hören nur die Blätter sprechen.
Der falsche Junker hält das Kurzschwert fest in der Hand, dann wendet er sich zum Hauptmann und bittet leis, dass man aus losem Gezweig Kreuze schnüren soll. Kurz darauf reicht ihm ein Sohn des Ältesten das hölzerne Kruzifix, Luther hält's in die Höhe über seinem Haupt und geht voran. Die Knechte scharen sich um ihn, von Berlepsch möcht nicht nachstehen.
Ich sehe: Die Hexe hat kleine Löcher unter der Dachtraufe gegraben. Das Traufwasser rinnt hinein. Sammelt sie Teufelsseim, um ihn zum Sud zu verkochen?
Wir fürchten das Nachtvolk, wir fürchten die Krummen und Krüppel. Wir fürchten das Rüttelweib, das Wetter und Windesbrausen macht. Wir fürchten den bocksbeinigen Sündknüppel. Wir fürchten diese Wüstung und den Blitzstrahl, der uns trifft.

Der falsche Junker treibt uns an, er spricht aus der Biblia, auf den hoch und heiligen Gott schwört er, dass es kein Entkommen gibt für den Dämon, »du scheust unsre Helligkeit«, schreit er, »dies Zeichen des Herrn in

meinen Händen ist mächtiger als jeder zauberkräftige Wurzelstock, über den du, Hexe, gebietest, Vater unser im Himmel schütz uns …«
Wir nehmen die Hütte im Sturm.
Die Bauerssöhne weichen zurück: Töpfe, überall Töpfe, gefüllt mit stinkend Brunz, darin Spinnen und Fliegen ersoffen sind. Das alte Weib ist eine Leiche, sie liegt als trockene Larve im Eck. Die nackten Beine gegrätscht, zerstochene Scham, blutiger Strunk. Geschändet und geschabt hat man sie, und geworfen wie Lumpen zwischen die irdnen Gefäße.
Schrotter würgt, stürmt hinaus, ich hör ihn kotzen. Dem Hauptmann erlahmt die Hand, die Schwertspitz schleift übern Boden. Der Ketzer steckt das Eisen in die Scheide, geht zum Weib.
»Leise«, wispert er, »sie ist nicht lang tot.«
»Sie stinkt«, sagt von Berlepsch.
»Ihre Seel schwebt noch über ihr.«
»Seucht sie uns?«
»Wir stehen bei Gott«, sagt der Ketzer.
»Wo ist sie?«, sage ich.
»Ihre Kraft ist in ihrem Brunz ersoffen. Ist rausgefahren und in ihre Brühen gestürzt. Nun zerrt ihr Herr, dem sie gedient.«
»Hat der Teufel sie … geschwächt?«, sagt ein Eisenacher.
»Kein Mann, kein Sohn, das haben die Bauern uns erzählt. Es wird ein Schandbub, den sie gelockt hat, über sie hergefallen sein.«
»War sie eine Hur?«
»Eine Hexe küsst den Arsch des schwefligen Bocks«, ruft

der Hauptmann, »wer den Mund dem Pestloch aufdrückt, wird die Fotze frei machen.«
»Was weißt du über sie?«, sagt der Ketzer zum Dachsgesichtigen, der auf der Schwelle steht.
»Nix«, sagt er.
»Rede, oder du liegst neben der Hex«, ruft der Hauptmann.
»Sie ist geschrumpelt, sehr alt war sie nicht.«
»Warst du ihr Buhlknab?«, sagt Luther.
»Ich schwör auf die Seele meiner Mutter selig, niemals!«
»Aber andre Kerle kehrten bei ihr ein?«
»So hieß es, so hab ich's gehört.«
Luther vernimmt ihn wie ein Ketzerjäger. Ich drück die Lippen aufeinander, dass ich nicht lache und häme.
Er ward verworfen von Kaiser und hohen Pfaffen, er ist versperrt und verschlossen auf der Warte, doch geht er der Rott voran, als müsst er jedem Weibe sieben Teufel austreiben.
Er ruft: »Die Hütte soll brennen. Die Hexe soll brennen. Dass ihre Seele in den Höllenpfuhl stürzt. Dass ihre Hülle bricht, dass der Abgott bricht!«
Über den Flammen keine heulende Fratz. War dies Weib ein Mumienmacher? War sie entraten? Das Feuer frisst Stroh und Holz, frisst Spinne und Fliege und die dienenden Krüppel des Sündenfürsten.
Ich sah und behielt's für mich: Die Achselhaare der Hexe waren abgebrannt. Sie hat Foltergänge überlebt, bevor sie vom tiefen Stich in ihrer Mitte aufklaffte. Ich sah und verschwieg's: Mörser und Stößel zum Zermahlen der Tierzähne, die wie Perlen ums Hexenhaupt lagen.

Wer hat den Bann am Weib vollstreckt? Wer kann rasen, Lippen abreißen und lässt sich beim Schneiden seine Uhr von keinem Manne stellen?
Luther, der Pfaff, singt nur das, was er weiß. Das geschnürte Kreuz ist nass von seinem Schweiß. Kennte er die schimmlige Natur des Henkers, würd er sich im Kreuz verbeißen. Der Blutvogt war hier. Er duldet in seiner Näh keine Höker von Getierabfall, kein Weib, das Wundersude kocht.
Den Ketzer freut das Knistern und Prasseln. Sein Leib ist umwehrt vom Glauben an Christi Galgenholz. Würde er wie der Heiland angenagelt an den Balken hängen, zerliefe sein Gesicht wie jetzt vor Stolz auf seine Siege? Er lobt bestimmt ein Wunder, der Mönch mit dem Gehenk des Ritters. Er spuckt allem, was ihm feind ist, Unseligkeit an den Hals.

Das Malefiz ist getilgt, wir kehren heim zur Herberg. Die Bauern warnen: Es fand sich manch ein Köhlerknecht tot im Strauch, der vom Biss der Kreuzotter zerstochen war.
Schrotter ist die Lust an einer schmutzigen Magd vergangen. Er stochert mit einem langen Stecken im Knechtfeuer.
Wir löffeln Brei, die Herren fressen Hirsch. Die Hörigen loben Gott, dass man die Hexe ausgeräuchert hat. Nur die Jungen sind still, ich weiß und schweig: Die Hexe, die keine war, hat sie zur Sünde gereizt, hat Leid gemildert, hat ihrer aller Knechtschaft verzuckert. Leiden sie an Eiterfluss? Werden sie als Schutz vor dem

Druckgeist nachts eine Spiegelscherbe auf die Brust
legen?
Ich streck mich auf der Decke aus, das Eisen in der Hand,
ich hör sie leise Schutzgebete sprechen.

In der Früh tritt mich Schrotter wach, ich steche in die Luft, der Hauptmann fordert einen weiteren Tag Hatz. Er hat geprüft, ob in der Lehmhütte der Bauern Tierfelle gespannt sind. Sie dürfen im Wald nicht jagen, hätte er Felle oder Knochen gefunden, hätt er den Ältesten ins Burgverlies geschleift.

Der Hunde Gebell verschreckt die Krähen, verschreckt den Ketzer, der sich das bleiche Gesicht mit brackigem Wasser wäscht.

Ich bleib für Stunden an seiner Seite, die Pferde scheuen zwo Male. Riechen sie Aas? Riechen sie lauernde Götzen auf dem schattigen Platz?

Wir reiten vorbei am wüsten Totenacker, kommen endlich ins Helle, womit wir vertraut sind. Von Berlepsch treibt die Fußgängigen zur Jagd, die Hunde werden losgelassen, die Netze ausgespannt.

Der Ketzer und ich steigen schweigend ab. In mir glimmt nichts. Der Mönch glaubt sich hochverständig. Ist er zerfressen von der Welt, der er vorgibt, zu entsagen? Ich wünsch mir keine Geistesgaben. Bin ein Kerl im Harnisch, ohne Wille, ohne Werk. Ich möcht voller

Schalkheit sein und beim Hürlein liegen. Ich möcht nicht, dass mir ein Pfaffenschrat auf den Achseln sitzt. Ich häng mich an ihn, er hängt sich an mich. In der Feindesnot sind wir verbrüdert, ich sehn mich nach Zertrennung.
Ein Hase springt dem Mönch in den Ärmel, er erschrickt und streicht aber dann über den Stoff.
Ich greife jäh hinein, zerre den Hasen heraus und werfe ihn dem Raubhund vors Maul. Er bricht ihm's Genick. Der Ketzer schlägt nach mir, ich trete einen Schritt zurück.
»Das war ihm bestimmt, dass er auf des Hauptmanns Teller kommt«, sage ich.
»Schuppiger Gaulrapp«, ruft er.
»Magst selbst doch Hasenkeul fressen, Meister.«
»Hast ihn gemordet«, schreit er.
»Ruhig«, sagt der Hauptmann, der sich wieder leise angeschlichen hat, »Ihr schimpft mit ihm zu Unrecht.«
»Er hat das arme Tier der Meute vorgeworfen.«
»Ein Hund war's«, sage ich, »der biss ihn entzwei.«
»Halt das Maul«, ruft der Hauptmann, »der ... Herr Georgen ist ein milder Junker. Der tote Hase ist ihm aufs Gemüt geschlagen.«
»Billigt Ihr das?«, sagt der Mönch.
»Ich kannte einen, der war ehrlos. Der hätt sein Siegel untern Schwanz einer räudigen pissenden Schindmähre drücken sollen. Was nahm ihm die Ehr? Dass er Oberkeit versuchte. Ich zählte die Tag, und dann wurde er geädert und gerädert ... Wollt ihr, Herr, mich, den Oberen, anfechten?«

»Nein.«
»Was flucht Ihr dann meinen Knecht?«
»Habt Ihr's denn ihm befohlen?«
»Er dient«, sagt der Hauptmann, »deshalb hört er auch die ungeschrienen Befehle.«
»Gut«, sagt der Mönch leise, »ich bitte um Vergebung.«
»Und ich bitte, dass Ihr mir verzeiht fürs offene Wort: Ihr müsst Euch dämpfen. Die anderen Edelmänner wispern hinter Eurem Rücken. Sie sprechen: Der Junker hat gefetteten Bart und gutes Gehenk, was bannt er mit dem Holzkreuz statt mit dem Eisen? Was muss er büßen, wenn er doch so fromm ist?«
»Ich versteh.«
»Das tut Ihr nicht! … Ihr braust auf. Es fällt auf unsren Fürsten zurück. Er schützt Euch und muss aber darum viel Feindschaft ertragen. Seine Gnaden werden geknebelt. Bedenkt, Ihr seid nicht frei.«
»Ich werde mich nicht zum Teufel machen.«
»Was?«
»Ich rück nicht ab vom Worte Jesu«, sagt der Ketzer.
Wenn ich ihn schlage, befolg ich dann auch einen ungeschrienen Befehl des Hauptmanns? Soll ein Fürst nachgiebig sein dem Mönch in Acht? Hält er das Gotteswort gefangen, dass Luther in den Herrschaftsbereich unsres Obrigen brunzt? Hätte der Herr Spalatin als des Fürsten Arm die Worte des Ketzers vernommen, würde er weiter Geduld anmahnen?
»Bin ich wider Jesus?«, schreit der Hauptmann.
»Nein, das seid Ihr nicht.«
»Was greint Ihr, wenn ich keine verkehrte Art bin?«

»Ihr seid ein Christenkrieger«, sagt der Ketzer.
»Schmeichelt mir nicht! Ich kenn meinen Ort. Rang und Stand sind ewig. In den Unflat stoß ich den Mann, der die Ehr meines Herrn mindert.«
Ich warte auf seinen Schlag, doch der Hauptmann greift den Hasen aus dem Hundemaul, köpft ihn vor unseren Augen. Er hat den Mönch geschabt und mich gemeint. Er hat mich gestoßen und den Mönch gemeint. Die Narren, sie sprechen: Asien weht her, es wird bedecken die Horde alle Hänge. Wer martert uns? Nicht der Tatar und nicht der Türck, die Herren sind's.
Luther ist erschlafft, er blickt auf den Hetzhund, der am Kopf kaut. Er blickt auf mich und entdeckt keine Freude in meinem Gesicht. Wer ist dir Freund, Ketzer, in deiner dunklen Stunde? Gott, wirst du sagen. Nach dem Tod schickt er den Würgeengel ins Grab. Jeder rottet allein in der Erde. Und im Leben, da man atmet? Ich achte dich, Mönch, und ich hasse dich. Liest er in meinem Schädel, liest er diese Schrift. Unlesbar seine auffunkelnden Augen.

Holzhauer Denck frisst Sauenzitzen, vor Wohlgemutheit bekommt er Glanz in seine Sauaugen. Ich frag ihn nach dem Henker. Er bekreuzigt sich, weil er abergläubisch ist. Weil er ihn »den ungenannten Mann« gerufen haben möcht. Er sagt: »Ein Herz und eine Seel sind der, von dem du sprichst, und der Lochhüter Jochim. Die Leut reißen ihnen die gedörrte Haut der Gehenkten aus den Händen. Die Magd des Ungenannten hat auf dem Markt ein paar Tauben, zwölf Ei, ein Pfund Butter gekauft. Dreiundzwanzig Pfennige, fast zwei Groschen! Himmel hilf …«

Ich lass ihn Zitzen kaun. Melde dem Hauptmann gut Ordnung auf der Burg.

Kein Schimpf und Tadel, kein Donnerwort aus seinem Mund. Seit ich den Hasen aus des Ketzers Ärmel zog, hält er mich für einen rechten Untertan. Fünf Sittiche prangen auf seinem Adelswappen, sein Vater hieß Sittich, ich könnt lachen, bis ich platze, ich hüte mich davor.

Der Messpfaff hat ihm zugetragen, dass ich nach altem Brauch die Hostie schlang. Ich bleib für den Wart der Haderlump aus einem anderen Landstrich. Wer aber Christi Leib empfängt, kann nicht seinem Nächsten unnütz sein.

Kaplan Ebenhein hütet den blinden Tollkopf. Ich hörte, wie er von den Wunderheilungen des Herrn sprach. Der Junge streicht immer wieder seine Spucke auf die leeren Höhlen und hofft, dass er sehend wird.

Nach dem letzten Wachgang klopfe ich an die Tür von Luthers Männergemach. Er stößt einen geknurrten Laut aus, ich trete über die Schwelle. Bebender Mönch, der auf die Schwaden in den Bergen blickt. Ketzer, der Ketzer macht, bespricht er die armen Seelen, die in Baumstrünken hausen?

Ich wünsch ihm laut Gottes Geleit. Ich wünsch ihm einen Tag ohne Schwindel und Schmerzen. Da sehe ich die großen Pergamentfolien auf dem Tisch, sie sind lang und breit wie Gnombälger. Und ich sehe, dass der harte schwarze Wundwulst am Arm verstrichen ist.

Er erzählt: Er schrieb die Namen Jesus Christus Messias auf den Fetzenstreifen und band ihn ums Gelenk. Er schloss den Bund des Blutes mit dem Herrn ... Mächtig ist Gott. Mächtiger als der alte Feind ist Gott.

»Princeps aetherius, exime nos«, sagt er leis.

»Sprich teutsch, Meister.«

»Fürst des Himmels, entrücke uns ... Auf diese Weise rufen die Sünder den Erzengel Michael an.«

»Und kommt er ihnen zu Hilfe?«, sage ich.

»Was du spottest, wird dir am Tag des Gerichts vorgelegt.«

»Wollt nicht hämen.«

»Luzifers frommster Traum«, wispert er, »dass er wieder in die Näh Gottes rückt. Dass ihm gestattet wird, im Licht zu strahlen wie vor dem Sturz.«

»Wird's geschehen?«, sage ich.

»Nie wird es geschehen, wegen der Bosheit, die er gestiftet ... Die leeren Throne der dunklen Engel nach dem Sturz, wer wird auf ihnen sitzen? Nimmer Satan, der sich in beiden Welten hat befleckt.«

»Was sind das für Seiten, Meister?«

Er schweigt, sein Geist ist verkürzt. Sein Kopf ragt in die Schwaden, seine Füße sind schwere Klobenhölzer. Das Wort fasst ihn scharf an, als ein Mann der Zucht gibt er sich willig drein. Doch schläft er nachts nur eine Stunde. Glaubt er, dass er über die Bastei wachen sollt?

Ich wiederhol meine Frage, zeig auf die mächtigen Seiten.

»Melanchthon, mein kleiner Christ, hat sie gesandt«, sagt er.

»Hat er sie beschrieben?«
»Er war's nicht. Satan hat eine Biblia gespendet.«
»Was? ... Das ist ein arger Frevel, Meister!«
»Die mächtigste Biblia unsrer Christenheit«, ruft er, »halb mannshoch, ein Mönch vom Orden der Benediktiner schuf's. Schrieb auf Folien, groß wie eines Riesen Hand. Acht Folien, sechzehn Seiten, sind aus dem Buch gerissen, vor langer Zeit.«
»Der Herr Melanchthon, er hat sie gefunden?«
»Des Fürsten Heiltumskrämer in Venedig schickte sie nach Wittenberg. Der Herr Spalatin übergab sie Melanchthon.«
»Hast du sie gelesen?«, sage ich.
Er schweigt, ich wende mich ab, und da nennt er Zahlen der Folien auf seinem Tisch: zwei, acht, zweihundertsechsundachtzig, zweihundertsiebenundachtzig, zweihundertachtundachtzig, dreihundertfünf, dreihundertsechs, dreihundertsieben. Ich fürchte, dass er Magie treibt mit den Zahlen. Dass er mich verkehrt mit Kapitel und Vers in der Biblia. Er brütet.
»Meister«, sage ich, »der Teufel ist nicht zugegen in Gottes Wort.«
»Der alte Feind«, wispert er, »mit fremden Augen blickt er auf uns. Wir sehen ihn in andrer Gestalt. Zwofaches Falsch, zwofach Fälschung.«
»Er betrog schon immer.«
»Jesus versprach er goldene Berge. Er wollte den Heiland klemmen zwischen Sünde und Begier. Wo viel ist, da will viel hin.«
»Gib mir die Antwort, die ich verlange«, rufe ich.

»Der Mönch, von dem ich sprach«, sagt er, »er hat den Teufel gemalt ins heilige Buch.«
»Ist's wahr?«
»Keine Fabel.«
»Zeig's mir.«
»Sein Abbild ist nicht auf diesen Seiten.«
»Dann ist's gelogen«, sage ich, »du narrst mich mit einem Gespenst.«
»Ist er in dich gekrochen und redet zu mir?«
Fast hätt ich ihm auf die Kuhmäuler gespien, ich laufe hinaus.
Der Ketzer verfällt, und er möcht, dass wir mit ihm verfallen. Hat er aufs Pergament Runen gekerbt, ich trau's ihm zu, von Trug und Blendung schwätzt er mir allzu oft. Ich hör ihn im Gemach toben. Wenn ich ihn nicht befriede, verspiel ich das bisschen Gunst des Hauptmanns.

Ich kehr um und knirsch ihn an: »Dein Wahn mordet uns noch, Meister, wir fiebern, weil du uns Nachtspuk einbläst …«
»Und der Hund, was ist mit dem schwarzen Tier?«, brüllt er.
Ich hab ihn vergessen, jetzt sehe ich, wie der Wirbelrauch durch die lockere Fuge floh und wie Burgherr und ich erstarrten. Es presst mir die Luft aus den Lungen, ich lehn mich gegen die Wand.
»Ich ruf ihn nicht«, sagt der Ketzer.
»Und doch kehrt er ein«, sage ich.
»Es gibt ihn, den düsteren Fürsten.«

»Ja, Meister. Was sucht er hier? Hat er was verloren und will's wiederhaben?«

»Nichts von ihm nehme ich an«, sagt er.

»Dann hat er's dir untergeschoben.«

»Was könnt das sein?«

»Das üble Papier«, sage ich, »verbrenn es.«

»Ich tu's nicht.«

»Hat er dich überwältigt?«

Der Ketzer wirft den Überrock auf den Tisch, das Tintenhorn zerbricht am Boden, im Nu sind seine Beine schwarzblau verspritzt und verpockt, ich möcht seinen Fluch fliehen und steh da wie gebannt.

»Wie groß ist der Himmel?«, schreit er, und ich denk: Was alles fasst der Himmel? Ich steh unter unser aller Meister Jesus. Der Kaplan, der mir die Hostie auf die Zunge legte, grimmt wider die eigne Brunst; er spricht: Die Weiber, stich zu und es fällt die Richtige ...

Der Mönch, der nicht des Bauches halber Mönch worden, lebt die Keuschheit und liebt die Verfluchung, er spricht: »Gott will nicht besänftigt werden!«

Sind sie zwei verklebte Leiber? Wenn sie ihr Wasser an der dunklen Ecke schlagen, verwünschen sie dann den Fleischspross zwischen ihren Lenden? Götzensteine barsten durchs bloße Wort Jesu, es brauchte keines Schwertschlags. Heiland hatte Vollmacht. Ich hab viel Dutzend Kerl gemordet. Bin urmächtig. Bin Staub am Saum der Oberen. Bin im rechten Ehebett gezeugt worden, ehrlos wurde ich später im freien Entscheid. Was steh ich in der Kammer, was füllt meinen Schädel? Die gerissenen Seiten, sie sind ihm nicht gut, sie sind mir nicht gut.

Ich kehr der Schrift den Rücken zu, ich schreite ins Freie. Wind und Regen peitschen mich.
Wächter Lung ruft mich hoch zum Südturm. Ich steige die Leitern, achte, dass mir das Gehenk nicht verhakt. Dann blick ich ihm in die Furchenfratze: zerteilte Braue, zerteilte Nas.
Er kratzt sich am kahlen Kopf unter der Kappe. Wir stellen uns in den windstillen Winkel, ich darf in seine kleine Kiste mit Nüssen greifen.
»Große Hatz«, sagt er, »was habt ihr erlegt? Hirsch. Zwo Hasen. Vier Rebhühner. Werf ich's Netz aus von der Höhe, fang ich mehr Beute.«
»Fängst die purzelnde Scheiße vom Abtritt«, sage ich.
»Frisst du die Nuss mit Schal, Kerl?«
»Warum?«
»Der Hauptmann in seiner Stube hört dich mahlen!«
»Der schnarcht«, sage ich.
»Ist's wahr, hat er die Leber roh gefressen?«
»Das hat er.«
»Wie schmeckt's wohl?«, sagt er.
»Wie Lappen in Blut.«
»Weißt du's?«
»Ja«, sage ich, »hab mal reingebissen. Da war in meinem Maul mehr Blut als Speichel.«
»Hast geschluckt?«
»Hab ich. Kotzen musst ich nicht.«
Lung ist ein arger Schlingochs, er frisst aber nicht alles.

Er wacht über den Turm, er hütet das zehn Meter tiefe Angstloch. Manchmal hört er während der Wacht die Schreie der im Verlies Verwahrten, es kümmert ihn nicht. Es kümmert ihn der rechte Fraß. Gebrät, Grütz und Kraut. Honig und Speckkuchen. Süße Butter. Schwachbier in Kannen. Den Wächter am anderen Ende, das Aastier Schrotter, hat er wegen eines Stücks Bauchspeck fast totgeschabt.

»In Eisenach …«, sagt er und verstummt.

»Was?«

»Da hat eine Sau Ferkel mit Sperberklauen geworfen.«

»Sie sehen dir ähnlich«, sage ich, »bist darum erschrocken?«

»Nein«, sagt er ernst, »die haben geschaut mit Menschenaugen. Haben mir Schaden angehängt. Hab gefiebert.«

»Sperberkrallen?«

»Ja. Mischtier waren's. Sau und Raubvogel … Die Leute fürchten den Mördergeist, der steckt dahinter.«

»Wer ist das?«, sage ich.

»Ich spreche nicht seinen Namen«, ruft er.

»Der alte Feind.«

»Hier, darfst noch eine Handvoll nehmen … Wer geht da unten um?«

Ich blick auf den Hof und sehe die dunkle Gestalt an der Zisterne. Ich erkenn den Ketzer an seinem Gang, er rückt näher zum Turm, und ehe ich's bedenk, werfe ich vor Zorn die Nüsse auf ihn, sie prasseln auf sein Haupt, und er wankt nicht, und er weicht nicht, er brüllt: »Hebe dich weg, Satan! Scheiß in die Hosen und häng sie an den Hals!«

Lung und ich prallen von der Wucht der Worte ab, Luther aber, dieser sture Krieger Christi, donnert wider die erbärmlich Teufel, die wir sind, die wir uns in die Finsternisse pressen, dass die Bolzen nicht treffen.

An den christlichen Mann Philipp Melanchthon,
an meinen Bruder im Herrn.

Heiland

hilft. Viele Briefe schick ich an den Herrn Spalatin, von Amsdorf, Justus Jonas, an den verehrten Prior Helt von meinem Augustinerkloster. Ich tadele, dass die Kirch den Heilsbesitz behaupten möchte, ich tadele die Unruh der verbösten Bauern, die keiner Gnade wert seien: Die Sünde leuchtet in ihnen, sie sind dienendes Gefolge, des Herrentums Packesel. Das liegt mir auf dem Hals: Wir sind Schuldknecht, sehen sie's nicht? Ich müsst nicht gelehrte Menscherkennung treiben, um zu wissen: Das ist Vergreifung, wenn man sich reckt und dehnt, das wollt der Satan tun, er wollt eindringen in Gottes Majestät und ward zerschmettert. Lehr, weil du gelehrter bist, lehr in meinem Namen: Die Throne der abgefallenen dunklen Engel sind leer worden für kurze Weil, und es sitzen die Geheiligten zu beiden Seiten des Herrn.
Wer ist wie Gott? Wer hat die Stärke unsres Herrn? Wer heilt mächtig wie Gott? Lehr, weil du der Gelehrten Oberster bist, lehr in meinem Namen: Geschieden sind wir von

Jud und Türck, geschieden sind wir von Nachtgräueln und den Altarsteinen der Römlinge. Ich nenn sie die buckligen Brüder des Behemoth, des Tiers zu Lande, er ward als erstes der Werke Gottes geschaffen. Er hat ihm auch Sein Schwert gegeben: »Siehe, er schluckt in sich den Strom, und acht's nicht groß, lässt sich dünken, er wolle den Jordan mit seinem Munde ausschöpfen … und durch Fallstrick durchbohrt man seine Nasen«, Hiob, 40, 18 und 19.

Wir fangen dies gottferne Gesindel mit Stricken und Schlingen, wir schaffen diesen Kehricht aus dem Hause des Herrn.

Ich rief mehr Teufel, als ich bannen kann, und mit des Teufels Briefschaften, die du mir gesandt, ist's einer mehr geworden. Der Mönch, der sein Abbild aufs Pergament gekratzt, ward eingemauert, das hast du mich wissen lassen, und auch, dass man die rechte Mönchshand, ob zur Lebzeit abgehackt, ob der Leich ausgeschnitten, in der Schaukiste aufbewahrt und die Kiste kleines Gefängnis des Teufels nennt.

Hat das der welsche Höker zu Venedig erzählt? Ihm traut Seine Kurfürstlichen Gnaden, das zeugt von Seiner Herzensgüte, ich würd dem Kerl das Gedärm ins lügnerische Maul stopfen. Wenn's denn aber wahr sei, trotzdem es ein unbefugtes Mundwerk kundtut, dann vermute ich Satandiener, die dies verderbte Heiltum verehren. Mir ist gewiss: Abtrünnig geworden ist der Klostergenoss. Was er schrieb am Rand der Seiten, ist schwerste

Sünde, ist tiefer Abfall, ist der Fleiß, den Frevel zu loben mit Schallbecken und Posaune. Der Feind verlockte ihn.

Als ich früher in Erfurt weilte, hat der abergläubische Pöbel gefabelt von einem Sendbrief, der vom Himmel gefallen, Jesus Christus würd darin mitteilen, dass der Vater im Himmel bald den Gottesboten schickt, nach dem wir uns alle verzehren. Was war das für Aufruhr auf dem Marktflecken und in den Gassen, jede trübe Seele fand und erfand die Schrift, erhielt den Gnadenerweis, es schien ihm, als wär er der Salbung würdig befunden worden. Das Traufwasser ward Taufwasser und floss auf den eigenen Hof, aufs eigene Haupt.

In den Tagen des Gewühls, der entrückten Scharen haben Lumpen das Wort verunehrt, wer eine lose Zunge hatte, gab den Schwatz als Zungenreden aus. Das gewöhnliche Volk pflegte Umgang mit wolkigem Gespenst, das aber waren und sind Eingebungen der gefallenen Engel, die den Herrn durch Hoheitsgebärden zu gewaltigem Zorn trieben.

Groß und heilig wähnte sich der Kotausfahrer, der nicht lesen noch schreiben konnt, der aber sprach: Die Staben sanken ein in meinen Geist. Er sprach: Ich fand das leuchtende Gut in der Unreinlichkeit, die die Därme der hohen Bürger auspressten, dies sei mein Zeichen.

Im Dirnenhaus gab's ein Frohlocken, denn jede Hur nannte sich Maria aus Magdala, und jeder Hurer streckte Arm und Finger aus in die Höhe, und er schrie: Das Paradeis ist

verwandelt zur gebärenden Muschel, die Seligen strahlen mir, auf dass ich selig werde.
Was aber stand im Brief, der vom Himmel hergeweht, was ließ den Pöbel Nebel fangen, was ließ die Hunde an diesem Riemen kauen?
Die Lumpen sprachen: Der Jüngste Tag ist ausgesetzt, da Er Satan vergab, alle Höllenfeuer verglommen, redlich heilig ewiglich sind wir all worden, Fluch und Fehde aufgehoben, Brauch und Bindung aufgehoben. Heil dem Boten und seinem Königtum.
Dies Reich ward aber bald ödes Land, jeder blieb in seinem Stand, die Gott die Treue brachen, starben, das Himmelwerk verdarb.
Das Auge der Sündensau Behemoth ist wie ein Augenlid der Morgenröte, er ist im Rohr und Schlamm verborgen, und Bachweiden bedecken ihn, er schöpft mit dem Maul das Wasser aus und sprüht auf Heilands Flammen, der nach Lukas 12, 49, sprach: »Ich bin gekommen, dass ich ein Feuer anzünde auf Erden. Was wollt ich lieber, denn es brennte schon?!«
Behemoth zu Lande und Leviathan in den Wassern, dies verborgene Getier möcht die Wiederkunft stunden, vergeblich vergeblich, und vergeblich war die Müh des üblen Mönchs zu büßen im nackten Sinn des alten Feindes, er schrieb an den Rand, und ich hab das Malefiz entziffert, er schrieb und ich schreib auf deine Bitte hin die Sünde, auf dass du nicht versucht wirst:
Ich habe gesündigt, die Sünde zeige ich an:

Der Teufel ward Weibsgestalt, in der Gestalt des Weibes mit Wülsten, dort wo beim Manne der Herr das Fleisch gerade strich, des Weibes mit dem fehlenden Wulst, dort wo der Herr beim Manne Fleisch ansetzte als Speck der Sünde, und in diesen bösen Geist floss ich über. Ich bin vermischt mit Satan, ich bin des Teufels Beiwohner. Dessen bekenn ich mich schuldig.

Ich habe gesündigt, die Sünde zeig ich an:
Aus dem spiegelnden Eisen fuhr heraus der Teufel, er ist die Verkehrung, und also spritzte im Schwall Blut aus der linken Brustwunde, er bespritzte mein Angesicht, er verdüsterte mich, ich leuchtete als Sündenfackel in der Düsternis. Dies ist das Zeichen meiner Fäulnis, er taufte mich mit seinem verderbten Saft, dass ich sei sein zuckender Geist, dass ich mich beuge wie die schwere Ähre. Dessen bekenne ich mich schuldig.

Ich habe gesündigt, die Sünde zeig ich an:
Man schnitt mir den Leib aus und zerhaute das inwendig Geflecht in lose Stücke. Man zog mir die Haut straff, die Ränder schmolzen zum Narbenwulst, der verstrich, da ein Finger von der Kehle bis zur Leiste herabfuhr. Mir geschah dies im Traum, da ich mich verlebte, Leiche ohne Gottes Liebe, Leiche Mönch, schrie mir von der Fern die Zwiegestalt zu, oben Magd, unten Knecht, flehst du das an? Und ich schaute hin und entdeckte in der Hand des dunklen Geistes alle Dornen, abgebrochen vom Kranz, der

Jesus Christus auf dem Haupte lag. Und ich küsste die Hand, die mir die Dornen reichte.
Dessen bekenn ich mich schuldig.

Ich habe gesündigt, die Sünde zeig ich an:
Um den Mond sah ich Kelche im Glanz des Herrn. Bei Tage sah ich am Firmament Könige, deren Krone vom Haupt fiel und auf der Erde zerspellte. Ich war nah bei den Kronensplittern und nah bei Satan, der hockte wie ein prächtiges vierfüßiges Tier, er sprach: Du wirst schauen Judas' Höllensturz. Und ich sah dies Bild: Lüge, dass sich der Dreizehnte vor Kummer am Feigenbaum erhängte. Lüge, dass er hinfiel und den Schädel aufbrach und sein verseuchtes Blut ausfloss. Lüge, dass ihn der Verrat reute. Jeden der Silberlinge, die er vom Hohepriester bekam, tauschte er ein gegen ein Opferlamm, das er in den Glutbecken des Tempels brennen ließ. Bei jeder Opferung rief er laut: Zum Ruhme Gottes, der Moses das Gesetz übergab. Und ich sah dies Bild: Judas, umringt von Sadduzäern, die seine Frommheit loben. In einem der Männer erkannte ich mich.
Dessen bekenne ich mich schuldig.

Ich habe gesündigt, die Sünde zeig ich an:
Ein Stierkalb mit glühenden Augen heulte mit gesenktem Kopf, das war die Kündigung eines Todes. Es kam Feuer vom Himmel herab. Und ich sah Satan vor dem leeren Richtstuhl des Herrn harren. Er hielt das Spottzepter,

den Rohrstab, mit dem die Kriegsknechte Jesus schlugen. Ich stellte mich neben ihn und wies auf den Thron und fragte: Wird Er wiederkommen? Satan sprach: Niemals. Dessen bekenne ich mich schuldig.

»Ihr sollt das Heiligtum nicht den Hunden geben«, Matthäus 7, 6. Der Teufel, verseuchter Meister der Lehre, hinausgestoßen, herabgeschleudert, am Tage, da der Heiland die Feinde verheert, reißt ihm der Jubel seinen Schlund auf, Mörder der heiligen Opfergaben, Zerfetzer des Tugendharnischs, Seelengrab.
Was der unreine Schlächter berührt, erkaltet. Die Sünde ist sein Messer. Der dunkle Mönch schreibt von flammenhaarigen Dämonen mit vernähtem Mund, sie entsteigen der Feuergrube, von Fratzenfüßlern, aufgerichtet, jede Hinterbacke ein bärtiger Kindskopf, eine ganze Sippe stürzt aus dem Rachenloch. Spuckende Spottgeburten, kopflose Götzen, die Finsternis streuen. Speiende Larven, die verlaufen und erstarren zum Steiß eines bösen Tiers. Die Sünde ist sein Messer.
Mein trübseliger Christ, Bruder Melanchthon, was hast du mir angetan, da du mir dies üble Raunen in den Sprüchen in meine Kammer verbrachtest, was bin ich versucht von vielen Stimmen, vom Geschrei, das mir nachts in den Ohren gellt. Was bin ich zerschunden und vom Verkehrten gelockt. Dies darf kein rechter Christenmensch lesen, ich verbiete es, um seines Heils willen, denn der Geist, dem der Frevler verfiel, brütet, dieser Geist

wird's schaffen, dass das niedere Lumpenvolk zum Tier verkommt, und es sind Behemoth, Leviathan und dies dritte Endzeittier, die gegen Christus schreiten.
Ich bete für unsere entzündeten Seelen.

Tag des Batholomäus, des Sohnes des Furchenziehers.
Martin Luther

Luther spricht: »Der Feind stirbt am Ende der Tage, er hat Blut gesoffen und speit Wein im hohen Schwall. Der Geist ist in mir auch im Schlaf, da kann er, dreifach verflucht und siebenfach geschlagen … da kann er mir nicht hineinsickern ins Wort des Geistes, in den Traum. Mir ist er erschienen. Ohne Larve und Protzwumms, ohne Trug und Täuschung, auf dass ich ihn erkenne. Und ich sah ihn unterm wundbrandigen Himmel, Späher in der Ferne. Da krümmte er sich zum Haken, und aus seinem Maul riss sich Schmutzwasser los, es roch wie Wein, es war das im Teufelsmagen vergorene Blut der Sünder. Sündensau Satan, Sünden speiender Satan, er kann sie nicht bei sich halten. Versteh seine Verkehrung, Krieger, versteh seine Verzweiflung. Das Blut, das den Boden tränkte, schreit empor zum Herrn. Und ich rief: ›Heile Heiland mit deinem Wort!‹ Und er tat es. Und Satans Bild verschwamm. Und mein Wort verschwamm. Und ich verging …
Jetzt starrst du wie ein Feldhase, ein Wohlauf magst du nicht anstimmen.«

Wir reiten zum dunklen Nebel, zum Unheil in den Bergen. Der Burgwart hat's erlaubt. Luther ist nah bei Gott, und ich bin nah bei ihm: Er will in Stück und Streifen zerhauen den Widersacher. Im Schlaf will dies Gespuk auch mir das Genick brechen, ich bleib unerschüttert.
Mein Traum, den ich dem Mönch verschweig: Im Himmel ist ein Riss, durch den die geschwärzten Geister in dieses Leben fallen. Die Sünderseelen hör ich schreien, in den Felsen vor den Mauern, spitze kleine Steine stopfen sie sich ins Maul und bluten Worte zum Erbarmen. Wir warten auf unsren wahren König. Auch ich bete: »Heile Heiland sieche Leiber.« Der Teufel macht aus sich tausend Menschenfratzen, und eine Fratz grient und wispert: »Ich bin dir nah, Mensch ...« Er zeigt sich mir in der ersten Stunde der Betörung, da er sich gefiel, es erschien ihm das Bild seines letzten Augenblicks in der gottgegebenen Pracht. Es missfiel ihm, in der ersten Stunde seines Abfalls brannte er im Seelenfresserfeuer, und dies Bild erschien ihm schwach in der Nähe seines Herrn.
Das sind nicht meine Träume, das lässt mich der fiebernde Ketzer träumen. Weil er übervoll ist, weil er fast zerplatzt. Weil ihm die Gestalt verläuft. Weil ihm die tote, schäumend verreckte Ratte und der verrauchte Hund alle Gnaden verwispern. Die Burg wird von innen und außen von Dämonzungen beleckt.
Ob Wächter oder Waschweib, ob Hauptmann oder Schuldner im Angstloch, wir schreien und wachen von unserem Geschrei auf. Kurz zu allen Dingen ist unsere Kraft und Gewandtheit.

Das Herz ist mir erhärtet, ich beiß ins Fleisch zwischen Daumen und Finger, heimlich in meiner Kammer, ich will mir den Schmerz verdienen. Ich schwitz die Strohschütte nass. Ich werde nicht erlöst. Als das Pferd bockt, schrei ich auf.

Der Ketzer ruft: »Taub sind die geborstenen Felsen, die du anschreist, die kleinen und großen Steinbrocken sind taub.«

Ich zerr am Zügel, wende das Pferd. »Was redest du, Meister?«

»In den tauben Stein ist gelegt und gepresst Erz, Gold und Silber, das ist Gottes Gunst.«

»Bist du müd?«

»Von der Stunde Ritt? Nein. Verlässt dich der Mut?«

»Ich schlag drein, dass er fliehe«, sage ich.

»Hier helfen keine Hiebe.«

»Wen suchst du?«

»Den, der uns nächtlich sucht«, sagt er, »kennst du die Geschichte von diesem Berg?«

»Die Knechte fabeln, Meister. Hör nicht auf sie.«

»Ich hör den Berg, ich hör die Seelen, die im Fegefeuer büßen.«

Die Küchenmagd hat's ihm erzählt, ich weiß es von der Köchin: Der Hörselberg heißt in Wahrheit Hör Seel Berg, er ist ein Fegefeuerloch, wer hineingeht, verbleibt im Stein. Der Grauen raunende Fels. Mir graust's nur vor der Waldesstille und vor der Hitze des Ketzers, der wispert: »In der Dämmerung geschieht viel Böses.«

Im schwindenden Licht sieht er Gesichter, die in den Stein eingeschnitten sind. Die Wurzeln eines mächti-

gen Baums haben die Erde durchbrochen, sie ragen wie die Schlingarme eines dämonischen Gebieters in die Höhe.
»Satans Synagoge ist nicht weit«, sagt er und steigt ab.
»Was willst du tun?«
»Hörst du's nun?«
»Ich hör's«, sage ich leise.
»Ein Geist, der die Beine über die Achsel geschlungen, zerbeißt die Zähne und spuckt sie aus.«
»Wo?«
»Dort im Baum«, sagt er.
»Sind nur Brocken und Borkensplitter«, sage ich.
»Siehst du die Rauchsäule?«
»Ich seh's, Meister.«
»Der Höllenrüde wirkt«, ruft er, »hier ist seine feurige Grube.«

Wir steigen hoch, die Pferde bocken bei jedem zehnten Tritt, wir müssen an ihnen zerren. Wir binden sie am tiefen festen Ast und hängen ihnen die Säcke um. Der Mönch lobt laut den Herrn, als stünde uns die Schlacht bevor, als würden wir zu Blutzeugen werden nach kurzem Kampf.
Ich schnauf und erstarr: Aus der Felsenpforte leuchtet es hinaus, kein heiliger Strahl, bleichgelbe Glut. Das dunkle Gelichter braust in die Höhe. In der Erde vor der Höhle Stapfen und Hufabdrücke. Jammer und Klagen im Geklüft.
Haust hier das Totenheer? Ein Summen und Sausen ist im Berg. Ich frier, ich greif zum Katzbalger.

»Es riecht wie das, was ich kenne«, ruft der Mönch.
»Wie viel Teufel sind dir zugesellt?«, sage ich zornig.
»Nur ein Leibteufel, der sich zerteilt. Ein Geist der Nachtseite.«
»Ist das seine Herkunft?«
»Erst narrt er uns. Dann weicht er hier in den Fels.«
»Was wirst du tun, Meister?«
»Es gibt böse Säue, sie sind verdammt. Satan verwehrt den Säuen den Einzug in seine Hölle. Sonst würden sie ihm die lodernden Sünder verderben.«
»Ketzerei«, rufe ich.
»Alle hoffen auf Erlösung, alle klagen vergebens.«
»Sind sie im Berg?«
»Dem Götzen Moloch haben die Diener Sohn und Tochter dargebracht als Brandopfer. Das ward der Samen, der geopfert ward. Drittes Buch Mose. Hier streut der Leibhaftige die Samen.«
Ich will ihn zum dritten Male fragen, wie er dies Gestreu bannen möchte, da geht er Lobpreis schreiend auf den Nebel zu: »In Deinem Namen«, ruft er, »sei verflucht, Heilands Feind, in Deinem Namen, Herr.«
Ich spring jäh an seine Seit, ich schlag ihm den Fleischnebel aus dem Weg, ich schimpf dies Fleisch als Kot und Hundshefe, ich spucke aus, was mir in Mund und Nase fliegt, ich klopf die Fliegenklumpen tot, wir stehen in Schwärmen, die uns allüberall bedecken, ist das der zerteilte Leib des Feindes, der uns versucht, der Mönch aber schreit ihm das Gotteslob in die Fratz, ich kämpf, da er kämpft, von den vielen Streichen lahmt mein Arm, glaubt der Ketzer, dass er Moses sei und die

Lüfte teilt, schwirrender Dreck, sausender Dreck, es heult uns an der Herr des Geschmutzes, der Mönch erstickt beinah am Mundvoll Fliegen, ich pack ihn am Kragen und schleif ihn weg, wir kotzen Schleim voller Mückenleichen.
Das höllisch Vieh hütet die Pforte, darin die im Himmelreich Entstellten zetern, es wimmelt in der Schleifspur des Mönchs. Behemoths beißende Krallen. Ich stütz den Ketzer, helfe ihm aufs Ross, wir reiten im geduckten Galopp zwischen den urtümlichen Bäumen, deren Zweige im Winde wippen, ich hör's Gelächter.
Der heitere Frater erklärt aufstoßend sein Gemüt: »Wir haben uns zum Kampf aufgestellt. Wir haben nicht gesiegt. Wir wurden nicht niedergerungen. Dass wir Teil des verruchten Teufelsleibes geschnappt und gespien haben, macht ihn tollsinnig. Die Welt ist giftig, wir atmen Verfall, Gottes Feind wird von Gottes Erzstreiter gebunden zu der Frist, da der Himmel einbricht. Unsere Eisen können nur wehren, aber nicht versehren. Von zweien wird einer angenommen, der andere wird verlassen. Der Heiland stand uns beiden bei. Wir hätten an der Grotte verrecken können …« Sein Sieg ist nicht von meiner Welt. Wo wir werden schweigen, so werden die Steine schreien, das lehrt er mich. Ich schrie mich heiser vor Furcht auf dem Berg, er aber bleichte die Finsternis. Wer ist der Krieger? Wer ist von Jesus abgefallen? Wer vertreibt die Unreinen? Hätt sich der Heiland von mir die Füße salben lassen? Wär ihm mein aashafter Geruch in die Nas gestiegen?
Ich schweige lang, als wär ich von Starrfrost befallen.

An der Wegegabel hält er inne, dann sprengt er in Richtung Eisenach. Ich folg ihm, Pflicht und Eid sind mir ausgebrannt, ich versag zu dieser Stunde dem Hauptmann den Gehorsam.
Ich reite an eingefriedeten Viehweiden, an barfüßigen Bauern, ich sehe sie starren auf das im Halm verdorrte Korn, ich sehe ihre Töchter in zerschlissenen Hauben, ein jedes Weib ward gezüchtigt, dass ihm die Lust zum Mannnehmen vergeh, und doch schmachten sie den falschen Junker an, keine Helmzier, kein teurer Rock, und doch ein hoher Herr, sie werden träumen heut Nacht, dass er eine von ihnen zur Ehe nimmt. Sie wissen nicht um seine Keuschheit, sie wissen nicht, dass er spricht: Sterben den Junkern die Rosse, wär's gefällig, dass sie die Bauern mit Sporen reiten. Der Ketzer frisst Schmer an den Bauch, er wird an Hüften rund. Ihm bleibt nicht verborgen, wer schwankt, wer vom Wege schwenkt zur dunklen Seite.
Hinterm Predigertor bittet er mich, ihn zur Schänke zu führen, er will saufen, Satan hat den Todesstoß verfehlt, es jubelt ihm das Herz.

Im Wirtshaus stinkt's wie im Kuttelhof. Die Kerle am unreinen Tisch führen sich übel auf. Sie zwacken einen jungen Schindergesellen, sie werfen den Lumpenhut in die Höhe, bis der mörderische Wirt in ihre Mitte kracht. Mit guten teutschen Maulschellen sorgt er für Ruh.
Dann blickt er auf den Junker, der abseits im Licht der Tranleuchte steht. Ich erklär: »Der Ritter und ich wollen bei dir ins Saufen kommen. Bring uns zwei volle Krüge!«

Er zeigt auf den Tisch im stillen Winkel. Alle Kerle starren auf den fremden Junker, der sich unter die Knechte mischt. Am Platz zupft sich der Ketzer das Barett vom Schädel, reibt am Druckstriemen an der Stirn, besieht den Schmier unter seinen Nägeln. Dann nimmt er einen großen Schluck, er schüttelt sich, auf der Warte säuft er Fürstenwein, hier ist alles vergoren und gepanscht.

Die Knechte reden über einen Buhler. Er wurde im Kerker am Pfahl erwürgt, weil er Umgang mit dem Weibsdämon hatte. Ein Kerl ruft: »Der hat dem Luther das stinkend Arschloch geküsst. Als Dank hat der Pfaff ihm die Buhl zwischen die Beine geschoben. Der Pfaff drückt seinen Siegelstempel auf den After einer scheißenden Wildsau ...«

Der Ketzer bekommt ein rot Gesicht, ich erinnere mich an seine Worte: »Die Hinterbacken des Teufels sind bestückt mit Augen, sein Afterloch ist ein Mund, den die Buhldirne küsst, so wird sie das Liebchen, das man in schimpflichem Aufzug führen soll zum Feuer, das sei sein letzter Gang!«

Nun sitzt der Frater mitten unter katholisch Teufeln wie mir, hier kann er nicht über Erhabenheit schwätzen, man würd ihn schaben und stückeln. Über die Bauern sprach er: »Ihnen gehören nicht die Schnürschuh, nicht die Füße, nicht der Hals und nicht der Kopf.« Hier hat er teutsche Mannen, die teutsch reden, sie halten es nicht wie die Gelehrten auf allerlei Manier. Wüssten sie um ihn, würden sie große Löcher in das Wams beißen. Je näher beim Pöbel, je näher bei Stank und Dampf.

Der Mönch sollt sich nicht gegen den Menschenhaufen setzen. Ein Kerl, der das große Wort führt, starrt uns an. Sein Gesicht sieht aus wie der letzte, nicht aufgegessene Muskel eines Schakals am Spieß. Ich starr zurück.
»Bist du nicht auch gegen die Rotte im Wald gezogen?«, ruft er.
»Bin ich«, sage ich.
»Ich trink auf dich«, sagt er und hält den Becher hoch, »ich trink auf jeden, der Martiner mordet.«
»Die Räuber hatten keinen rechten Glauben.«
»Du sprichst mir aus der Seele. Die Kerle sind Zweisakramentler gewesen.«
»Woher willst du's wissen?«, sagt der Ketzer.
»Du sprichst mit mir, Herr?«
»Tu ich.«
»Unsere Kriegsknechte haben's allüberall verkündet.«
»Dass die Rottenkerle das Evangelio heiligten?«
»Dass sie die Heiligkeit unserer wahren Kirche beschmutzten«, ruft der Kerl.
»Alle haben dem Vatter im Himmel sich anbefohlen«, sage ich, »nur der Zinker hat geflucht.«
»Eher kommt die Hur ins Paradeis als ein Martiner.«
Die Unehrlichen brüllen auf vor grober Lust, und auch der Wirt fällt in den Jubel ein. Ich trete dem Ketzer gegens Bein, dass er nicht versucht werde. Ich zieh ihm heimlich die Hand vom Knauf des Schwerts.
Er wünscht, dass den Römlingen auf der Stelle die Köpfe platzen. Aus Lumpen besteht's wahre Volk, für das er streiten möcht. Die Schakalfratze würde eher tür-

ckisch tatarisch werden, als die Sündenkrätze abzuwaschen. Es ist kein Zwilchsack seiden worden. Den heiligsten Brauch hat Heiland Jesus gebracht, und doch wurden die Gewaltigen nicht vom Stuhl gestoßen und die Niederen nicht erhöht. Die Fabel ersoff im Blut.

»Was sucht ein eitel Edelmann bei uns?«, sagt die Schakalfratz.

»Saufen«, sage ich.

»Dann steigt ihm der Knüttel bis zum Nabel. Dann geht er eine Hur fetzen!«

»Wird er nicht.«

»Weil er keine grindige Magd stößt?«

»Es wurde ihm der Tag verdorben«, sage ich.

»An seinem harten Maul zerbricht jedes Eisen«, ruft er kalt, »was schaut er mich grimmig an?«

»Es bist nicht du. Es sind die drei Mordbuben, die er im Sinn hat.«

»Was redest du?«

»Sie haben ihn angefallen.«

»Wo?«

»Am Hörselberg.«

»Hab sie zwo Mal gewarnt«, sagt der Ketzer, »hab wie zu ehrbaren Christenmenschen gesprochen: Hebt euch weg, macht den Weg frei.«

»Was geschah dann?«, sagt der Kerl.

»Hab sie geädert«, sagt der Ketzer.

»Alle drei?«

»Da war ein Vierter, der lief mir davon.«

»Geädert?«, sagt der Kerl leis.

»Flink die Schwertspitz an die Kehl gesetzt, gezupft und die Ader aufgerissen.«
»Ich kam zu spät«, sage ich, »ich sah die Säue am Boden zucken.«
Er möcht wissen, wie der Junker die Mordkunst erlernt.
Ich erzähle: »Wir schritten Seit an Seit, Spieß an Spieß, in die Kämpfe. Der Landsknecht schnitt jedem Feind mit scharfem Eisen das Maul bis zu den Ohren breit.«
Die Schakalfratze schweigt still, den Unehrlichen ist die Freud vergällt. Sie sind in Schrecken geraten. Nur der mörderische Wirt hat den Ketzer erkannt als Meister der Fabeln, als Eiferer für das Wort.
Wir saufen aus Krügen bis zur Morgenhelle, der Mönch zahlt mit guten Münzen.

Er stapft voran durch den Schlamm, der sich über seinen Überrock verspritzt, »die unzeitgemäße Wahrheit ist einer Lüge gleich«, schreit er, »in allen Ding versteckt sie sich, und der Wein lässt sie mir im Maul quellen.«
Er strebt zu den Fleischbänken, es hungert ihm nach Ochsenzunge in Scheiben im Speck. An der Kirch der Dominikaner steht ein buckliges Weib am Flüsterbogen, es hält den Rosenkranz in den Händen, als wär's das Hanftau, das es an die Mauer bindet.
»Was wisperst du?«, sagt der Mönch.
»Die Sünden meines Tages, Herr«, sagt die Frau.
»Ich sehe keinen Beichtvater am andren Ende des Bogens.«
»Du hast getrunken.«
»Verdien ich eine scharfe Rute?«

»Unter der Christen Füße treten müsst man alle Fässer«, sagt sie.
»Ich bekenn meine Schuld«, sagt Luther, »was bekennst du?«
»Herr Jesu Rock wird sein ein in Blut getauchter Mantel. Er tritt die Kelter des Weines der Zornesglut Gottes.«
»Die Tage der großen Drangsal … die Offenbarung des Sankt Johannes.«
»Bist du vom Geist ergriffen?«, sagt sie.
»Zu dieser Stunde nicht«, ruft der Mönch und lacht auf, »friert's dich Weib, dass du dein Angesicht verhüllst?«
Sie streift jäh das Tuch vom Haupt, und ich sehe statt Augen glimmende Kohlenstücke. Sie hat den Namen des Lamms und das Kreuz in die Stirn geschnitten, die Siegel des lebendigen Gottes. Sie erzählt die Geschichte von ihrem Kind, das mit Zähnen geboren ward. War dies ein Gnadenzeichen? Hatte es das Malzeichen des Tieres angenommen? Sie rief Maria und die Heilgen zu Hilfe, und dank ihrer Kraft starb ihr Erstgeborner am fünften Tag. Sie gebar noch Töchter, doch der Herr riss ihnen die Seel und riss hernach ihren Mann aus dem Leben. Seither steht sie in der Früh am Bogen und wispert so lang, bis sie heiser wird.
»Wer hört's?«, sagt der Ketzer.
»Das Volk meiner Seelen, die gerissen worden«, sagt sie.
»Ich sehe nur Luft und Licht«, sage ich.
»Sie schimmern, sie glühen.«
»Gott befohlen«, sagt der Mönch.

»Wart ein bisschen … Wer hat dich gebissen?«
»Der Herr erhör deine Gebete«, ruft Luther und wendet sich ab.
»Das Mal an deinem Arm, Herr, wer war's?«
»Keiner, den du kennst.«
»Halt dich fern von ihm«, schreit sie uns nach.

Wir straucheln in die Gasse der Fleischer, wir hören ihr Geschrei, doch wir sind trunken, es könnt die höllische Schar uns treiben, es könnt die Tatarenhorde uns hetzen, wir sind heiter und munter und selig vom Wein im Blut, wir finden nicht Ochsenzungen noch Ochsenmagen, wir stolpern zurück zu den Pferden und reiten hinaus durchs Tor, mich jammern nicht Bauern noch die träumend Töchter, ich brüll: »Ran ran ran«, der Ketzer brüllt den Schlachtruf der Landsknecht, dies ist die Stunde, dass wir Satan die Krallen ziehen, dies ist die Stunde, dass wir seine dienenden Aasfliegen fressen und kotzen, Behemoth und Belial sollen des Teufels Afterloch küssen, ich küss das Hürlein auf die Scham, ran ran ran, an jeder Kehre drück ich mich auf die Pferdemähne und riech Rossschweiß, mit dem sich mein Schweiß vermischt, und Luther ist verwandelt vom falschen Junker zum echten Krieger, die Lust sprengt ihn, Säcke voll Last sind ihm von den Achseln gefallen, kein Schmerz und keine Qualen, ran an die Kehl, rein in den Hals, Spieß rein in den Wanst und raus das Gedärm, ran ran ran wie in alter Zeit, da ich den Teufel in Feindes Blut ersäuft.

Wir halten am Bollwerk und sitzen ab, wir schreiten lachend durch die Tore, ich will den Ketzer stützen, da aber werde ich vom harten Stoß zu Boden geschleudert. Der Hauptmann tritt mich in den Schlick.

Ich bleib liegen, bis er befiehlt, mich aufzurichten.

Luther wagt kein Widerwort.

»Kerl«, ruft der Hauptmann, »wo seid ihr gewesen?«

»Am Berg«, sage ich, »es hat gedauert, die Fliegen zu bannen.«

»Was?«

»Das Viech, das aus den Felsen quoll. Herr, du hast die Rauchsäule gesehen.«

»Das Malefiz«, sagt der Ketzer.

»Junker Georgen, Ihr seid jetzt lieber ruhig! Ihr wart all die Nacht auf dem Berge? Sprich, Kerl!«

»Dann tranken wir darauf, dass wir nicht zerrissen worden.«

»Hab ich es erlaubt?«

»Nein, Herr.«

Er speit mir ins schlammbedeckte Gesicht. Wehrte ich mich, zöge er's Eisen, und ich ginge zerstochen zu Boden.

Luther nimmt die Schuld auf sich, er erzählt, dass er mich am Kälberstrick durch Eisenach führte. Der Hauptmann lacht nicht, er lässt den Mönch reden und fällt ihm grob ins Wort. Gnade wird nicht gewährt, das gebietet ihm der Bund mit seinem Fürsten.

»Ab sofort verfüg ich Euren Umzug in die Stube«, ruft er, »die Leiter stell ich eigenhändig weg jede Nacht. Ich verbiet den Gang in die Stadt, solang, wie Ihr in meiner

Burg weilt. Jeden Verstoß meld ich meinem Herrn. Habt Ihr's vernommen?«

»Ihr wart deutlich«, sagt er.

»Kerl, dich trifft mein Zorn härter. Hast du mir Gefolgschaft geschworen?«

»Hab ich, Herr.«

»Was steht auf den Eidbruch?«

»Der Tod, Herr«, sage ich.

»Ich könnt dich im Loch rotten lassen«, schreit er, »ich könnt Lung befehlen, dass er durch die offene Klappe dir aufs Haupt scheißt.«

»Ja, Herr.«

»Ich lass dich leben, weil ich's dem Hofprediger versprach. Ich werde dich auch nicht stäupen lassen. Du bist gefangen mit unserem Gast in Gewahrsam. Ich verbiete dir Eisenach, ich verbiete dir's Saufen, und ich verbiet dir jede verbotene Lust. Du wirst mit Schrotter wachen. Sobald man Herrn Georgen den Schlaftrunk reicht, springst du hoch zum Turm. Heut wirst du fasten. Geh mir aus den Augen!«

»Er hat's nicht verdient«, sagt Luther leis.

An den Evangelisten Melanchthon, meinen Bruder in Christus.

Heiland

hilft. Aus seiner Seitenwunde ward uns das Heil ausgespritzt. Christus ist auch nicht mit der Böcke und Kälber Blut, sondern durch sein eigen Blut ein für alle Mal in das Heilge eingegangen und hat eine ewige Erlösung erworben. Und wird alles mit Blut gereinigt nach dem Gesetz, und ohne Blutvergießen geschieht keine Vergebung.
Der Hebräerbrief weist uns an, warum also will's arme Volk zu Wittenberg mein Sentiment und Gutachten hörn, reicht's ihnen nicht dies Wort: Die letzte Zukunft ist angebrochen, ich ruf auf zu Umkehr und Buße. Viele Bosheiten sind im Schwang, die leibliche Reinigkeit gilt als Spottbild, das man stürzen möcht, das Tier, das aus den Klüften steigt, wird's allen Gotteslästerlichen lohnen mit leiblicher Bekotung. Christ, scheu Gott!
Blut ist die Entsühnung, die Verehrungsgebräuche unter meinen Füßen, was haften teutsch Männer an Propheten und Patriarchen?! Der gottlose Jud braucht die Erlösung, uns ist gegeben die allzeitig Berechtigung, ihn zu brechen wie den faulen Zahn aus dem Fleisch, das ihn nährt und

hält, und dies Fleisch ist ihr Israel, sind Königspatriarchen ihres Blutes, ist ihr Werklein, das sie heilig nennen, und wir aber bekennen: Unsere fleckenlose Schrift haben sie zu lesen und sich zu wandeln zu Täuflingen, zu neuen Frommen in Christus, ich will Rat geben allen, die da glauben, der Jud lasse sich zum Guten kehren. Der Teufelsjud sauft das Blut Jesu alle Tag. Man schlage ihn heraus aus unsrer Mitte, dass wir nicht an seinem Eiter verderben. Dass Jesus Heiland Jud ohn Jüdischkeit sei, sollt man an Sankt Paulus erkennen.
Blut bannt, ihnen die Sünde, uns das Heil.
Durch Zuwenden der Kehrseit wehrt man Satan ab, nicht durch Besprengung der Schwellen mit Weihwasser, er leckt's auf, es wird ihm nur das Maul verpfeffern. Als ich die Seite las, auf der du mir den Teufel aus der Biblia des verruchten Benediktiners zeichnest, fasst ich mir also an die Backen und ließ jäh ein brausend Wind entfahren. Dies schuppig Tier, dem zwischen den Zähnen zwei scharlachrot Zungen sprießen, schreckt mich nicht, ihm ist ein Schurz gebunden, einen ähnlich Lendenschurz trag auch ich und nestel dran die Beinlinge, der Kinderschreck gleicht einem Mohr, der sich's Angesicht tanngrün bemalt. Der Geist, der in Judas fuhr, wispert mir: »Fürst des Himmels, entrücke uns, dies Bittgebet sprechen mir die Menschensöhne, ich bin der geheime Sinn.« Satan bietet an das Seelengeleit, die alte Schlange möcht mich nach dem Tode führen, dass ich vor Furcht nicht zerspell. Bin ich eine Leiche, schert mich Weltjammer geringer als Kot,

meiner Leiche sollt man nicht läuten, man läutet denn pestig Gräuel wach, sie sind ärger als Kadaver, ärger als Dunst und Dampf und Plage am Leib.
Ein Stocknarr, der sich zur Ehr anrechnet, gemäß seinen leiblichen Launen auf der Jenseitserde zu leben, dies sei Seelenmord. Saß der Teufel an der Tafel des Heilands?
Er sprach: »Einer unter euch, der mit mir isst, wird mich verraten.« Und die Jünger riefen nacheinander: »Bin ich's, bin ich's, bin ich's?« Es strich nicht der Vierzehnte, es strich Satan ums Haupt des Dreizehnten und fuhr in die üblste Sau, er ist die Seuch, die Liederlichkeit, der ewig Unreinliche, der nicht durchs Blut entsühnen kann.
Der Geist, der in Herodes fuhr, erscheint mir im Bild: Er trinkt aus dem Messkelch, gefüllt mit der Muttermilch Mariä und dem Herzblut Jesu. Bei der Kraft des Herrn!
Dies ist der Feind, den ich fürchte. Aberglaube des verfehlten Pöbels kann mich nicht erschüttern. Es schüttet die Magd Mehl auf den Tisch, Wind weht's weg, und das törichte Weib wünscht auf diese Weise, dass er sich lege oder in anderen Gegenden brause. Der Knecht mahnt: »Acht der Herr auf seinen Fußabdruck, es könnt das Schadensweib schwarzen Seim reinspeien, dass die Füße verklumpen.«
Ein Wärter wollt mit mir seinen blank genagten Hühnerschlegel brechen, da dies kindisch Tun den Hexenblick abwehre. Ich weiß, dass das Tier Gegenstück und Verkehrung lehrt, ich weiß, dass es samtsanft tut, es wird nicht lahmen in seinem Fleiß, uns zu verlocken. Wir aber haften

an der Gnadenwahl Gottes. Der zehnte Teil der Engel ist mit Luzifer abgefallen.
Mutter sprach mir, dem Kinde: »Böser Geist, der sich in einen Menschen verwandelt, hat keinen Rücken, sieh dich vor!« Ich verlacht sie nicht. Ich verlach nicht die Magd, die zu Mariä Geburt am Vorabend früh schläft, früh wacht, vor Sonnaufgang sich still wäscht mit Brunnenwasser, denn dies Wasser schönt und heiligt. Wer Jesus ehrt, mehrt die Gnad in Christus. All dies gutgläubig Volk ahnt Teufels Tücken nicht: Fährt er ein in den Sünder im Sterbebett, richten die Lebenden wenig aus, wenn sie die Stube des Toten ausfegen. Es steht alles bei Gott. Der Feind wispert mir: »Tauch ein in dies Blut, tauch ein in dies Becken ...« Und ich blick hinab auf den Feuersee, darin die Verdammten liegen. Versprech ich dem Feind mein flammend Jesusherz, verspricht er mir Macht über geringe Dämonen, die durch Wand und Gemäuer gehen und keine Sperren kennen. Ich aber kauere im Schatten des Leibes Christi, dies sei mein Schwur. Sonst werden mir zerfressen die Zehen, wird mir von der Sünde geborsten der Schädel.
Satan stiehlt mir und den Kriegern, die hier wachen, einzelne Staben aus dem Sinn, so beginnt die Verluderung. Drei Wochen sind vergangen, ich veröd am Immergleichen, weitschweifige Gänge sind mir vom Herrn der Einsiedelei verboten, an der übel Haft verzweifle ich. Bin ein Eremit, geplagt von Schmerz und Schwindel, ich kehrte gern ein zur Schmauserei in der Herbergsstube, doch darf ich nur

in kleinen Kreisen gehn, Fuchs und Marder und andres Kriechtier sind mir zu Gesellen worden.
Nehm mein' Jammer als das, was er ist: die Klage des Mönchs in Acht und Bann. Ich knack die Läuse, das sei hier mein Gewerk. Mein rüder Geleiter zerhaut auf den Gängen Zweig und Strauch, er platzt vor Scham, weil ihm die Schande anhängt, dass er wortbrüchig worden. Der Dämon lässt Egel ins Brunnwasser fallen, und er muss sie auf Befehl köchern wie ein niederer Schinder, viele Strafen sind über ihn verhängt. Wir ertragen's, wir spucken die Zähne vor greller Wut, wir ertragen's.
Ich sauf vier Krug Wein am Tag, ich treib mich vor Zersprengungszorn zur Mast.
Bei einem der Gänge im Gelände stießen wir auf ein Kindsbettler, der schabte sich's Maul mit Erde aus, und als ich frag, ob er tollsinnig sei, erzählt er: »Der Bettlerkönig schickt mich los wie viel andere Kleine, und wenn ich zurückkehr, spül ich den Mund mit warmem Wasser aus und spuck in die Tonschüssel. Wenn obenauf Fett schwimmt, gibt's Prügel. Ich hab ein erbettelt Stück Fleisch gegessen, statt es dem König zu Füßen zu legen ...«
Ich reicht ihm Kanten Brot, den schnappte er wie der Totenvogel das beste Wangenfleisch des gehenkten Viehräubers, dies Kind fraß Bröckchen Brot und Bröckchen Erde, im Munde ward beides vermischt.
Ist's ein Gleichnis? Wenn's nicht ist, wird der Schmutzbettler die Zunge vorzeigen vor seinem Obrigen, der Kinder knechtet? Werd ich denn noch gespalten, weil ich's

Hintergründige sinn und sinn, bis ich entdeck, dass mir der Hintersinn nicht an den Rücken, aber an die Nase gebunden ist?
Der raue Krieger sagt: »Meister, ich band mich an dich, und zur Strafe für mein nachlässiges Tun muss ich wachen auf dem Turm!«
Nachts auf der Schütt ist's am ärgsten. Ein Rattenknäuel erschien mir vor Augen, Ratten waren mit den Schwänzen aneinander verklebt, ich stimmte jäh den Lobgesang auf den Herrn, dies Bild verschwand, dies Bild erstand aber wie aus dem Nichts wieder und wieder, und am Ende schmolzen sie zum großen Kegel, obenauf die schäumend verreckte Ratte im dunklen Dunst, sie blies Luft in sich hinein und ward fetter und mächtiger, da hört ich eine Stimme: »Wer dies vermag, vermag auch Größe zu verleihen, hier und andernorts. Mönch, ich setz dir die dreifach Krone aufs Haupt, dass du deine Lehre im Goldpalast deiner Feinde möchtest künden!« Ich schrie wieder und wieder: »Wer ist wie Gott? Wer heilt? Wer hat wahre Kraft?« Und da schwand dies Bild vom Rattenbalgen. Wer krönte die Heiligen und stürzte Belial zur festgelegten Frist? Bald sind wir im Herrn aufbewahrt.

Ich schaue den Menschensohn in den letzten Ding, das sei mir genügend, das sei mein wahres Grauen, das ich nicht überwinde: Er starb, sein Leib ward uns genommen, in sein Reich sind wir gestellt.
Wann wird Rom, die Große Hur auf der Bestie, umkom-

men im Höllenpfuhl? Wann empfangen wir Seelen weiße Gewänder, wann ist unsere Taufe in strudelnden Blutwassern?

Jetzt schon leben wir als die neuen Lämmer des Lammes, wir sind gesiegelt mit dem Taufzeichen des Lammes und werden sehen, dass Seine Höllischkeit Papst seinen Kranz niederwirft vor Jesu Thronstuhl. Der Schleier, der über dem Alten Gesetz lag, ward in Christus abgetan. Den Schleier, der über des Papstes Gesetzbuch lag, zerreißen wir.

Ich kann meinen Geist nicht schicken in die Offenbarung des Johannes, ich les aber in dieser Schrift, dass die aufs Gestühl des Tiers ausgegossene fünfte Zornesschale die Anbeter des Tiers ihre Zungen vor Schmerz zerbeißen lässt. Mit diesen Zungen haben sie gelogen und gefälscht, gebogen und gesengt. Des Höllischen Vaters Patron ist der Herr der Fliegen, der Lügengeist, das Tier wird am Endtag, der bald kommen mag, durch die Ruinen des gottlosen Reiches streifen, seine Hunde des Krieges werden zerbeißen alles Menschenvolk. Wir sind Hundsschläger, gelehrter Bruder Melanchthon, wir fangen die wilden Hunde ein und schlagen sie tot und verscharren das Aas. Gott erweckt die Seinen, und die Seinen kommen nach der Geistesart Jesu.

Ein weiterer Tag verstrich, und nachts zeigte mir Satan dieses Bild: Brosamen der Hostie fallen beim Gottesdienst zu Boden, der Messpfaffe kümmert sich darum. Was liegt auf dem Stein? Welches Glied und welches Stück Christi

ist abgebrochen? Eine Wimper, ein Gelenk, oder sind es Zehen? Geronnenes Blut aus der Brustwund Jesu? Ein Zahn, ein Nagel, ein Bartstoppel des Heilands? Es wird Fraß des Geziefers werden. Die Ratte wird ein Stück des Leibes Christi dauen und koten und verspritzen unter die Füße.
Ich scheuchte den Feind mit Vaterunser und Loblied auf den Herrn, er blieb im Schatten im Gelass und hob an zu speien Lästerliches, der Teufel ist nass, ich hab seinen Pelz gesehen, er warf sich triefend vor Seim in den Kampf. Könnt ich doch nur mit des Erzstreiters Michael Kraft seine Bosheit zuschanden machen, könnt ich nur diese geflügelte Viper mit welken Brüsten, in die er sich verwandelt, zerstoßen kraft der Macht der Majestät.

In der Dämmerung packte mich die Angst vorm Tier, das von außen die Klauen gegen die steife gewachste Rinderhaut am Fensterloch drückte. Furcht blieb mir erhalten, der Feind schimmerte in Finsternissen und warf mir zu Fleisch vom Fleische des Heilands, zu Hostien verbacken, er warf und schrie: »Wenn du's nicht frisst, fressen's meine Fliegen, sie stechen und beißen den Leib, den du, geschwollenes Mönchlein, verehrst ...« Ich schreibe nicht die Trostepistel, dass wir nicht mehr trauern ums geschlachtet Lamm! »Wir sind die Thronträger von Gottes Wort!« Das schrie ich dem Feind in die Fratze. Er vererbt die Sünde an Papst, Jud, Tatar und Türck, wir scheuen dies

geschissen stinkende Stück. Da verschwand's Gespuk, dem Teufel geht alles nach eigenem Gemüt, und wenn's anders geschieht, platzt er in Fetzen.
Mein rüder Wächter und ich ritten am Galgen in der Nähe vorbei, ich sah einen Jud noch zucken, Schweinsfuß im Maul. Hund am Strick, sein Genoss im Tod, schnappt nach ihm, schnappt mit blutigen Lefzen nach dem Bissen, bevor er verreckt. Da brüllten die umstehenden Lumpen auf: »Jetzt hat er sich verbissen in der Backe des Heilandsmörders ...«
Jud und Hund zappelten an den Seilen, der Pfaff stieß das Kruzifix in die Höhe, er fluchte die Verdammten in den Schlund der Bestie, die da kommen soll über Jesu Feind. Zwei Lumpen stellten sich uns in den Weg, sie schrien: »Steigt ab und rühmt das Werk!« Ich ritt sie zu Boden, ich dachte: Hund und Jud, ein Geschlecht. Ich dacht: So wie Hunde die ersten Tag nach dem Wurf blind sind, so ist der Jud blind für den Heiland, der Jud ward zwischen zwei lebende Hunde an den Füßen aufgehängt, und man wollt den Gehenkten unterm Galgen verscharren.
Ich bekenn meinen Vorbehalt, mich kann die Judenheit nicht widerlegen, Gottes Zorn liegt auf diesem Menschengeschlecht, es ist mir ein Schimpf. Ich mahnte oft die obrigen Fürsten an: Wir sind die Hauswirte, die Jüdischkeit nur Gast auf Zeit in unseren Landen, bis sie sich in anderer Weltenteile verstreut. Und doch kam mich Barmherzigkeit an beim Anblick des zappelnden Heilandsmörders, die Saupfote geschnürt am Maul, auf

seinen blank gepickten Rippen hockt bald der Rabe. Der Kriegsknecht sprach: »Willst ihn trösten kurz vorm Tod? Willst den Pfaffen zur Seite stoßen und Gebete singen in seinem Schatten? Sieh, er ist ein Mensch, und die Christenmänner, für die du streitest, sind geringer als die Pfote im Maul des Mannes am Strick!«
Er wollt sie allesamt köpfen, stürmen in die Mitte des Pöbels und allen Leib und Seele zerstechen. Er sprach: »Auf die Art jauchzten die Mörder an Jesu Balken! Meister, dich schlug der Herr mit Blindheit, was kämpfst du wider uns, was kämpfst du nicht gegen die Schakale, was schimpfst du wider den Jud, der uns weitergab sein Heil?! Dein Teufel steckt in diesen jubelnden Lumpen!«

Dies ward mir erst Frevel und Schmutz, und da wir aber von den Rössern abstiegen und stille liefen durchs kahle Holz, hab ich mich bedenken müssen. Unser Glaube ist in einem Guss, kein Zweifel.
Das Volkstum ist vernarrt in derbe Sitten, es hält's für brav und billig, vom Herrn falsches Gut zu erflehen und zu hangen an den römisch Missbräuchen, daran kein Zweifel. Ein fliehender Haufen sind sie am Tage, da die Schrecken nahen, es kehrt sie nur der Tagelohn. Es kehren sie allein die Brotsorgen. Ich kann's mit Ehr verantworten, dass ich am Herrn häng, über meiner Bettstatt lauern die Geister, lauert der gehörnte Erzsünder, ich werd ihn mit Hingabe ewig hassen. Ich entsag mich dem Jud, weil er sich dem Heiland entsagte, seine Teufeleien sind an Fleisch und

Knochen gereift, und also entsag ich mich des Mitleids, weil der Jud der Buße bedürftig ist.
Kaum hab ich ausgesprochen, springt mir der Krieger an die Kehl, er brüllt, dass ihm der Pfaffenzank in die Nase stinke, er ist von Zorn mächtig bewegt. Er wollt mich mit Ruten ausstreichen, da zog ich's Schwert und ging zwei Schritt zurück, ich blies ihn hart an mit Flüchen, dass er jäh erstarrte. Er blickte hangabwärts, ich schaute hin und sah das tote Bettlerkind, das nicht zu beleben war, der Herr nehme sich seiner Seel an. Aus der Wund an der Brust ward Herzblut ausgegossen, er lag still und verkrümmt zwischen den Bäumen. Der Krieger zeigte auf die Hände und ich sah: Daumen und kleine Finger abgeschnitten. In seinem Bettlerkönig vermuten wir den Mörder, wird er Handel treiben mit Kindsfleisch, wird dieser vertierte Kerl die Stücke preisen als Diebeskerzen? Die Jahre der Fesselung Satans sind verstrichen. Es kann uns das Böse angerechnet werden, weil wir böse sind. Bin ungelenk im Hauen und Stoßen, ich schreib an Sendbriefen, die Tinte kleckst mir oft aufs Papier, beschmutzt bin ich, da der alte Feind mich umstellt mit Dämonen, geschabt bin ich und umsummt von dicken Fliegen.
Mal seh ich's Teufelsbild von einer Gestalt in Kutte, aus dem Halsstumpf des dunklen Mönchs entsteigt Rauch.
Mal seh ich: Der Kruppe eines fahlen Pferds entsprießt eine Kopftraube, die teuflische Dolde entflammt, und es schreit der Wind, und die Farben schreien, das tauend Grün, das junge Gold, das Kupfer schreit, das Lamm

Gottes gießt aus das Blut und schreit, aus Löchern und Spalten quillt hervor unser Tod und unsre Hölle, der Einsiedlerrock, in dem ich steck, wird zum brennenden Hemd, und da hält Satan die abgezogene Haut des Menschensohns an einem stachligen Stecken hoch und schreit: »Nicht euer König, nicht euer König, König der Juden ist er!« Und ich stürz mich auf die kostbare Haut, die aus tausend Mündern schreit zu meinem Entsetzen. Haut des Heilands in Flammen. Herr sei uns gnädig. Sei uns gnädig. Gnade, Herr, streu Gnade.

Am Tag des Lambertus, des Blutzeugen.
Martin Luther

Nacht der Spinnfäden im Wind. Wir sehen Irrlicht im fernen Dunst, wir hören herübergewehtes Gespenstergeläut. Es streifen ruhelose Tote und zünden Eisenspäne zwischen den Fingern. Ich sehe eine zerschmetterte Gestalt auf dem Hof flimmern: Der Blinde steht reglos auf einer Handbreit Boden und lässt sich Wasser in die Handkuhlen regnen. An der Unheimlichkeit krankt er, wie wir am heimlichen Feind kranken. Über des Gottlosen Haus streut Gott Schwefel aus. Ihn schont der Herr. Der Türmler ruft nach seinem Vetter, ruft ihn vergeblich in den Bergfried.
Wächter Lung am anderen Ende der Burg wird um diese Stunde die Platte vom Angstloch rücken, wird laut fluchen in die Tiefe. Der Eisenacher Bromberg ist bei Wasser und Brot in den Karzer gelegt. Er büßt, weil er ein Fass Wein unterschlug. Nacht des schneidend kalten Windes, der den Tollköpfigen umbraust. Der Mönch im Gehäuse wacht, es plagt ihn die Schrift, die Biblia stiftet ihm Aufruhr und Unruh.

Ich steh neben Schrotter im Wehrgang auf dem Bollwerk, wir starren auf die giftigen Leuchten in der Ferne.
»Du hast seine Huld verloren«, sagt er leis.
»Ich binde mich an sein Geheiß«, sage ich.
»Der gnädige Fürst bestimmt.«
»Sonst würd mir Lung auf den Schädel brunzen.«
»Der Hauptmann sprach: Ich trau dem Landsknecht nicht, prüf ihn auf Falschheit.«
»Bin nicht falscher als du«, sage ich.
»Der Nachtkönig lauert«, sagt Schrotter.
»Wer?«
»Der Teufel, der dies Volk führt«, sagt er und zeigt auf die fernen Lichter.
»Sie jagen die Köhler und die Bauern.«
»Dann jagen sie uns. Erst schleudern sie Leichen und Jauchetonnen in die Feste.«
»Hat dir der ... Junker Georgen gepredigt?«
»Hat er. Ein Ritter ist er nicht.«
»Was schert's dich?«, sage ich.
»Nichts.«
»Hast du im Schlaf geschrien?«
»Warum?«
»Bist heiser«, sage ich, »siehst aus wie eine Leiche.«
»Gott bewahrt vor Fährlichkeit«, sagt er.
Die Frommheit hat er sich erhalten. Sein Bruder im Geiste, Herwig, hat mit den Knechten aus der Stadt übel gerauft. Die Schusswunde wurde ihm mit siedendem Holunderöl ausgegossen. Die ausgeglühte Wunde verheilt. Der Messpfaff sprach ihm Seelentrost zu.
Der Hauptmann hat darauf verzichtet, Herwig in Strafe

zu nehmen. Er anbefahl uns allen Gebet und Gottesdienst. Er sagt: »Man muss nahe Freunden und ferne Heeren sein.« Sinnt er eine Hinterlist, und soll's mich schaudern? Jeder hockt in seinem Unterschlupf, jeder versenkt sich in sein Unheil.
»Ich frag den christlichen Herrn über Geister aus«, sagt Schrotter.
»Macht's dich klug?«
»Da gibt's den Geist, der am Bein des Melkschemels nagt. Die Magd rollt unter die Euter der Kuh.«
»Ich würd gern an ihre Seit rollen«, sage ich.
»Der Herr Georgen glaubt, dass wir mit großen Plagen geschlagen sind.«
»Magd Alberta und Magd Agate stellen sich nebeneinander auf. Die Herrin gießt ihnen Wasser auf die Hände. Die Magd, deren Hände als erste trocken werden, muss doppelt Tagwerk richten. Magd Agate wedelt mit den Händen und ruft: ›Ich will's nicht, nein, ich will's nicht.‹ Ihre Hände trocknen, sie verliert.«
»Blöde Geschichte«, sagt Schrotter.
»Eilst du dem Bösen zu, eilt es dir schneller zu.«
»Ich will das nicht wissen, ich will …«
Er fällt wie ein Rübensack vornüber, ich pack ihn am Überrock und zerr ihn zurück, ich leg ihn sacht auf den Boden: Schrotter glüht. Nach dem zwoten Warnruf eilt der Hauptmann mit Schergen hinauf, er sucht nach einem Bolzen in Schrotters Leib, ich gebe Bericht von Krampf und Fieber, er lässt den winselnden Wächter in eine leere Kammer verbringen. Ein Kurier wird nach dem Wundarzt ausgesandt, ich halte auf Befehl Wacht

an der Schwelle der Krankenkammer. Er jammert auf der Strohschütte, er schreit und jammert. Ist ihm ein Dämon eingefahren? Ich zuck zusammen, als der falsche Junker im Schatten spricht.
»Meister, wie lang hältst du dich dort versteckt?«
»Das ist mir kein Versteck«, sagt er leis, »ich hörte die Rufe, ich hetzte her.«
»Es schüttelt ihn nicht der Teufel«, sage ich.
»Wer sonst?«
»Jäh ist er krank worden.«
»Hat er gelästert?«
»Hat er nicht. Er hat gewimmert.«
»Dann ist seine Seel nicht gefangen«, sagt er, »Gott gebe Kraft.«
»Hat dich heut der Feind besucht?«
»Spotte nicht«, ruft er, »sonst reißt dich der Gestürzte auch hinab.«

Heiler Neham Rosenhag stürmt den Gang entlang und stürzt in die Kammer, schließt hinter sich die Tür. Der Hauptmann speit aus, als er uns erblickt, er schickt den Mönch in sein Gelass, doch Luther fährt ihn hart an: In der größten Not braucht der Christenmann die größte Hilf, dass ihm die Seel nicht zerreißt. Der Burgwart duldet das Widerwort, er sagt: »Hat der Kerl den englischen Schweiß? Oder die bösen Blattern?«
»Oder die Pest?«, wispert der Mönch.
»Herr bewahre«, ruft der Hauptmann.
»Vor vier Jahren schlug der Herr das Volk mit der Halsbräune«, sagt Luther.

»Zunge und Schlund waren weiß belegt, als hätten die Leute Mehl ins Maul gestäubt.«
»Ihr kennt es also.«
»Ich verlor ein Dutzend Krieger«, sagt er, »sie würgten sich tot. Wovon ist Schrotter befallen?«
»Von der Lustseuch nicht«, sage ich.
»Warum?«
»Er nennt sich Gottes Freund.«
»Das ist unser aller Name«, ruft der Hauptmann, »du hast auf der Wacht neben ihm gestanden. Sind ihm gallische Pocken im Gesicht erwachsen?«
»Nein, Herr«, sage ich.
Der Jud Neham reißt die Tür auf und schließt sie, eh ich einen Blick erhaschen kann. Er erzählt: »Es ist nicht die Pest.« Er hat Schrotters Wams und Beinlinge aufgenestelt und faulig Fleisch entdeckt, eine nässende Wunde an der Flanke. Er konnte am Leib keine wilden Warzen der Unzucht erkennen. »Der Mann ringt mit dem Würgeengel«, sagt er, »erst das Heil, dann die Heilung.«
Luther tritt an ihn heran. »Bist du gedungen?«
»Ich mach mich meinem Herrn Hauptmann dienstbar«, sagt der Bader.
»Papisten kann ich riechen.«
»Woran?«
»Der Papst steht bei der Wahrheit wie der Hase bei der Pauke. Der Papist ahmt ihn nach.«
»Was riechst du an mir, Herr?«
»Den Jud«, sagt der Mönch grimmig.
»Woran?«

»Der Jud wird ohne Schweiß und Arbeit reich. Ich wüsste davon, gäbe es fleißige Juden.«
»Ihr müsst von mir nichts befürchten, Herr«, sagt der Jud.
»Bist kein Römling, kein heimlicher Hebräertäufling ... ›In Deinem Samen sollen alle Heiden gesegnet werden‹, Genesis, Kapitel zweiundzwanzig, Vers achtzehn. Wer ist damit angesprochen?«
»Abraham.«
»Nein«, ruft der Mönch, »Jesus, der Gesalbte!«
»Ata Gibor Leolam Adonai«, sagt der Jud leis.
Luther verdolmetscht die Judenworte: »Du bist stark ewiglich, mein Herr.« Er spielt trotz wucherndem Bart den Junker schlecht, er ist gewunden und gelehrt. Den Wundarzt übermeistert er mit Spruch und Psalmen aus der Biblia, er liest aus der Schrift heraus, dass Moses' Gevölk vom Heil ausgeschlossen sei.
Neham aber spricht von der Schattenbuße: Ein Edelmann ward der Notzucht überführt, zur Strafe musst er sich an die Wand stellen, der Blutvogt schlug dem Schatten des Ritters auf den Hals. Die Obrigen treten, sie achten nicht, was ihnen unter die Füße kommt, Christ und Jud sind ihnen nur Fleisch zum rechten Tritt. Ein Bauer oder Knecht wär für dieselbe Sünd am Galgen gehangen.
»Verschimpf mir nicht meine Obrigkeit«, schreit Luther und möcht ihm die Kehle zerbeißen. Der Hauptmann geht rau zwischen Jud und Mönch. Er lauscht Schrotters Gewimmer, er weiß, die Greuel sind nicht verdrängt.

Ich bitt ihn auf ein Wort beiseite. »Herr«, wispere ich, »der Salbenmacher kann nicht heilen.«
»Stirbt er?«
»Der faulende Leib wird stinkend vergehen.«
»Die Bestie«, sagt er leis.
»Geh mit mir rein, Herr.«
»Was? Nein! Er steckt uns an mit schlechtem Dunst.«
»Ich war in Kriegen«, sage ich, »ich kenn Wunden. Schrotter ist mir nicht Bruder, nicht Freund. Wir hielten gemeinsam Wacht, ich kann ihn nicht verrecken lassen.«

Ich eile voraus, der Burgvogt folgt mir widerwillig, wir kehren uns nicht am Mönchsgezänk und nicht am Jud, der welsche Weisheit aus seinem heiligen Buche spricht, ich tret ein und sehe den halben Leichnam auf der Schütte, er schlottert, er zappelt, ich ruf den Mönch herein, er hält Schrotter die Hände fest, der Hauptmann setzt sich auf die trommelnden Füße, ich greif nach dem Tiegel im Gürtelsack, und sie fragen, ob ich die Leiche mit Sud und Kraut einsalben möchte. Da zeig ich die erste windend Made vor und setz sie auf die Wunde, ich leg weitere Maden aufs eitrige Fleisch, die Gräuel sind nicht verdrängt, und also wispert Luther: »Wenn der Starke Engel den Mühlstein ins Meer wirft, schwappt der Feuersee über die Ufer, und werden die Aasvögel zu den Leichen gerufen, es nahen die Abgöttischen.«
Die Maden saugen und fressen, ich setz mich an Schrotters Seit. Verdammnis droht mir nicht, ich versenke mich in diesen Glauben.

Ich schließe die Augen, ich höre und sehe: Gesänge, Trommeln, fallende Schleier, mondbeschienen die frischen Leichen auf dem Feld. Morgen schon nagen die Wilden mir an Schienbein und Schädel. Morgen ist diese Feste ein Beinhaus. Gottes ist Schrotters Atem. Verdammt seien die Pfaffen, die ihm den Atem fluchen. Was ist Luther doch für ein toll gewordener Mann. Ist er besessen, so lass er sich bannen, mein Hass ist an ihm vergeudet.

Er drückt Schrotters Hände aneinander, küsst ihn auf die Stirn.

»Was tut Ihr da?«, ruft der Hauptmann.

»Ich zeichne ihn mit dem Segensmal des Herrn«, sagt der Mönch leis.

»Ist's nicht das Kreuz?«

»Soll ich ihn mit der Zunge bekreuzigen?«

»Er brennt.«

»Ja, Herr«, sage ich, »wir müssen warten.«

»Dies quellend Geviech ... Kriecht's ihm nicht tief hinein?«

»Nein. Ich tat's schon viele Male.«

»Hat's geholfen?«

»Bei mir half's«, sage ich, »ich wachte auf aus langem Schlaf und die Glut ward gelöscht.«

»Hass mich nicht«, wispert der Mönch, »hass den, der's verdient.«

Ich erbleich, weil er mir in den Schädel schaut. Weil er mich liest wie ein lateinisch Messbuch.

Die Maden winden sich in der Wund. Blick ich ins Grab, da Schrotter wartet auf die Auferstehung?

Es ist ihm kein Glied verschwärt, er speit keine schwarze Galle, er könnte gerettet werden.
Der Kettenhund schlägt an. Ödnis ist mir die Burg trotz des Tierlauts und des Menschenworts. Auf Ödnis stoß ich im Schlaf, in meinen Finsternissen find ich keine strahlende Leuchte. Tilg mir die Malefize, mächtiger Gott. Verjag die Rotten, wirf mich nicht in die feurige Senkgrube. Lass mein Angesicht auftauen in Deinem Licht. Schenk dem Brandigen gesundes Blut, lass nicht Deinen Würgeengel über ihn wehen …
»Gefällt dir der Jud?«, wispert der Mönch.
»Neham Rosenhag«, sage ich, »du trägst deinen Namen, Meister, und er trägt den seinen.«
»Du hängst am römischen Brauch.«
»Ich dien meiner Mutter Kirche.«
»Daran zweifle ich stark, Krieger. Ich weiß, was der Hohepriester zu Rom lehrt. Er lehrt: Die Juden haben den Heiland nicht erkannt.«
»Ein Christ erkennt den andren Christ nicht«, sage ich.
»Sprecht leise«, sagt der Hauptmann, »es könnt ein Mann heimlich lauschen.«
»Junker Georgen mahnt und mahnt«, sage ich kalt, »allüberall erblickt er Satans Gesellen. Jetzt hält er mich für den wahren Ketzer.«
»Das bist du, wenn du Juden schützt«, sagt der Mönch.
»Was hättest du getan, Meister, damals, als Heiland Jesus als Jud unter Juden lebte?«
»Mich ihm zu Füßen geworfen!«
»Hätt er dich gesegnet?«, sage ich. »Hätt er dich verworfen als verworrener Geist?«

»Und du, Landsknecht, wie wärst du geendet? Ans Holz genagelt als böser Schächer? Als würfelnder Knecht im Schatten des wahren Kreuzes?«
»Wir sind nachgeboren«, rufe ich, »weil wir den Herrn nicht sahen, sind wir verflucht.«
»Dieser Fluch trifft«, wispert der Ketzer und schweigt still.
Er möchte den Abgott stürzen, er möchte hassen die Ablassprediger und den Messpfaffen, er möcht, dass in armseligen Hütten und in großen Adelshäusern Jesu Geistesart einzieht. Düsteren Sinnes wird er, wenn ihm die Scharen nicht folgen, da er doch das helle Gotteswort kündet.

Wir harren aus bei Schrotter, den der Untod plagt. Das Blutschwitzen aus der Brust deut ich als todkündend. Es klinkt die Küchenmagd die Tür auf, sie will dem Siechen gegen schnelle Abzehrung dreimal ins offene Maul spucken und mit dem Messerrücken über die Lippen streichen.
Der Mönch scheucht sie derb aus der Kammer. Ich blick auf die saugenden Maden, von Berlepsch und der Ketzer reden über Theologie. Es geht von einem End der fiebernden Seel zum andren End hin und her und her und hin. »Die Kirche lügt schlecht«, spricht Luther, »sie lügt, wenn sie von der bruchlosen Folge von guten Oberhirten fabelt. Hunderte Jahr Unrecht des Papstes war keine Stunde Recht, er ist der Dieb, der sich vom Galgen kauft, die Papstgewalt gilt's zu brechen, Kreuz und Krone, beides in einer Hand gibt Macht, allermann müsst für

fechten, allermann müsst es Bedrängnis sein, unter der römischen Rute zu verderben, allüberall geistlich wie leiblich verstörte Knecht, die Dornenkrönung des teutschen Mannes hat stattgefunden, es geht nicht an, dass die Heiligen heimlich unter der Dorflinde predigen, Ölgötz Papst muss zerbersten, es wächst uns eine neue Welt zu, zerstückeltes teutsches Land kreißt, wollt man Teutschland malen, müsst man's malen als Sauherde, jede wilde Sau grunzt nach eigenem Gefallen ...«

Der Hauptmann, der sich beleidigt fühlt, fährt ihm schroff in die Rede: »Wen nennt Ihr Sau? Wollt Ihr Euch an die Spitze der Haufen stellen? ...« Es droht Mordraserei, der eine nennt's Heil Jesu Sieg bringend, den andren kümmert Jesu Bergpredigt mit den acht Seligpreisungen wenig.

Luther, der Ketzerkopf, legt's Wort und Worte aus, der Burgvogt möcht sich nur nicht winden im unauslöschlichen Feuer wie die Maden auf Schrotter.

Der Mönch ruft: »Kniend huldige ich meiner Hoheit, dem Fürsten, ich lehr keine Neuerung gegen die Obrigen, ich lehr Sitten- und Bußstrenge für die Niederen. Aufrührer stellen sich außerhalb unsrer Gemeinde.«

Durch des Mönchs Lob und Fürsprach ist von Berlepsch besänftigt. Ward dies Zauberei? Quoll nicht blauer Dunst aus Luthers Maul? Die Makel, die Sünde, reicht die Buß, sie zu tilgen? Könnt man durch Schwätzerei Satans Gestank verwedeln, wär jeder Hintersasse ein Apostel.

Der Hauptmann fragt, ob ein mordender metzelnder Krieger eine getaufte Natter sei oder eingehen könnt

ins Himmelreich. Luther rühmt's Mordlaster, das nur Laster ist, wenn Zerlumpte aus eigenem Ungeist würgen, der Pfaff, der mit dem Beichtkind Hurerei betreibt, begeht eine geringere Sünde als ein Knecht, der contra naturam kämpft, es wär besser gewesen, hätt ihn der Mutterschoß nicht gepresst.
Jedes Land ohne Herrscherhaupt verödet, wird zur Höllenschlucht, dafür streiten Krieger im Dienste der Fürsten, dass nicht Unsinnige widergöttlich aus ihrem Stande brechen: Der Vogt geize nicht mit Eisen und Bolzen …

Ich hör ein Kratzen und Scharren dicht bei mir. Schrotter ruckt jäh hoch und ruft in Worten, die ein fremdes Maul in seinem Schlund speit, »Affenvater«, schreit er, »Nachthund mit dem Wundrüssel kommt mich holen, ich sehe das bös Ding, Funken fliegen um den Teufelsbock, er hat seine Gesellen losgelassen, Leichentauben, Hexenkäfer, Mordmaden, Affenvater reißt mir die Seel …«
Ich zieh das Eisen, der Hauptmann schnellt hoch, und da aber Schrotter mit den Füßen trommelt, geht er nieder, ich blick auf die Stelle, auf die Schrotter starrt, kein Loch, kein Wirbel, kein strudelnder Rauch.
Luther hält Schrotters Rechte fest umschlossen, er richtet sich auf, er überschreit die unheimliche Geisterrede: »Heiland, sei uns Wehr. Heiland, sei das Wort, das der Herr im Anfang sprach, feg durch diesen Leib des Knechts, feg durch Deines Feindes Leib, lösch den Brand, kühl den Knecht, dreimal verbrannter Satan, sag auf

den Namen Gottes, sag auf den Namen Gottes. Wir stehen geschlossen beim Herrn, kraft des Wortes im Anbeginn ring ich dich nieder, ich schlag dich mit Knütteln in die Hölle, verschling dich selbst, Heil unsrem Christus, leck du Aasgespenst den Brunz der Gottlosen, zergeh, zerfall, zerschell, heilig heilig heilig ist Gott, der Allmächtige, in Seinem Namen wetz ich dir das hässlich Maul, zerblüh, zerschwind, zerfall, zerfriss dein eigen Afterloch!«

Schrotter sinkt auf die Schütte, er röchelt auf und bleibt still liegen.

Kein Loch, keine Schwaden, kein Gestank. Der Hauptmann springt zur Tür hinaus, kehrt mit gezücktem Schwert zurück. Luther wankt, blickt auf seine schweißnasse Hand.

»Ist er gestorben?«, sage ich.

»Er lebt«, sagt er, »kraft der Gnade des Herrn.«

»Ihr habt Tod und Teufel vertrieben«, sagt der Hauptmann leise.

»Der Herr hat ihn gepeitscht.«

»Das hab ich vor der Schwelle gefunden ... Eine Öse aus Hundehaaren.«

»War's die Magd, tat sie's zu seinem Schutz«, sage ich, »was ist geschehen, Meister?«

»Was fragst du mich?«, ruft der Mönch. »Wir waren doch all beisammen.«

»Ich sah nichts.«

»Schrotter sah die gehörnte Sau.«

»Er schwitzte Gift«, sage ich, »es waren giftige Worte, die er sprach.«

»Fast hätt der Teufel ihn gefällt«, wispert der Hauptmann.
»Es gelingt nur, wenn man ihn lässt«, sagt der Ketzer.
Er rupft die Haaröse in Stücke und schimpft auf das abergläubische Weib.
Ich weiß, dass die Magd geistersichtig ist. Die Frommheit schnürt sie, ich wollte sie fassen, sie trieb mich mit Stößen aus der Stube. Einem Mordsknecht schenkt sie nicht ihr Herz. Der Mönch kann schwätzen, wie er will, die Mägde blicken hoch hinauf, die Mägde schwärmen von christlichen Herren mit feinen Gebärden.
Ich gleich der Made im fauligen Fleisch. Ich gleich dem Gesell des Affenvaters.
»Wird er wiederkommen?«, sage ich.
»Diese Kammer ist geheiligt«, sagt der Ketzer.
»Er treibt sich herum«, sagt der Hauptmann leis, »warum hat er so lange gewartet?«
»Gott kennt den Grund.«
»Der Spuk begann an dem Tag, da ich Euch in Gewahrsam nahm.«
»Was?«
»Hier war's hell. Es wurde dunkel nach Eurer Ankunft.«
»Nennt Ihr mich einen Hexer?«, ruft der Mönch.
»Ihr hext nicht«, sagt der Hauptmann ruhig, »sonst hätt ich, so es mir der Fürst erlaubt, Euch ins nasse Loch gesteckt. Nennt mir den Grund, ich bitte darum.«
»Satan will verderben. Wenn ich falle, seid Ihr schutzlos.«
»Waren wir's in der Zeit, bevor Ihr kamt?«
»Was wollt Ihr von mir?«, sagt der Mönch.

»Mein künftig Weib ... Es schlief schlecht. Es floh. Ich konnte es nicht trösten. Die Frau, die ich liebe, möcht nimmer einkehren in meiner Feste.«

»Ich menge mich nicht ein in Eure Ehe. Eins weiß ich: Ihn rief ich nicht.«

»Ihr seid gute Beute«, ruft der Hauptmann und lacht auf, »die Ritterkost bekommt Euch gut.«

»Herr«, sage ich, »mit Gunst zu melden, dir rinnt Blut aus der Nas.«

Eh er sich versieht, fließt es ihm über die Lippen und Kinn, es tropft Schrotter auf die Kuhmäuler, der Mönch reicht ihm das Schneuztuch, das er gegen die Nas drückt. Wir sollen warten, bis uns zwei Türmler ablösen, sie werden bis zum späten Morgen wachen. Nach einem Blick auf die fressenden Maden verschwindet er. Der halbe Leichnam stöhnt und wimmert. Wir schweigen, alle Worte sind gesprochen. Zwei Kriegsknechte fassen Posten vor der Schwelle, sie schauen dem falschen Junker nach. Luther hat Mut, er hat einen kriegerischen Geist. Was rief er? Er rief: »Feg durch deines Feindes Leib.«

Affenvater, ich breche dir deinen Diener.

Der abtrünnige Zigeuner laust sich vor der Hirtenhütte, die Kinderschar ist ausgezogen, Beute zu fangen für den Kerl, den sie König Caspar nennen müssen. Mit Knecht und Bauern hab ich gesprochen, sie raunten Mär und Sagen über den gelbgesichtigen schwarzen Jäger: Er macht keine Schritte über den Schatten der Dachtraufe hinaus, er lässt die Silberreife in den Ohren vom Winde klacken. Er trägt alle Knochen eines Lamms im großen Sack und neunerlei Holz im Säckchen am Gürtel: Fichte, Tanne, Eibe, Eiche, Buche, Linde, Birke, Hasel, Erle. Mondscheinig ist er worden, da ihn der Pfaff stammelnd getauft.
Was seh ich? Einen groben langen Kerl, der seine Warzen reibt. Zerschlitzte Ärmel und Hosenbeine, Fasanenfeder an der Mütze, die wie ein Totenvogel auf dem Zweig wippt und wippt. Zwei Kleine sind bei ihm, dem einen ist's Gesicht geschunden, es hockt dem lumpigen König zu Füßen. Der andere hetzt nach dem gebellten Geheiß in die Hütte, kehrt flink mit Krug und Becher zurück.

Er stellt sie hin, verschüttet den Wein. Der Kerl fängt an, dreinzudreschen, ich erhebe mich aus den Sträuchern und schreit zum Bettlerfürsten. Er lässt die erhobene Hand sinken, stößt das Kind in den Dreck, legt sich den Fleischerdorn auf den Schoß. Was sieht er? Einen Fremden mit Katzbalger an der Seit und halb verschnürtem Wams, einen Buschdämon, der jäh erscheint, eine Fährlichkeit.

Ich entricht ihm den Gruß, die Feder wippt, als er nickt. Ich horch nach Lauten in der Hütte und vernehme nur's Knirschen kleiner Tiere. Ich riech, dass der Wind bald brausen wird. Ich riech seine Haut. Auf dem freien Schemel nehm ich Platz.

»Wer bist du und was hat dich hierher verschlagen?«, sagt er.

»Zwei Fragen, Meister«, sage ich.

»Erst die eine, dann die andre.«

»Sind das deine Söhne?«

»Sie sind's«, sagt er.

»Hab nicht Sohn noch Tochter.«

»Bist du lendenlahm?«

»Zum Schwächen der Mägde reicht's«, sage ich.

»Ich kannt einen jungen Bauern. Der hat sich versündigt an Pferd und Maultier.«

»Wo ist er?«

»In der Erde«, sagt er und lacht auf, »der Vatter kam in den Stall. Da sah er ihn mit zuckenden Leisten am Pferdearsch. Stach die Forke behend in den Nacken.«

»Frommer Mann«, sage ich.

»Du bist es nicht.«

»Ich schwäch auch nicht das Getier ... Kannst du Verwünschte bannen?«
»Ein Spänchen vom Strunk«, wispert er.
»Was? Sprich lauter.«
»Das Spänchen reiß ich ab. Reib ich ein mit Sud. Ruf Sprüche dreie Male. Böses Licht erlischt.«
»Von deiner Sippe hast du dich gespalten«, sage ich.
»Ich wollt, die Alten stürben schnell. Ich wollt, ein alter Heiliger wiche dem besseren Heiligen.«
Der Zigeuner täuscht mich mit redseliger Laune, er erzählt: In seiner Sippe gibt's den Ältesten, der unheilsam raunen kann, der mit einer weißen Wegwarte in den Händen auf Strohböden Feuer entfacht.
Nun ist ihm, jung Caspar, mächtige Kraft zugewachsen, die Gabe Gottes sei die Macht, die er entfesseln könnte, dass die Luft zum Stein wird, dass dieser Stein Knochen bricht. Der Sippenheilige ist ein Mondfänger, ein tauber Götze, dem jedes Weib Muschelketten umhängt. In der Heimlichkeit geschieht's, dass er ein Weib lost, einmal im dritten Monat, dann zieht er's Weib ins Versteck und legt sich aufs frische Fleisch. Caspar hat ihn gestellt und gesprochen: »Das faule Fleisch ist verzehrt, du bist verstoßen, ich bin der Mächtige meiner Sippe.«
»Da verstieß er dich«, sage ich.
»Er hat mir den Tod angewünscht«, sagt er leise.
»Du hast Geisterumgang, Meister. Hättest ihn platzen lassen können.«
»Der Hexer nahm dem Segen aus meinem Hause.«
»Seither streifst du durchs Land.«
»Wie Christjesus«, ruft er.

»Und die Kinder folgen dir«, sage ich.
»Die Söhne sind mir geblieben.«
»Weist du auf den Mond, stichst du einen Engel tot«, sagt das geschundene Kind.
»Halt dein gebrunztes Arschmaul«, schreit der Zigeuner.
»Kein Engel kommt in unsre Nähe«, sage ich, »weil wir stinken vor Sünden. Du nicht, Bettelkind, du bist nicht stinkend.«
»Red nicht mit ihm. Er ist säuisch.«
»Warum, Meister?«
»Den Vatter sollt er ehren.«
»Und die Mutter«, sage ich.
»Der Herr hat's geboten, Amen. Die Sau aber gehorcht schlecht.«
»Ist er ungeraten?«
»Das ist er«, sagt er, »ich rieb ihm die Augen mit Salz. Sie haben getränt, also ist er schuldig.«
»Hat er wenig erbettelt?«, sage ich.
»Hat er ... Was sprichst du fürn Unflat?«
»Du bist im Land bekannt, Meister. Allüberall erzählen die Leute von deinen Taten. König Caspar, der streut Stechapfelsamen aus und bindet die Kinder. Er häuft Asch im Holzschuh, jedes Kind muss ihn für kurz Dauer tragen, dass es durch einen Zauber dem Bettlerkönig anhänge. Caspar bläst Tollkörner von der Handkuhle, und alle widerborstig Seelen fiebern.«
»Sie kennen mich«, sagt er, »ich kenn dich nicht.«
»Ich komm von der Feste Warte.«
»Bist ein Türmler.«

»Bin ein Krieger … Du hast Macht, und doch sind da Warzen an deinen Händen.«
Er schaut hinab auf den Stachel auf seinem Schoß. Dann greift er nach dem Becher und trinkt und trinkt. Die Bettlerkleinen sind auf der Hut, sie staunen mich an. Ich hör ihre Mägen knurren. Ich rieche Schmutz und Schweiß.
Jäh bin ich beim Zigeuner, »tu mir kein' Schaden«, sagt er leis, da rupf ich ihm die Ader am Hals, das Blut spritzt im Strahl, es fällt ihm ein Bernsteinpaternoster aus der Tasche. Ich spring zurück und warte still, bis der König verreckt.
Die Kinder bedecken's Angesicht mit den Händen: Sie haben's gesehen, sie haben's nicht gesehen, sie sind blind. Der Geist ist gelöscht und in die Leere gestoßen. Den Tollwurm hab ich zertreten, so wie er das Kind zertrat und Rab und Fuchs als Fraß hinterließ.
»Geht heim«, ruf ich zu den Kleinen, »wartet nicht auf die anderen. Sonst erhebt sich der Kindälteste und wird die neue Sau, geht los, ran ran ran.« Sie plündern den Zigeuner, sie plündern die Hütte, dann laufen sie in die Büsch.
Wird seine Seel modern wie's Todsünderfleisch? Wird sie, wie's der Mönch lehrt, an der Höllenpforte abgewiesen? Verweht ist sein letzter Atem, verflucht sei sein Werk.

Ich kriech durchs enge Loch in die Feste, richte mich auf und blick auf den Hauptmann, der mir den Weg verstellt. Für die Kühnheit werd ich büßen, Wärter Lung

bekommt mich als Gast. Hinterm Burgvogt stehen keine Kriegsknechte: Ich könnt ihm den Schädel aufbrechen. Ich könnt fremden Fürsten dienstbar sein.
Sein Eisen ruht in der Scheide, im Schein der Tranleuchte wirft er einen langen Schatten.
Er weist aufs Blut am Rock und sagt: »Du hast gemordet.«
»Ja, Herr«, sage ich.
»Wen?«
»Du weißt ums tote Kind?«
»Eine Schande«, ruft er.
»Hab seinen Mörder gerichtet.«
»Aus eigenem Trieb«, sagt er.
»Mir war's nicht befohlen.«
»War's der Bettlerkönig?«
»Er war's«, sage ich, »die rabenschwarze Seele hat er ausgehaucht. Die Kinder zupften ihm die Silberreif vom Ohr.«
»Willst du die Heldentat verkünden?«, sagt er.
»Nein, Herr. Nicht vorm ... Junker Georgen noch vor den Türmlern.«
»Wasch dich. Heut wachst du nicht. Geh in der Früh zum Schaffner, hol einen Krug Wein, sag: Das ist mein Lohn für treuen Dienst.«
»Ich dank dir, Herr.«
»Wasch das verseuchte Blut vom Leib«, sagt er, »es steigt mir übel in die Nas.«

An den hochgelehrten Melanchthon, meinen Bruder in Christus.

Heiland

hilft. Ich und Mich, Mir und Mein, das ist Verfall an allen Gliedern. Vor Tagen wurd ich achtunddreißig Jahr, meine Seele, vom Herrn eingeblasen, hat Wert von Ewigkeit, was sollt ich feiern? Geburt des Heilands sei unser einzig Fest. Eher leck ich den Kreidestrich am Boden auf, als dass ich mich der Sitte der Ritter ergebe.
Ich hör nur Gräuel: Eine Freifrau stillt ihr Kind nicht, dass ihr die Zitzen nicht verschlauchen, es wird der Säugamme übergeben. Man setzt den Hundswelpen an die Mutterbrust, auf diese Art stillt das Weib ab. Ist das teutsche Gebärde? Vor Kummer müsst sich die Edelfrau verzehren, weil sie die Unart heiligt, sie weint und schreit nur dann, wenn ihr der Schlüssel zum Geldkasten abhandenkommt.
Ich stopf die Ohren zu, dass mich nicht andere Gräuel verderben, ich werfe altes Leder ins Rauchfass und stehe in Nebeln, denn zu viel sehen ist zu viel brüten, und am Ende bin ich in mein Gegenstück verkehrt, ich möcht nicht jeden mit dem barmherzigen Blick bedenken.
Ein kräftiger Mann, dessen Namen und Titel ich im Brief

verschweig, ward lange Tag siech, es wollt scheinen, als stürbe er an hitzigem Aussatz, durch Satans Eingebung. Gott ließ ihn am Leben. Nimmermehr sprech ich, dass ich den alten Feind mit einem Furz verjag, ich wurde des Hochmuts überführt.
Herr im Himmel läutere mich, ich hab's Bibelwort verlästert, Herr im Himmel führe mich. Unser Gott ist der Unbekannte und der Ungefasste, der Ungetrennte und der Ungeteilte, allein durch Seine Gnade sind wir wirkungsvoll, Willensmeinung sei Sündbekenntnis, nimmermehr mach ich meinem Herrn Verdienste geltend, dies Götzenbild scheu ich in künftiger Zeit. Wider die Menschenlehr, auch wenn wir in Teilen zerrissen werden, dies Ding will ich verleiden! Der freie Will ist Knecht der bösen Lüste. Wem bin ich gehorsam, wem gehorchst du, wes Geist steckt in unsrem Gehorsam?
Wir sind die Wächter der Waffenkammer Jesu, auf Kampferschöpfung setzt der Hohepriester zu Rom vergebens. Der Allmächtige stößt ihn von der Sprosse, die falsche Heiligkeit verweht, er hält sich für unbezwingbar. Gott siegt! Heiland hüllt uns ein!
Nun will ich reden über Narren und Tollwürmer, die entdecken wahre Menschlichkeit durchs Studium der Alten. Was ist der Humanist? Vom Menschen kommend, zum Menschen führend, will er ins Spitzfindige, ins Käferköpfige geraten, wir aber sind bestirnt mit dem Worte, das im Anfang erscholl von der Höhe, das hinabschnellte in die Wüstungen. Unten ist's Viech, ist der

brodelnde Unrat, sind Pack und Plackerei, ist der Schädling Menschlein, des Partei der Humanist ergreift, als wär jeder Mann und jedes Weib mit Gott versöhnt. Sind wir selig worden, dass wir keiner Heilung bedürfen? Will der Humanist am ranzigen After der antiken Knabenschänder kleben auf immer und ewig? Das Gelehrtenmützchen rutscht ihm übel übers stöhnende Maul, und keiner wagt's, ich wag's doch, zu sagen: Aristoteles' Edeltum verdampft vor dem Adel Jesu.
Dem Schwachen in Not schenkt der Grieche keinen Kampfesmut. Will ich mein freies Tun und Lassen an tote Philosophen binden? Sie beseelten Götzengötter durch magische Wursterei. Die Ewigkeit ward ihnen abgesprochen, da unser Heiland über Judas, Kaiphas und Pilatus siegte. Ich bin in Jesus, reich behängt und beschenkt, guter Gaben gewiss, mit Wurzel und Frucht in der Schrift, den Wirrnissen enthoben, feind der falschen Kirche und den gottlosen Schwärmern. Was will ich alter Denker und Deuter gedenken, ihr Gutsein ist die Fülle der glänzenden Laster, was will ich jauchzen ob der Heidengrammatik, des Lobs der Lässigkeit, der Götzencäsaren aus Marmor? Ich streite für Gottes Rechte und verbiete mir Mäßigkeit, ich bin mit Jesus einig.
Vernunft, das ist des Menschen. Das ist die Seele seines Schädels. Das ist ein Stück der Seele seines ganzen Leibes. Was im Kopfe pocht, verklingt in der Tiefe Gottes. Das ist weniger als der Splitter vom Splitter einer gesplitterten Zweigspitz, die die Krähe im Flug zerbricht, dass sie der

laue Wind fortweht. Sie ist nicht schwerer als ein einzig Haar einer Magd, leichter als ein Samenkorn, eine Spur mehr als Verschwinden, ein Name des Nichts, das wir sind vor dem Herrn.

Die Weisheitslehre sei die Magd der Theologie, ein toter weiser Heide sei vormalig ein toter Heide, im Schreibsel der um Gott Betrogenen stoß ich drauf in keiner Zeile, sie brüllen: ad fontes, zu den Quellen, sie laben sich aber nicht mit derselben Freud an der einzigen Jesusquell, die da ihnen ins Maul sprudelt.

Im Kloster, da ich mich hab versteckt vor Gott und Seiner Allgewalt, raunten Brüder über des verteufelten Engels Anfang: Der Jud unter den Erzengeln, böse Natur. Sie raunten Fluchfabeln: Er und die Seinen wurden verkohlt, sie paarten sich mit schönen Menschenweibern, große Sünde, tiefer Sturz. Und also, Bruder in Jesus, gewinnen wir's Paradeis durch Fluch, durch Nachahmung des göttlichen Fluchs. Der Feind, tückisch und wandlungsreich, im Wahn, aus allen Schlachten unbesiegt herauszukommen, der Feind lehrt uns verstandesgemäßes Betragen. In unsrem Glauben geht's über die Vernunft, aber nicht wider die Vernunft! Sollt ich meine Seel für welsche graue Vorzeit verpfänden, sollt ich auf der alten Heiden Geschick gaffen?

Der Humanist möcht der Regenten Räte vereiden aufs antike Geschleck, er liebt die Übermalung, das meiste an der Biblia ist ihm Schriftstück aus Gebilden des Alphabets, das er mit kaltem Eifer und ohne heiliges Entsetzen

übersetzt. Ich möchte mit dem laugläubigen Erasmus von Rotterdam kein Federlesens machen, er stellt sich bei allen Schlachten beiseite, als müsst er sich Hände und's Mäulchen waschen, das er spitzt wie ein Hofaffe, das er klaffen lässt, zu verschlecken Schärfe, Würz und hart Verkündigung in der Biblia und hinzuspeicheln tote Mücken, die er mit dem Sieb gefangen.
Freund und Feind scheid ich, sonst würd mir auch der Hurenwirt zulaufen, der die Mutter verkuppelt. Die Feind rufen: Das Mönchlein hat in seiner Klause Wort ausgelegt und Gold gefunden, ein heilig Vater ist er worden und unterwirft jeden Christ der Ächtung! Nimmer war's recht und richtig, dass jeder Lump im Land als Christ galt, da er nach Geltung schnappte: Belials liebster Überrock ist aus Lämmerfellen genestelt, Belial spricht oft in den Zungen der Heidenhirten! Groß gelehrter Melanchthon, du fehlst nicht, wenn du jenen weichst, die dem Worte Gottes weichen.
Satan blendet. Sein Sohn, der Antichrist, blendet. Die minderen Teufel walzen wie Käfer Kotkugeln. Ich hör schon die Totenglocken läuten, all die Blender werden in die Gruben gerufen. Philosophie ist die Nussschale, Kern ist Gottes Lehre. Eine versinkende Welt schauen wir, die wir fern von Rom und nah beim Kreuz sind, des römisch Hohepriesters Tod sei aller Frommen Gnade.
Wir müssen's jedem Griechenfreund sagen: Der Sünder erfährt keine Genugtuung durch den Pfaff, der ihm vergibt, aber durch die Bußgesinnung und Reue ein Leben

lang. Hier und dort kann kein Leib weilen, Ja und Nein kann keine heilige Seele sprechen, nur ein Metzenknecht kann Rom und Wittenberg gleichermaßen lieben. Wir wollen: Land, das Christi Füße berührten, befreien. Wir wollen: Land, das wir von teutsch Ahnen erbten, bewahren. Wir wollen: alt Gesetz im neuen Bund verwerfen.
Der Knecht bleibt bei seinem Mist: Der Papst haust im Heidenpalast, der Jud trägt wie's Maultier die Schriftrolle, Todfeind Türck raunt lästernde Gebete. Heilands Heil geht nicht zur Rüste.
Meine Tag verleb ich in Demut, auf mein fleißiges Bitten erzählt man die Gerüchte: Das gewöhnlich Volk in der nahen Stadt fürchtet die Pest, wehrt sich mit Saft und Sirup, hängt Sau und Viech Ketten aus allerlei Kräutern um, bedrängt die Mönche, dass sie Himmels Heerscharen herbeibeten. Die Pfaffen nehmen's eh mit Scheffeln, was sollt sie dran hindern, Gott und Leute in dieser Not um Gaben zu pressen? Ihrer Vorväter und Väter Werk sind Gräber, sie binden wie Tempelpriester Schmuckplatten auf die Stirn, sie schwenken Kessel in die Seuchenwinkel, sie schreiten im Prunktuch des Stolzes und haben Tupfen Lehmrot auf den Wangen. Befleckt sind sie mit schlimmstem Frevel. Die verzweifelten Mägde und Knechte wollen bewahrt werden vor der Verdammnis und scharen sich als Gottes Gemeinde um die falsche Kirche des Römers. Was ein elendes Pfaffennest diese Stadt, von der ich spreche, trug Jesus für dies Geschlecht das Kreuz? Wir schmolzen die Götzen ein, wir schlugen ins Fleisch der

Dämonen viele Wunden, wir stritten für die teutsche Ehr, und doch drängt sich der Pöbel in der Pfaffen Betstuben, das rechne ich ihm übel an. Man müsst die Stadt als Natterngrube ausweisen, man müsst dies Menschengetier Babels Heidentum zuschlagen, käme doch die Seuch und raff sie hin, dass all die Lumpensack und Leichenräuber vom Landbrauch abgehen! Sie sind verloren wie Judenseelen.

Bereit dich vor, bald brech ich aus, bald brech ich die Haft, bald komm ich heim, denn ich möcht den Teufel erschlagen, er ist mir viel Heil bußfällig, so oft er mich quält und narrt. Ich werd Gottes Wort am ganzen Stück und die Heiligkeit im ganzen Bild zeigen, das ist mir gereift in der Kammer, nachts im Gelass, da ich zerstoßene Bilsensamen auf die Schläfen rieb, um endlich zum Schlaf zu finden. Schlafen werd ich im Grab bis zum Tage, da all die Toten Fleisch werden, ich wachte, Satan zum Trotz, ich wachte bis zur Morgenhelle, und da wusst ich um mein Heil, ich will's dir künden von Angesicht zu Angesicht, ich zieh in die Schlacht.

Am Tage der heiligen Cäcilia.
M. Luther

Der Ketzer beißt in die Ochsenzunge, mahlt knackend den halb rohen Speck, er ist ein freies Raubtier, das Rauch und Dunst durch die Nüstern saugt. Ich riech den Hunger. Ich riech die Säue, die der Wirt nach der Winterschlachtung eingesalzen. Er dient dem Junker, mich prüft er mit argwöhnisch Blick: Bin ich die Leibwacht des Ritters, oder bin ich ihm ein arger Kerl, der nach dem Aussaufen des Krugs den Katzbalger zückt?

Sein glattes Angesicht würd ich gern zerschneiden. Wer nennt seine Herberge ›In der Höhl des Löwen‹, wenn nicht ein Schalksnarr? Ich acht auf die Knechte an den Tischen, die im Schein der brennenden Talgkerzen in Hängeleuchtern über ihre Schamkapseln reiben. Ich denk an den Burgvogt, dem wir auf Seel und Leben die Rückkehr gelobten. Er sprach den Mönch für Tage frei, dass er die Tollsinnigen in Wittenberg in des Fürsten Sinne strafe. Herr Spalatin weiß um die Sach, er hat's verfügt, da er's nicht verboten hat.

Wir haben uns alle Arschknochen blutig geritten, der

Ketzer wälzt sich auf den Backen von einer Seit auf die andre Seit. Er wischt mit dem Ärmel übers Maul. Er sagt: »Leipziger sind ein Gräuel.«

»Sie handeln mit Tierhäuten«, sage ich, »so viel Höker in den Straßen hab ich noch nie gesehen.«

»Das Pelztragen gebührt allein den Fürsten ... Bist du satt?«

»Bin ich. Was gafft mich der Lump an?«

»Ruhig«, sagt er leis, »das ist ein guter Christenmann.«

»Hat er dich erkannt?«

»Mit Bart und Barett? Nein.«

»Ist er deines Glaubens, Meister?«

»Riechst du an ihm den Abtrünnigen?«, sagt er und lacht auf.

»Alles Fremde«, sage ich, »jeder könnt ein Meuchler sein.«

Jäh ist ihm die Stimmung verdorben, er schaut in die Ecken, als hätt sich der nachthafte Widersacher verborgen. Wer bricht das Brot, wer greift zum Becher, wes Wams birgt ein Messer? Der Bannfluch ist in Kraft, die Fehde dauert an, meine Kirch könnt mächtige Krieger dingen. Ich bin verworfen, da ich den Erzketzer schütz. Ich schreck auf, als zwei jung Unbeflaumte an unserem Tische stehen. Sie reden ein welsches Teutsch, der Tollkopf Luther weist ihnen die Plätze, sie starren mich an.

»Was sucht ihr in meinem Gesicht?«, rufe ich. »Das Zeichen des Herrn oder des Teufels Mal?«

»Ich bitt um Verzeihung«, sagt der Junge im teuren Tuch, »ich staun dich an, Herr.«

»Bin kein Herr und niemandes Knecht.«

»Bist du ein Aufschlitzer?«, sagt der Junge mit der Kinnkerbe.
»Wer will das wissen?«
»Zwei Studenten. Wir ziehen nach Wittenberg.«
»Zu dem Gelehrten Melanchthon«, ruft der Ketzer.
»Ihr kennt ihn?«
»Ich kenn ihn gut.«
»Wir wollen bei ihm in die Schule gehen. Was könnt Ihr uns über ihn verraten?«
»Griechisch hat er sich zur Muttersprache gemacht«, sagt der falsche Junker, »er spricht, schreibt und lehrt es wie kein andrer.«
»Besser als der Weise unserer Zeit? Weiser als der Herr Erasmus?«
»Ein christlich Herz schlägt Philipp Schwarzerdt in der Brust«, ruft der Ketzer kalt, »das ist der Ursprungsname des Freundes Jesu gewesen. Er weist jeden ab, der Christus nicht ehrt.«
»Wir ehren ihn«, sagt der Kinnkerbige.
»Nach altem Brauch oder mit neuem Mut?«
»Das Papsttum ist verflucht«, ruft der Junge im feinen Rock.
Ketzer verketzern meine Kirche, sie loben das neue Königtum der Heiligen, sie sprechen vom Papst in schimpflicher Tracht, eines jeden Maul ist ein alter Streukorb, aus dem die Wort wie Samen rieseln. Der Kinnkerbige schreit in tollsinniger Hitze: »In Rom verehrt man die Heiligen Sankt Goldtaler und Sankt Silbergroschen!«
Der falsche Junker erklärt den rechten Schriftgebrauch,

den Christverstand, dem der klare Sinn im Evangelio aufscheine: Am Jüngsten Tag wird Satan fortgeführt und in die Grub geschmissen, ein großes Toben und Krachen in den Himmeln hebe an, und durchs Erschrecken werden die Auserwählten von Sünd und Makel gereinigt. Sie schwätzen und scheiden schwätzend Gutheit von Schlechtheit.

Ich seh das Hirschgeweih, das als Leuchter an der Decke hängt, ich seh darunter den Wirt stehen und mich anstarren, als wär ich ein prächtiger Hochgestellter, ich weiche von Luthers Seit und schreit zum Tisch, den er wischt und wischt, ich sage leis: »Bin ich ein Bademädchen, das du begehrst?«
»Verzeih, Herr«, sagt er, »ich wollt dich mit Blicken locken, weil mir ein Rätsel zu schaffen macht.«
»Ich soll's lösen?«
»Ist der Mann, den du bewachst, ein Wandermagier?«
»Von Wundern weiß ich nichts.«
»Mir will's nicht einfallen, woher ich ihn kenn.«
»Er kommt von weit her«, sage ich, »wenn sich der Pfennig wendet, stieben die Freunde davon. Er geriet in Not, und so geschah's ihm. Nun ist er ein freistehender Mann. Nur ich bin ihm geblieben.«
»Ich möcht keine unzüchtigen Reden führen«, sagt er, »hab ich dich beleidigt, Herr?«
»Wisch den anderen Tisch, dieser ist sauber.«
Eine gute Weil noch schwätzen die Studenten aus hohlem Topf, der Ketzer mahnt, dass Ehr und Redlichkeit erhalten werden. Gott band in alter Zeit die Rotten, auf-

gehoben ist der alte Bund, aufgehoben das Gesetz, das sich wie Kot ans Rad hängt, legt an Helm und Harnisch im neuen wahren Glanz. Ich komm über sie wie ein Zuchtmeister, schick die jungen Gecken fort, bitt den Ketzer nach dem zwoten ausgesoffenen Krug, sich auf die Schütt zu legen.

Eine Stunde später hör ich ihn schnaufen, ich wach über den Schläfer, der zuckt, als würden ihn die Läuse auch im Traum zwacken.
»Hat dich Gott erhoben, Luther? Was verfemt dich mein Heilig Vater, der uns Teutschen aus der Ferne winkt? Nimmer werd ich abtrünnig, nimmer nehm ich, Luther, deinen Glauben an. Nimmer verrat ich meiner Väter Blut, das die Pfaff gesegnet. Weder du noch ich sind die Ungelernten, die der Heiland seligpries. Denen er den Himmel als Grund und Boden versprach. Hauste ich im Haus des Herrn, Luther, würd ich, unter deinem Banner rechten. Was bist du nur unbarmherzig zum Jud Neham, dem du riefst: ›Du bist ausgenommen von dem Fluch, der dein Volk krüppelt.‹ Was sprach er? Er sprach: ›Bestimmst du es, Herr? Oder bestimmt's der Allmächtge, der weiß, wen Er liebt und wer Ihn hasst?‹ Nimmer nehm ich den Hebräerglauben an, Luther. Doch der Jud ... Neham Rosenhag wankt nicht, auch wenn man ihn als Kultsteindiener verhämt. Ich lob seinen Mut, wie ich eines jeden Kriegers Kühnheit lob. Jesus nannte Jünger Johannes Boanerges: Donnersohn. Du donnerst wider Türck und Jud, Luther, ich wünscht, du würdest wenige Tode künden. Nur der

Krieg gegen den alten Feind, gegen den verfluchten Entzweier, sei heilig.«
»Du sprichst laut«, wispert der Ketzer, »schlaf, es kümmert sich der Herr um uns.«

Wir essen Grütz am späten Morgen, die Trostsprüche des Wirts sind dem Ketzer lästig: Er ahnt, dass ich ihm eine Geschichte angefabelt hab. Ich entdeck eine Hur am Schanktisch, sie reißt die Augen auf, eilt zum Mönch, des Hände sie küssen möcht, jäh springt er auf, ich umfass den Knauf des Katzbalgers und stell mich vor die Bübin, die vor frommer Scham errötet.
»Lass ab«, ruf ich, »der Herr schmäht deine Liebesdienste.«
»Er ist's, ich täusch mich nicht«, sagt sie.
»Wer soll er sein, Weib?«
»Der Herr Luther, der uns erlöst.«
»Scher dich zu den Kerlen«, rufe ich, »du bist ihm ein Gräuel.«
»Ich bitt um seinen Segen.«
»Reib dich am sündigen Fleisch«, schreit der Mönch und stürzt ins Freie, ich folg ihm nach, wir holen die Pferde aus dem Stall, und da wir losreiten, hetzt er wider den krätzigen Pflastertrampel, er hätt sie an ihren Dirnenfetzen sogleich als Pfaffenweib erkannt, Mistpfütze einer Sau sei ein Pfaffenhürlein, Satans Gedinge und Gram eines jeden Gottesmanns, er macht ein groß Geschrei davon, dass ich auf dem Sattel geschüttelt werd vom Lachen, der keusche Luther, der den welschen Gecken über christlich Leben sprach, wird von einer Hur

angeschmachtet, ich wein Tränen vom Spottlachen, bis er endlich verstummt, und also schweig auch ich still. Wir rasten, um die Pferde zu tränken, wir rasten später, um am bisschen Fleisch zu kauen, wir reiten gen Wittenberg, von dem von Berlepsch sagte: »In dieser Stadt pfeifen die Mägde durch gelochte Kiesel, um jung Junker zu locken, das wird dir gefallen. Lass dich nicht aufs Lustbett reißen, schütz ihn gut, sonst setz ich dir nach.« In der Nacht halten wir am Flussufer, ich hör das Rauschen und den wilden Wind, der durch die Rossmähnen fährt, ich seh Lichter auf der andren Seit, der Ketzer streckt den Finger, führt ihn vom Westen zum Osten: Fürstenschloss mit dem Turm, Kirche Sankt Marien mit zwo Türmen, sein geliebtes Augustinerkloster, die Wälle.

»Ran ran ran«, ruft er und sprengt die Böschung herunter, mich weht der Geruch von Blut und Gekrös an, da hör ich's Blöken und Grunzen, das Scharren und Schaben, im Schlachthaus reißen die Kerle Rinder und Säue aus, und schon reiten wir durchs offene Tor, zwischen den Wächtern steht ein klein Hutzelmann im Rock der Gelehrten, vor lauter Übermut ruf ich: »Geht man zu Wittenberg durchs Tor, begegnet einem ein Schwein, Student oder Hur!«

Die Wächter strecken die Spieße, der Zwergenwüchsige tritt näher an mich heran.

»Ich bin keiner von den dreien«, sagt er leise, »betrag dich recht, Bruder Burkhard.«

»Ich sprach im Scherz, Meister«, sage ich.

»Wes Meister bin ich wohl?«, ruft er und umarmt den

Mönch, der sich bücken muss, »dich hätt ich von Weitem verkannt.«
»Bin feist worden«, sagt Luther.
»Die Tonsur ist zugewachsen. Der Junkerbart verhüllt dich gut.«
»Am Gehenk erkennt man den Ritter. Ich aber schneid mich am Eisen, wenn ich danach greif.«
»Für die grobe Arbeit taugt der Krieger«, sagt der Kleine, »ich bin ihm dankbar ... Gib auch hier acht, Bruder Burkhard.«
»Worauf?«, sage ich.
»Maskieren und Mummieren ist ein üblich Spiel geworden. Wir hüten uns vor den nächtlichen Händeln. Die Studenten, nicht alle, nur die Verrohten, die Vergrämten, sie greifen die Wächter an.«
Melanchthon, ein Kindsmann, ein eifrig Gelehrter, der Bruder, den der Ketzer zum eignen Blute zählt, dankt den Türmlern, die mir am liebsten das Schandmaul spießen möchten. Wir laufen durch die breite Gasse, ich schau nach dem Gelichter in finsteren Schlupfecken, ich blick streng die Kerle an, die diese Stunde herumstreifen: Ist das teutsches Gottesland, als das der Ketzer Wittenberg rühmt? Der kurzleibige Evangelist ist in sich gesunken, als horchte er auf eigene Seelenlaute, und als wir an die Gräber an der Kirch gelangen, hält er inne, spricht ein stummes Gebet.
Ich hör den kleinen Wasserlauf in der Mitte der Straße wispern. Ich hör jäh alles verhallen. Da spricht Luther: »Und da es das siebent Siegel auftut, ward eine Stille in dem Himmel bei einer Stund.« Und Melanchthon

spricht: »Und ich sah den Himmel aufgetan und siehe, ein weißes Pferd, und der darauf saß, hieß Treu und Wahrhaftig. Und hat einen Namen geschrieben auf seinem Kleid und auf seine Hüften, also: Ein König aller Könige und ein Herr aller Herren ...«

Allerhand akademische Bürger im Prunkornat eilen ihrer Wege, ihr Genosse Luther zieht sich zurück in die Schatten des Kirchhofs, um unerkannt zu bleiben. Melanchthon erwacht und hastet mit schnellem Schritt zu einem beschädigten Haus, ein Knecht ergreift die Zügel, führt die Pferde ab. Ich werde zur Ruh ermahnt, da ich mit dem gezückten Eisen die Stiegen hochstürmen möchte. Der Gelehrte reißt auf die Tür, und ich blick auf Männer an der Tafel, die sich aufrichten, die Lobgesänge anstimmen, eine große Belebung fährt in den Ketzer: Er ist verwandelt zum Hirt, zum Mund der vielen Münder. Er kämmt den Bart mit der aufgefächerten Rechten, ein Pfau, der die Federschleppe spreizt.
Er sagt: »Das ist Burkhard, meine treue Leibwacht.« Dann weist er auf jeden Mann, der in der Kammer steht. Nicolaus von Amsdorf, ein augenkneifender Junker mit dem Stolz seines Standes. Karlstadt, fiebernder Kerl, die Haut verbrannt wie beim Zigeuner. Bugenhagen, kein Hals, sein Ochsenkopf ruht auf den Achseln. Lienhardt, ein unfriedfertiger Geist, der auf dem Buckel des Teufels reitet. Tilman Kolben, verkleidet wie ein Mohrenkönig, pfeift durch die Nas im pfäffischen Ton.
Aufs Zeichen ihres Meisters setzen sie sich auf die Bänke.

Zur Feier seiner Wiederkehr lässt der Griechenprofessor Luthers Leibgericht auftischen: Erbsenbrei mit Bratheringen. Luther sagt: »Ich hör von der Sitte der Rosstäuscher, heimlich Pfefferkörner in den After des trägen Gauls zu schieben, damit er feurig werde. Ich hör, dass die Papstknechte unterbreiten: Martin weist seine Ketzerei auf diese Weise aus. Da hab ich unseren Erz- und Endfeind Papst in die Stirn getroffen, hab ihn erwischt mit den Händen in unseren Börsen und Schatullen, das ist ein ausländischer Schuft.«

Die Kerle lachen laut auf, der Ketzer stopft sich im Heißhunger den Mund mit mächtigem Klops voll, jäh erstarrt er, der Klops fällt ihm auf die Schüssel. Der Kinnbacken ist verrenkt, das Maul steht offen.

Ich wisch ihm eine gut teutsch Schelle, die ihn zur Seit schleudert.

Nun wollen sich alle Mann auf mich stürzen, Luther hebt die Hand, er kann's Maul wieder auf- und zuklappen. »Der Teufel gab mir die Kiefersperre«, wispert er, »ihn hat der Krieger geschlagen. Satan ist der Vater meiner Theologie, ohne die Anfechtung hätt ich nicht können finden zum Heil ...«

Seine Brüder in Christus sind verstört. Melanchthon, fahl von Studien, starrt ein Loch ins Tischholz und nickt und nickt. Ihrer aller Ketzerherr erklärt: »Luther schreibt's mit der Feder, Satan hackt's nicht mit der Axt aus, er vertreibt ihn mit Tinte, alle Schalkheit fährt aus ihm heraus, er schreibt ihn zurück in die Hölle.« Mohrenkönig Tilman kratzt die Worte hastig aufs Papier, Luther spricht zur Gemeinde, und er hält die Worte fest:

»Die Axt braucht einen Stiel, der Christ die rechte Schrift. Ich, Martin Luther, war ein Lehrjunge Gottes, ich habe meinem Hausvater nichts verwahrlost, hab Sitz und Lehrjahr bestanden, bin nicht aus der Lehr entlaufen, und nun muss ich fertigen das Meisterstück, das Neu Testament Teutsch. Ich schenk die verteutschte Schrift. Im Verteutschen und nicht im Fälschen bekenn ich. Will nicht schnurren noch das Schaben wider den unreinen Geist lassen. Ein leeres Buch ist unsre Biblia, ich werd schreiben unsrer Seligkeit Anfang und abtragen die Verhüllung. Dass die Leich auf dem römischen Thron nach einem Todesschaudern zerfalle. Dass die Kultrobe, in der sie steckt, zerfaser. Ich werd mir meine Münze im Himmel verdienen. Die gezähmten und geschliffenen Gläubigen folgen mir, ins Himmelreich, das uns Heiland verheißen, in das nicht Papst und Bauer noch Jud und Türck können treten. Ein starker Zorn erfrischt das Blut, ich will und werd werken auf gut Teutsch, dass auch dem Hintersass, der im Leben nie ein Buch aufgeschlagen, kaum der Schädel schwitzt, ich gürte jedem lateinisch Wort wie einer Sau den Schellengurt um den feisten Hals und nenn's teutsches Glöcklein, das Brimborium der Römerschwätzer ersetz ich durch Gottes Grimm, denn Ihm zugewandt sind wir erhört, von Ihm abgewandt rott und erbost. Er ist das rechte Geleit, und wenn Er soll sprechen zu uns Teutschen, dann ohne Zag und Papistenspucke. Ich bin der Plattner, der der Schrift einen Kürass schlägt. Was muss erhalten und geschieden werden von den Mitteldingen, die nicht im Evangelio enthalten sind? Stab oder

Schwert? Geist oder Welt? Beides, Brüder, beides birgt unsre Schrift ...«
»Ich will gelten als schlichter Christ«, spricht Karlstadt in Luthers Rede.
Hat der gebrannte Mann ein unflätig Ding aus dem Maul entlassen? Hat er eine Hexentat begangen? Von Amsdorfs Faust kracht auf die Tafel, dass die Schüsseln scheppern. Eine Besserung möcht Luther anrichten, ein teutsch Wort stiften. Ich erkenn's: Jeder in diesem Kreis bestrebt sich, ein eigen Werk zu tun. Nur der Zwergengelehrte lächelt und nickt und nickt.
»Wir leben dem Pöbel nicht nahe«, donnert von Amsdorf.
»Bauerntum ist der rechte Eigner des Wortes Jesu«, ruft Lienhardt.
»Ordnung wird darniederbrechen, so wir die bucklig Bauern lassen.«
»Wes Fürsprech bist du?«
»Bin die Zunge meines eigenen Namens!«
»Wir haben lang genug unterm Gesetz geknechtet.«
»Legt die Tugend wieder an«, brüllt Luther, »wer bist du Mensch, dass du Gott in Rede stellst, Römer, Kapitel neun, Vers zwanzig.«
»Wütest du wider mich?«, sagt Lienhardt.
»Wider uns all Evangelisten. Kein Mann kann sich zum zwoten Leben erraffen. Wir haben nur die eine Haut.«
»Der Gläubige trägt die Kirche«, wispert Karlstadt.
»Die wir von der glaubenslosen Art befreien«, sagt Luther, »von römisch Ausländern und von Kniffl ichkeit,

ich wend mich mit Waffe und heiligem Gerät gegens Verderben. Was ist mir und uns Regelheft?«

»Die Biblia«, sagt Melanchthon leis.

»Die Biblia! Alles der Schrift gemäß, das wollen wir sein. Meine neue Schreibart ist teutsch.«

»Gemäß der griechisch Worte der Apostel«, spricht Melanchthon und blickt auf den Meister.

»Mit Fäustel, Eisen und Klöpfel will ich hauen grob und hauen glatt den Stein. Der Steinmetz haut den Klotz heraus, das bin ich. Der Maurer setzt die Steine aufeinander mit Kelle und Hammer, das ist Melanchthon ... Verrat uns, Krieger, irr ich mich?«

»Ich bleib bei sieben Sakramenten«, sage ich.

Karlstadt und Lienhardt greifen nach den Messern, Bugenhagen glotzt, von Amsdorf spuckt aus Versehen auf seinen Kragen und Ärmel. Sie sind allesamt gebrannte Christen, Männer des reinen Träumens, jeder Ketzer glaubt, dass ihm ein Schneerock an der Sonn nicht schmelze. Ich tu mich nicht groß mit Latein und Wissen, ich weiß: Die Niederen halten solch Reden für Gespei und klein Ertrag. Sie möchten schlingen jeden, der sie verachtet. Die Herren in der Kammer aber bangen, dass der Stoff des Evangelio nicht verloren geht. Im heilig Buch stehen Heilands Taten. Welcher Mann hier an der Tafel würd ohne Reue einen Feigenbaum fluchend dörren? Striche der tollsinnige Vetter des Türmlers Bugenhagen Spucke auf die Lider, würd er wahrlich sehend werden oder in Finsternis gefangen? Die bewehrten Ketzer fauchen und kratzen, ich rühr mich nicht.

»Dies Papistentier bringst du in unsre Mitte?«, ruft Lienhardt.
»Eher gebiert das Kind die Mutter, als dass er mich verrät«, ruft Luther.
»Stehst du im Dienste Roms?«
»Nein«, sage ich.
»Eiferst du mit Auftrag deines höllisch Vaters?«
»Ich schichte die Scheiter gern, dass dir die Gräuel ausbrennen.«
»Da habt ihr den Beweis«, ruft von Amsdorf und schickt sich an, mich anzufallen.
»Gott zahl ich die Seele, der Fürst zahlt mein Brot«, sage ich, »der Fürst gilt mehr, auch wenn er mich bei seinem Thron nicht sitzen lässt.«
»Mehr als Gott?«
»Mehr als mein Vatter zu Rom.«

Der Zwergenkleine, dem die Tischkante knapp unters Kinn reicht, mahnt, dass ich sie nicht versuchen darf: Sie sind der kultischen Pflicht entbunden. Früher stopfte er sich den Mund mit Eis, das da war Sophisterey. Im Jahre der Fleischwerdung des Herrn fünfzehnhundertachtzehn kam er nach Wittenberg, um Zugang zum Heiligen zu finden. Und was fand er? Das Evangelio, durch die Gnad des Herrn, durch Frater Martinus, und demselbigen wolle er, da unsre beiden Seiten klar geschieden, erklären, was in der Stadt und was in der Näh geschah. Erst dies unerheblich Ding: Der Rat hat's verfügt, dass räudiges Vieh nicht am Brunnen saufe. Vor zwo Tagen aber hat der Knecht, der den Brunnen fegte, eine große tote Ratte aus der Tiefes gezogen. Er wollt die Ratsherren flink unterrichten. Doch da schaute er genauer hin und erkannte ein gemordetes Kind. Es ist dies zu vermelden als ein Zeichen der Verderbnis. Und ein Zweites sei kundgetan: Ein Pfarrer zwang sein Beichtkind, ein Zehntel des Ehebeischlafs ihm zu entrichten, die Zehntpflichtigkeit erfasse Leib, Geist und Seele. Das junge altfromme Weib hat die Pfaffengeilheit gut gelohnt, es schlug und kratzte den Pfaff aus dem Beichtstuhl, er floh zum Teufel. So sind die aasstinkend Mönch, so sind auch die hohen Bürger, die Trippen überziehen, um nicht in Schlick und Dung einzusinken. Jesu Gebot, den seligen Armen zu gefallen, würden sie mürrisch übergehen, um Gut und Gulden zu horten, es regnete eben gern, wo es vorher nass sei. Wenn man ihnen rief: »Tu das bei deinem Seelenheil«, riefen sie zurück: »Eines Pfaffen Mahnen ist mir geringer als meines Arsches Ton.«

»Das alte Recht haben wir verworfen«, ruft Luther, »wir sind keine Pfaffen!«

»Es sind nicht wenige Kerle, die glauben, dass wir Schwindelwerk treiben.«

»Mein Christ in Trübsal«, sagt der Ketzer leis, »wider diese Narren musst du allen Hass aufbringen. Ein bloßes Vaterunser wird nicht genügen.«

»Hetz die argen Säue«, ruft Karlstadt.

»Es sind Männer mit Macht«, sagt Melanchthon, »du triffst sie jeden Tag in den Gassen.«

»Ein Spieß spendet mehr Heil als Glockenklang«, schreit

Lienhardt, »alle Erzengel sind bewehrt mit Schwertern. Tragen sie's zum Schmucke?«
»Ich bin die Bestie nicht, die die Wittenberger sticht«, wispert Melanchthon.
»Dinge mich und kehr den Schmutz!«

Luther ruft zur Ruh auf. Ich verwundere mich: Wie hat er bislang diesen Haufen mild gestimmt? Wie erkauft er sich die Ergebenheit? Würden sie, wenn der Ketzer es befehligte, den geräucherten Mist der wilden Taube essen? Wie sind ihre neuen Glaubenssätze, da sie vom alten Brauch abgefallen?
Ich hör das Geschrei von Kindern, eine tobende Rotte zur Mitternacht, dann ist's still, der kleine Christ in der Trübsal sagt: »Der Ilsfelder Johannes fängt die Teufel ein. Würd der Hausschaffner meinem Weib und mir nicht aushelfen, müsst man mich in die Tollkiste am Coswiger Tor eintun …«
Wundersam ist's, dass all diese Häresiegenossen ungerührt bleiben. Hat ihr führend Meister ihnen doch die neue Nachricht verraten: die Biblia teutsch. Weiß ich nicht, dass sie's wussten, und gab er mir zum Ergötzen dies Stück? Sie sprechen von Melanchthon, der im September als Erster das Abendmahl in beiderlei Gestalt begangen, seine Studenten fassten mit den Händen Brot und Wein.
Mohrenkönig Tilman, der wieder kratzt und kratzt, hält inne und blickt auf mich. Was sollt ich mich erhitzen ob dieser Ketzerei? Der weibisch duftende Kerl Kolben hat sich eine Narrenkappe zugeschnitten, er

braucht keine zweite. Sie sprechen vom Teufel, dem Abgrundtier, widergöttlich, trunken vom Blut der Heiligen, in unseren Tagen, da Bosheit überhandgenommen, wird er die Unsinnigen sowie die Gottbegabten lockern. Er wird sie hetzen wie Hunde, und in Scharen werden Mann und Weib wie Heiden vor Abbild und Abgott beten. Sie sind zerbrochen durch Einsprüche des Satans …

Der Ketzer führt ein Häuflein Männlein an, sie schwätzen, dass man schartig und rostig wird. Will dieser Gottheuler eine große Tat tun? Will er sich freihalten dem Rufe eines Himmels, der uns schweigt und ihm spricht? Sein Heiligtum ist der Tisch, an dem er spuckt und geifert, seufzt und säuselt. Mir ist das Werkzeug der Spieß. Ihn würdigen sie mit Ehrentiteln. Wenn er sagt: »Das laute Wort des Herrn sengt mich an«, neigen sie die blöd gewordenen Kälberköpfe.
Ich pfeif ihm auf seine Wortverkündigung das Henkerlied. Will er predigen das Evangelio, so soll er wissen: Das Schwert, das der Heiland brachte in diese Welt, dies Schwert ist in meiner Hand. Ich köpf und schneid zu. Ich siegel den Leib für den Tod. Der Mönch hält die Biblia fest im Griff, er glaubt, er sei Evangelist meiner Tage. Er spricht: »Christ sprach: Ich musste sterben, weil der Mensch todeswürdig ist.« Der Mönch tötet die Lust des freien frohen Weibes und der Dirn, die er schimpft, als wär er Ketzerbrenner. Er macht sich die Schrift nutzbar und schärft sie wie eine Schneide wider die Empörer. Wer sich ihm widersetzt, ist der Feind. Heut sind's Papst und Ablasskrämer. Morgen, wenn ihm die Macht zu-

wächst, zeigt er auf andere, die ihm nicht zu Willen sind. Er will gebieten. Ein arger Papst ist der Luther …
Vom harten Stoß gegen die Schläfe geh ich nieder, und als ich mich aufrichte, um's zu vergelten, steh ich vorm Ketzer. Ich hab wohl die letzten Worte laut gesprochen. Ich reib mir den Schädel und lache auf: »Potz Leichnam, mit solchem Schlag fällst du einen Ochs! Nach solchem Schlag hätt der Kaiser in Worms widerrufen.«
Nun lachen alle Kerle an der Tafel, sie brüllen und lachen, sogar der Zwergenkleine wischt sich die Tränen von den Augen, Mohrenkönig Tilman schreibt's auf. Ich nehm Platz auf der Bank und wart, dass mir's Doppeltsehen vergeht. Luther reicht mir den Becher Wein.
»Bin gar erweckt, Meister«, sage ich.
»Kein Frevel«, ruft er lachend.
»Heut prasseln die Schläge. Erst rett ich dich vorm Ersticken. Das lohnst du mir mit der Faust … Kannst du diesen Leuten trauen?«, sage ich leis.
»Sie sind mir Vatter und Bruder.«
»Karlstadt … Das ist ein Gespenst.«
»Er sucht die Stapfen Jesu, dass er hineintrete«, sagt er.
»Und wenn er sie findet?«
»Dann gnade ihm Gott.«
»Lienhardt, der hat's Zeug zum wüsten Würger.«
»Ihn nahm ich auf«, sagt Melanchthon, »das ist ein Gottesfreund.«

Luther ist auf einen Schlag verdüstert. Er zieht sich zurück in die Kammer, in das Studierzimmer des Gelehrten, vor der Tür will ich Posten fassen, bis die düsteren

Brüder des Ketzers das Haus verlassen. Ich hör's spitze Fiepen am Boden, ich heb den Katzbalger zum Schlag, ein Weib fährt dazwischen und schreit ein Mahnwort. Die Ketzer laufen die Stiege hoch, der Mönch reißt hinter mir die Tür auf. Sie starren aufs Eisen in meiner Hand, ich starr auf die kleine Holzkutsche, die von Mäusen gezogen wird. »Spielzeug meiner Kinder«, ruft Melanchthon, und schon wieder sind die Kerle erheitert, das Weib kniet sich hin, lockt die Mäuse mit Krumen, die sie vor die Tierschnauzen streut.
Dies närrisch zappelnde Volk nennt sich Gottes Trupp, wie will es in den Schlachten bestehen? Luther sprach: »Wer in uns kreischend Ketzer wittert, die verfallen, wer nach Verstümmlung giert, dem kratzen wir mit Christi Kreuz eiternd Wundmal zu.« Ist ihr Wort ein flammend Fels, den sie in Meere schleudern? Ich brüt in der Stille des Hauses, ich brüt im Sitzen auf den dicken Decken, ich erwach vom Schrei eines Mannes im unteren Gelass, ist Satan eingebrochen, hat der Ketzer den Feind auf Achseln hergetragen, ich köpf den Spuk, wenn er naht. Die Stufen knarren, und dann hör ich den Zwergenkleinen sprechen: »Ich bin es, Krieger, ich komme zu dir hinauf.« Ich senk den Arm, ich setz mich mit dem Gelehrten vor die Tür. Meister schnauft, der lange Ritt hat ihn zerschlagen.
»Was hast du geschrien?«, sage ich.
»Ich fuhr aus dem Schlaf hoch«, wispert er.
»Hattest du Albdrücken?«
»Kannst du Träume deuten, Burkhard?«
»Nein, Meister.«

»Wes Meister bin ich wohl?«, sagt er wieder. »Mir träumte von einer Hyäne mit prasselndem Feuer in den Augenhöhlen und dem Gesicht einer Äbtissin.«
»Das ist übel.«
»Ich frag mich: Zeigt sich auf diese Art mein Kind?«
»Was?«
»Es starb bald nach der Geburt«, wispert er, »seine Seele riss der Herr in die Höh.«
»War's getauft?«
»Das war es.«
»Dann musst du nichts befürchten«, sage ich.
»Eine Magd ließ sich das Kind im Mutterleibe taufen. Sie wusste, es wird sich nach dem ersten Atemzug verhauchen. Ist das schlecht, Krieger?«
»Schlecht nennen's die Pfaff.«
»Priester deiner Kirche.«
»Jetzt versuchst du mich, Meister«, sage ich, »der Herr nehme sich der lilienreinen Seel deines Kindes an. Gott kümmert sich.«
»Gott kümmert sich«, sagt er. »Mein Vatter starb, da war ich elf Jahr. Er hat oft gebetet. Ich bete in der Früh, ich gehe nach Vatter selig. Er war mir immer eine Quelle der Nachahmung ... Das ist mir und den anderen Brüdern auch Frater Martinus.«
»Ihr schätzt ihn als heilig?«
»Wir schulden ihm keinen Fußkuss«, sagt er lauter, »verzeih, Bruder Burkhard, ich ehr nicht den Römling auf dem Thron, doch dich ehr ich.«
»Was wird hier geschehen?«, sage ich. »Was ist der hohe Mönch hergereist?«

»Wahr und Falsch, er erkennt's. Er hat scharfe Augen. Ruh wohl.«

Der Gelehrte steigt hinab zu Weib und Kindern. Heilig heilig heilig ist Gott, der Allmächtge. Er heiligt die Jünger des neugläubigen Bundes. Ich wünscht, die Pfaffen meiner Kirche wären von diesem Geist durchdrungen. Zerrt mich der Ketzervater mählich auf seine Seit? Rag ich schon mit Haupt und Brust ins Fegefeuer? Könnt ich doch nur Makel und Malefize ausschneiden, gern wär ich bloßer Rumpf mit Loch und Stümpfen.

Die Lange Straß führt vom Coswiger Tor im Westen bis zum Elstertor im Osten. Es gibt das Coswiger Viertel und die Markt-, Jüden- und Elsterviertel. Mehr musst du nicht wissen«, sagt Lienhardt und spricht aber weiter: »Im Schloss wird die Heiltumssammlung verwahrt, sie besteht aus neunzehntausend Partikeln, das macht einen Ablass von zwei Millionen Jahr. Die Sünde haftet am Rottzeug, und wer glaubt, dass er durch Schau der toten Stück geläutert wird, möcht feilschen mit dem Herrn.«
Ich sage: »Euer aller Ketzer Fürst gibt Gold aus für dies Heilsgeschäft.«
Er schweigt still, er würd am liebsten brennen die Sündfeste, dann würd er durch hohen Geheiß am Galgen baumeln. Unantastbar sei der Obrige, hat's Luther verfügt, und also müssen seine hitzigen Evangelisten andere Fürsten befehden. Lienhardt ist kurz vor dem Fall, er blickt auf die vom Hirt geführten Säue, er blickt auf die Antonitermönche in schwarzem Chorkleid und schwarzem Überrock, darauf das Kreuz hellblau prangt.

Der Spuk, als den die Ketzer meinen Glaub schimpfen, ist nicht gebannt. Das Volk neuen Sinnes, das in Wittenberg Neu Jerusalem errichten möcht, muss noch viel rechten.
»Du bist ein Gottesfreund«, sage ich leis. Er fährt herum, er drängt sich heran.
»Spottest du, Römling?«, ruft er.
»Lehr mich. Wer zeichnet sich mit diesem Wort?«
»Du weißt es nicht?«
»Lehr mich«, sage ich.
»In Zwickau wirken Propheten«, wispert er, »ich lehr dich, was sie lehren: In sechs Jahren werden verrecken die bösen Sünder. Was schert uns die tote Schrift? Es wird einer kommen, der über Martinus steht.«
»Ich müsst sie schlachten, wenn sie hier einfallen«, ruf ich kalt.
»Sie sind nicht des Teufels. Sie werden teuflisch gemalt. Einfache Leute wie der Zimmermann Jesus …«
»… der an gezimmert Balken genagelt ward. Ich acht den Pöbel nicht.«
»Diese Männer acht ich schon«, sagt er, »Tuchmacher Storch spricht: Erzengel Gabriel hat zu mir gesprochen: Du sollst auf meinem Throne sitzen.«
»Ihn stäupt ich an der Säule und steckte den Frevler in den Tollkasten.«
Lienhardt, dies räudig Tier, erzählt: »Es sind der Propheten drei, Storch und Drechsel, beides vom selben Gewerk, Heilsbringer, und der jung Stübner, der einst im Hause des Gelehrten verkehrte. Der Zwergenkleine und sein Eheweib Katharina wissen: Die haben reine

Seelen, und auch Karlstadt ist mächtig bewegt. Bald werden die Propheten auch in dieser Stadt die Abtrünnigen merzen.«
»Und dich duldet Luther in seiner Näh?«, sage ich scharf.
»Möchtest ihn verraten, Kerl?«
»Bald reißt hier der Himmel ein«, sagt er lächelnd, »bald gibt's Gottesdienst ohne Messgewand.«
»Was kümmert mich der Pfaffenwams?! Das Heidenvolk mord ich ohne Reue. Luther schuld ich Schutz, an allen Orten. Nun lehr ich dich was.«
»Du drohst mir?«
»Das tu ich«, rufe ich, »lausch gut, Ketzer: Mit diesem Eisen kerb ich dir's Kreuz tief ins madig Fleisch. Kommst du ihm nah, komm ich dir nah. Deinen Propheten kerb ich ein zwotes Afterloch, wenn sie Luther anfallen. Bring dem Pack in Zwickau meine Kunde. Sag der Sau auf Gabriels Thron: Bald wirst du mit deinem Arsche den Himmelsstuhl vollbluten.«
Ich wende mich um und streb zur Nordmauer, kreuz den Bach, der zur Mühle strömt, ich möcht zu den Scheunen der Fleischer, um dem Ketzer Ochsenzunge in Scheiben schneiden zu lassen. Luther hat's beschrieben: »Von der törichten Milde sind Herr und Knecht in Wittenberg abgekommen, sie möchten Hurer und Dirn nicht dulden, acht auf deinen Blick, heft ihn an die Kuhmäuler, nimm die Gass vor der Gass des grauen Klosters, dort harren die Mönch voll Furcht im Gemäuer ...«
Ich seh ein friedlos Volk, weibisch verluderte Kerle von hoher Herkunft, ich seh Rottenbüttel im grauen Bauernrock, die Gottes Unbegreiflichkeit mit Axt und For-

ke kenntlich machen wollen, Mischwesen mit Grimm in der Fratze und stinkendem Pelz. Da hat der falsche Junker von der Feste streng ermahnend Sendbrief geschrieben und Handreichung gegeben, er hätt Galgenschlaufen knoten sollen.

Allüberall Beißer und Fresser und Gespensterseher. Allüberall scheißendes Viech, und Zuchtmeister, die in eignen Kapellen zucken zum Ruhme ihrer eigenen Gottheit, und schäumend Untertanen, die jede Stunde ein Siegel der Offenbarung brechen. Zuschanden kommen werden die Erzbuben, ich riech's.

Luther ist Menschenflicker, das wird nicht reichen. Gewalt mit Gewalt bricht bald der Fürst. Es braucht der scharfschneidigen Elemente und nicht der Sakramente. Ich strauchle übern Stein im Schlick, ich fang mich im Fall, und da entdeck ich den gebrannten Karlstadt mit hitzigen Lumpen am Klostertor stehen und schreien. Ich weich jäh zurück, find die Fleischergass, find die Ochsenzung, lauf zum Haus des Zwergkleinen, ich lös die beiden bewehrten Knechte vor der geschlossenen Stubentür. Der Ketzer brüllt, ich stürm hinein. Der Vater der Abtrünnigen zürnt, Melanchthon sitzt ihm wie ein gepeinigt Büßer gegenüber.

»... der tolle Hund, will's ihm doch endlich eingehen, dass die Kündigung ein Ende gefunden, er glaubt, es rieselt aus den Himmelslücken und er muss nur schnappen nach dem Wunderstreu, und's kehrt ein ins Herz der unbetrübliche Glauben. Was ich im Gebein spür, das ist Wortes Wunderkraft und nicht das Gebell des Verhundeten, des Hoden am Boden schleift! Die ver-

borgene Seite Gottes ist ein Übles, wenn wir Christenmänner uns danach strecken.«
»Ich war gar bewegt«, sagt der Gelehrte leis.
»Wovon? Ist List und Trug, wenn er spricht: Bin durch Engelshände gekrönt.«
»Das Banner aufrichten fürs Friedensreich, ist das gottlos?«
»Der Kerl ist ein Tuchknappe, potz Tod«, ruft Luther.
»Sperren wir uns vorm prophetisch Wort?«
»Der Knappe Storch ist ein schwärmerischer Stelzvogel, der mit den Schnäbeln klappert. Er spricht: ›Wär uns die Biblia vor die Füß geschleudert worden vom Vatter im Himmel, wär dies Buch mehr als nur ein Buch.‹ Er spricht: ›Ein inneres Wort ist mir eingegeben.‹ Die Geistbegabten sind mir ein Gräuel, man muss sich hüten vor ihrem Aufruhr, man muss sie zwicken, dass sie aufhören, von Eingebung zu schwätzen. Auf Gesichte geb ich so viel wie auf die brandige Pferdemilz ... Ist das Ochsenzunge in deinen Händen?«
»Frisch und blutig, Meister«, sage ich.

Melanchthon eilt mit der Zung zum Hausschaffner. Dem Ketzer stehen die Haare ab, als hätten sich die Kutschermäuse auf seinem Schädel gerauft. Ich bin die Leibwacht, ich soll's erfahren, er erklärt, was ich in den Gass gespürt und was man ihm erzählt: »Allüberall Unruh, kein Gerücht. Mehr und mehr bricht ein Pöbel ins Gotteshaus, kratzt gemalten Heiligen die Augen aus, schüttet Kuhblut auf die Tafeln.
Ein unheilvoller Gott der Untaten, den wir sehen, ist

in Wahrheit der tätige Gott des Heilsplans. Die Reingewaschenen, die Doppeltäuflinge, die nach Gnadenzeichen lechzen, die das Gottesreich unterm freien Himmel gründen mögen, sie sind Gewürm, kriechend aus schwarzem Schlamm nach dem Blutregen, man muss die Täuflinge und's seherisch Pack niederschlagen, dass die Ordnung wiederkehr, Obrigkeit ordnet, wir gehorchen. Dies ist geschehen durch meine Vermahnung in Zwickau, viel Dutzend räuberische Tuchknappen sind in die Verlies gewiesen. Und der Erzteufel Müntzer, Pfarrer der Katharinenkirch, ward ausgewiesen. Sollt er vor dir stehen, die Hundsfut, rett ihm die Seel durch die Bluttaufe! …«

»Führt er die Sekte der Verzückten?«, sage ich.

»Er sättigt sich an meinem Fleisch, ich werd ihm stecken bleiben im Halse. Du weihst deine Hände dem Herrn, wenn du den Empörer niederschlägst.«

»Wird er herziehen, Meister?«

»Er wagt's nicht.«

»Und tut er's doch?«

»Brechen wir ihm die Zähne«, ruft er, »wir fädeln sie auf zum Paternoster und hängen sie dem Teufel an die Schuppen.«

Der Hausschaffner Johannes bringt zwei dampfende Schüsseln und Krüge und Becher, ich still den Hunger, ich lösch nicht den Brand. Bin ich ein waffentragender Christ, wie mich der Ketzer heißt? Was heiligt einen Mordbuben? Eines Predigers Sprechung, der meinen Heilig Vater den Götzenschnitzer schimpft?

Immerzu geht's um Sünd und Seelenkampf. Die Pfaffen packen Satan an Hornsprossen und speien Heilands Heil in die offene Sauschnauze. Derweil Luther frisst und frisst, verlier ich mich in Grübelei: Steift er die Nacken der falschen Brüder, und wird nicht ein Judas ihn spießen? Wie viel Tage bin ich ihm zugestellt? Glaub ich an den papiernen Christus, und wo weht der Heilig Geist? Kuriere treffen ein und schwärmen aus, es gehen heimlich Briefe an Rat und Hof, an ungenannte Männer, die mir unbekannt, der Ketzer kehrt sich wenig um Schmerzen, er steckt Kraft in knechtisch Arbeit.
Herr Spalatin schuldet mir seit Langem ein Schreiben. Sold bekam ich vom Burgvogt, und aber keine neue Weisung. Bin ich blind worden für kommende Stürme? Der Heckenvogel Lienhardt, der Mönchsjäger Karlstadt, was schnüren sie für Ränzel? Ich hörte die Knechte rufen: »Wider die reichen Junker, die Brot und Pansen teuern. Den Fleischzehnten von Schwein, Schaf, Rind und Gans wollen wir nimmermehr geben.«
Katzen jammern, Gesellen schreien, die Schwärmer locken mit Engelslaute. Ich könnt mich freunden mit ihrer Jesusliebe, aber ich bin ein Feldprediger nicht. Der Rischebach, der die Mühle speist, trennt in Wittenberg Höll und Paradeis. Im mannigfaltig Einerlei muss ich erkennen die Meuchler.

Es poltert ein ungeschlacht Mönch hinein, nach seiner schwarzen Kutte ist er Augustiner. Luther ruft: »Zwilling, was dröhnst du in meinem Kloster!« Er lässt sich von ihm umarmen. Der Mönch dreht sich um und

zuckt zusammen: Ich setz ihm die Schwertspitz an die Kehle. Ich sag leis: »Tu's nie wieder, dass du einbrichst, ohn zu klopfen.«
»Plag ihn nicht, Krieger, er ist mein Evangelist.«
»Ich hau ihm den Schädel in zwo Stücke«, ruf ich, »er soll sich betragen.«
»Wer bist du?«, sagt Zwilling.
»Bin katholisch, steh und wanke nicht.«
Ihm quellen die Augen aus den Höhlen, der Ketzervater lacht, bis er fast erstickt, und da ich zur teutschen Maulschelle aushol, hebt er wehrend die Hand. Nach zwei Schlucken stellt er mich heiser als seinen harten Ausweider vor, der anhängt dem alten Brauch.
Zwilling wartet, dass mich der Teufel spaltet, und da es nicht geschieht, spricht er von seinen Taten: Er hat durch gut Einreden fünfzehn Mönche zum Ausbruch aus den Klosterzellen bewegt. Das Gelübde, weiblos zu leben, sei von Gott nicht auferlegt. Auch die Messe wird nicht gelesen noch gesungen. Nicht selig, aber morsch wird er in der Kapuze.
Ich schau mir den Schalksnarren strenger an. Was ich für eine Mönchskutte hielt, ist ein löchrig Gehrock. Was ich fürs Glühen und zornig Kneifen hielt, ist eine dunkle Höhl, an die er gelegentlich das Schneuztuch drückt.
»Prior Held widersteht uns«, ruft er, »er will die gewöhnlichen Gebräuche beibehalten.«
»Das ist mir ein wilder Springtanz«, sagt Luther leis.
»Gärung der Gemüter, Rupfen und Rasen, es weht ein recht evangelisch Geist. Jeden, der an der alten Feier des Sakraments haftet, trifft das Anathem.«

»Guter Mann Zwilling, sind die Zwickauer Zungenredner Besessene, oder sind ihre Geister aus Gott?«
»Matthäus, Kapitel dreiundzwanzig, Vers dreizehn«, sagt der Abtrünnige. »Weh euch Schriftgelehrten und Pharisäern, ihr Heuchler, die ihr das Himmelreich zuschließt für den Menschen. Ihr kommt nicht hinein, und die hineinwollen, lasset ihr nicht hineingehen.«
»Amen, ein zweifach Amen. Möchtest du mir aber Antwort geben?«
»Du prüfst mich?«
»Du nimmst das Evangelio gar fleischlich«, sagt der Ketzer, »allein bei Gott ist Rat.«
Ich blick auf sein Handgelenk: Der Schorf von der Bisswund ist abgefallen. Hier in seiner Stadt drängt er ran mit Fleiß, Hund Satan quält ihn nicht, er wird im Eck stinken bis zum nächsten Ansprung.
Der Ketzer ist der ordnende Obere, er züchtigt seine Haufen; er befiehlt: »Über die ganze bewohnte Welt muss Christus herrschen, ruft Jesu Namen in den Wind, ritzt seinen Namen in jeden Grenzstein. Wir sind Lichtputzer, stutzt den Docht, dass das Wachs nicht ruße!«
Seine Rott aus Doktoren und Professoren mögen sein der Docht, doch Feuer sind sie nicht. Vor dem Hass der Lumpen sind diese Herren nicht gefeit.
Melanchthon träumt: Ein brennend Wagenrad steht am Himmel. Ist seine Natur entzweit ins Böse und ins Gute? Er sprach: »Nicht den Geist dämpfen und nicht den Leib ausdorren.« Es sind die Worte eines Gelehrten, der sich zum Gottesmann gewandelt. Ist er ein sicherer Wegweiser? Sein Eheweib träumt im Wachen: Sie gibt

ein paar Körner in die Milch, dass sie die Hexe nicht durch Anhauch verkrüppele. Sie träumt: Bald sind zwei Lichter am Himmel, Sonn und Mond. Die Zeichen der Endzeit, sie häufen sich. Eine Magd, die sich vor den Toren aufhielt, um Kraut zu zupfen, ward vom Blitz getroffen. Ein hexendes Weib im Grabe, das man auf Ratsbeschluss öffnete, hat das Leichentuch durch Mund und Schlund gezogen. Die Armen und Seuchentoten auf dem Friedhof des Heilig Geist Hospitals vorm Elstertor heulen in der Erde, und die Wächter stopfen Fetzen in die Ohren, dass die gellenden Schreie sie nicht zermartern.
Ich traf einen oft vermahnten Tollkopf mit Laubgewinde an Scham und Podex. Er zählte die Regentropfen, verzählte sich und fing von Neuem an, auch als längst das Wasser vom Himmel versiegt war.
Nun spricht Luther: »Wer sagt, es gäbe der ungereimten Stellen viele in der Schrift, dem sage ich: Man kann sie lesen im rechten Glauben, denn sie ist nicht ein poussierliches Poetenstück, keine Fibel zum besseren Frommen, sie ist unser aller Sittenkleid.« Er scheucht den Einäugigen aus der Kammer, er ruft ihm hinterher: »Keiner rede mir in Wittenberg: Ich hätt mich auch gewärmt, aber ich konnte nicht zum Ofen kommen!«

Er möcht Runen kratzen, ich wache bei ihm. Mal schnauft er auf vor Eifer, mal flucht er die stumpfschädligen teutschen Teufel, die nur Schwachbier einsaufen in den Wanst, der übern Gürtel heruntersackt wie der Hängebauch einer trächtigen Sau. Er möcht mir wohlig

Grunzer entlocken, ich aber bin der Knecht, der dient. Der durch Fensterlöcher starrt, in Erwartung des Feindes in der Nähe. Wer könnt das sein? Da ich seine Evangelisten reihum kenn, fürcht ich den Anschlag eines Gottesfreunds.

Im dräuenden Dämmer wirft der Ketzer die Schreibfeder hin, legt an den Überrock, stülpt über das Barett, schnürt zu den Wams. Es ist die Stunde der Schelte, er hat's mir verraten: Eine verwitwet Bürgersfrau nimmt Studenten auf und ist ihnen Bettgenossin. Anwohnende Bürger haben's Melanchthon bekannt gegeben, und er bat Luther um Einspruch. »Wir geraten in schlechte Gesellschaft«, wispert der Ketzer.
Vor der Stadtkirche bleibt er stehen, zeigt hoch zum Relief: »An der Sau saugende Juden, der Rabbi hebt den Pürzel der Wildsau und bläst in den aufgerissenen After. »Die Juden haben Heiland ans Kreuz geschlagen, und kein Christ wird's vergessen, und der Herr wird nicht vergessen bis zum Endtag, da die Seelen erwachen.«
»Ist verkehrt, Meister«, sage ich.
»Apostel Johannes nennt die Juden Teufelsbrut«, sagt er.
»Ein Jud schimpft über Juden. Ich bin umstellt von Christen, ich schimpf über meinesgleichen.«
»Du bist mild wie ein Humanist«, ruft er.
»Wer hat dich verraten?«, sage ich zornig. »Jeden Tag verkündest du die Untat: Der Papst, mein Heilig Vater, würgt dich. Lass ab.«
»Acht darauf, dass du nicht verböst!«

Der sturste Ochs, den ich kenn, das ist Luther. Ich hätt nicht übel Lust, den Eifer des engelsgekrönten Zwickauers anzufachen. Ich bleib an der Seite des Ketzers. Die Leute treiben an uns vorbei, er wird für einen Junker gehalten, ich lass die Vorsicht nicht fahren.

Wir streben zur Nordmauer, es wird trüber und trüber, verderbte Kerle in den Schatten, Säu und Ferkel, die Schlick fressen. Luther pocht an die Tür des Sündhauses, ich blick hoch zum Fenster, ein prächtiges Lotterweib mustert den hohen Herrn, es denkt wohl an die Geschäfte. Ihre Magd schließt uns auf, wir folgen ihr in den zweiten Stock. Ich stock beim Anblick: Ein verschnürtes enthülltes Weib, der Leibrock ist unterm Busen gegürtet, der Halsausschnitt reicht bis zu den Achseln.

Luther ruft voller Grimm: »Leg an den Busenschleier, bedeck das Teufelsfenster!«

Das Weib erbleicht, es tut zu meinem Verdruss wie geheißen.

»Ich wusste dich tot und abgestochen. Bist du ein wiedergehender Toter?«

»Bin aus Fleisch und Geist, Frau.«
»Daraus ist auch dein Gesell gemacht«, sagt sie und lächelt nicht.
»Ich komme, den Wollustteufel zu vertreiben.«
»Ihr habt's gehört.«
»Das habe ich«, ruft Luther, »hast du keine Seele?«
»Sie fliegt dir zu, mein Herr Luther«, sagt sie leis.
»Du treibst eine üble Büberei.«
»Ja, Herr«, wispert sie und wird fahler im Gesicht.
»Welche Strafe steht auf die Sünd des Kebsweibs?«
»Gern empfang ich die Disziplin durch deine Hand, Herr.«
»Was?«
»Ich biet mich an, dass du mich mit der Rute stäupst. Schlag mir die Sünden aus.«
»Tu es, Meister«, sage ich.
»Du schweigst still!«, ruft er, »Weib, ich ermahn dich streng. Was du heimlich tust im Dunkeln, das sieht unser aller Herr. Willst Ihn betrügen?«
»Niemals, Herr«, sagt sie.
»Dann kehr um. Dann werd ehrbar. Sonst wird man dich zerschlagen. Ich mahn nicht ein zwotes Mal.«
Sie gelobt Besserung, sie möcht ihm die Hand küssen, der Ketzervater stürmt aus der Kammer, in der er erstickt in den teuflischen Dämpfen. Ich starr ihr auf die Zitzen, sie blickt mich an, ich lauf ihr weg.
In der Gass ruft Luther: »Wenn alles knacken sollt, wenn man zu Wittenberg die Ehe bricht, hörte man vor lauter Geprassel seine eigenen Worte nicht!«
Meister Martinus tadelt, Frater Luther mahnt: »Die Bei-

schläferin, vor Augen süß, zur Rücken bitter, treibt dem Manne den Teufel ein.« Seltsam ist's, dass er wie die Pfaffen meiner Kirche eifert. Die Schrift ist ihm härenes Gewand am Leib. Er hasst das Nachtgassieren, Lumpen treiben sich herum, Fatznarren mit krummen Gebärden, es reizt sie alles an, zu zernichten.

Auf dem Markt seh ich junge Kerle in geschlitzten Pluderhosen und Hemden mit weiten Sackärmeln. Sind's Landsknecht oder Hurentreiber? Nach scharfem Schauen entdeck ich, es sind Studenten in Geckentracht. Die vier Führer der Rotte halten Larven vors Gesicht, Wildsauhauer ragen aus den Mundwinkeln, sie treiben Buben vor sich her, die sich Schlappohren aufgesetzt haben.

»Was ist das für ein Mummenschanz, Meister?«

»Ich wünschte, es gäbe jetzt ein Dutzend Krieger deiner Kraft, die dies Pack zum Bluten bringen.«

»Feiern sie ein Fest?«

»Ihr feierlich Brauch ist des Teufels«, ruft er.

»Verrat mir, was sie tun.«

»Sie begehen die Aufnahmeweihe. Die Neulinge müssen sich fügen.«

»Der Rat duldet's?«

»Die Seelen schlafen«, sagt er, »sie werden erwachen. Bald komm ich übers Gesindel.«

Aufs Geheiß der Führer stellen sich die Buben auf im Kreis und grunzen. Dass Esel Laute geben wie die Säue, ich versteh's als Verkehrtheit. Die maskierten Menschentiere kauern am Boden, ein Student schlägt sie mit der Rute und streicht ihnen Wagenschmier in die Fratze, er ruft: »Ihr seid geschliffen und gesalbt!« Die Esel fressen eine Handvoll Salz, wer nicht zu Willen ist, bekommt einen Backenstreich. »Lügenhafte Geister, Blutschänder.« Der Ketzer poltert. Der Ketzer schäumt wider den Übelstand, wider das unehrliche Wirken der Studenten, die ihrer Mannheit die Fesseln gelöst haben. »Satan liebt und leckt sie, man müsste die Buben der Brunst absondern, dass die christlich Hausehre nicht Schaden nimmt, die Lotterbuben nehmen Liebchen und entrichten den Liebessold, sie besteigen Fenster, um ehrbare Töchter im Stande der Unschuld zu schänden und zu schinden, sie warten den Wäscherinnen und Mägden auf, sie sagen ihnen die Ehe zu und schwängern die polierten Mädchen mit den langen Schürzen. Und da wählt ein solches Mädchen, das zu Fall gekommen, die Tötung der Frucht und verglüht mit Holzpupp im Arm in brennend Scheitern, oder das Mädchen steht in schlechtem Kredit und bietet den brunzigen Brunstbuben seine Dienste an, die halbe Studentenschaft und noch mehr hat Franzosen an den Lenden, auf diese Art wird's fromme Volk siech, da kann der gnädige Fürst noch so oft ins Heilige Land reisen und tot Geripp als Heiltum häufen. Dass wir ihm ein einzig Heiligtum spenden, sieht er nicht, auf Besserung dies Gelichters verwend ich keine Müh.«

Was ist er spröd und muckerig, was ist er für ein kalter Pfaff. Ich war niemals was anderes als Gesindel, als ein frauentoller Kerl. Und also bin ich in Luthers Neu Jeru-

salem verworfen. Mir leuchtet's Gotteswort in seltenen Stunden. Ich fleh nicht um die Verhütung kommender Gräuel, ich kann nichts wirken. Der papierne Christus der Gelehrten und der geschnitzte Christus meiner Kirch sind mir Schatten. Ich spreche nicht zum heiligen Holz, ich spreche nicht nach die gedruckten Staben. Ich sah viele Protze schwellen und schwellen, bis sie platzten nach dem Spießstich. Die Buben in Geckentracht zerschlag ich gern, ich wär mit Eifer Abdecker im Namen des Ketzervaters. Er aber will Gottes Geleit. Er aber möcht alle Lust dem Teufel schenken. Ihm ist der Mannsteil unter der Schamkapsel Satans Flicken.
Ich drück ihn aus der Menschenmenge seitwärts in die Gassen, er strebt zum Kloster der Augustiner, um sein Werk zu verrichten.

Es wird uns aufgetan vom stillen Mönch, den der Ketzer bittet, einen Junker und seinen Gesellen beim Oberen zu melden. Wir warten im steinernen Gelass, wir warten, bis der Mönch wiederkehrt. Er führt uns durchs kahle Haus, die Schritte hallen in den Gängen.
Als wir eintreten in eine große Kammer, hält Luther inne, dann aber, als hätt ich ihm mächtigen Stoß versetzt, läuft er zum hageren Oberen, beugt das Haupt, küsst ihm die Hand, tritt zurück.
»Trotz der Maske erkenn ich dich«, wispert der Prior.
»Ich bin's, Herr«, sagt der Ketzer.
»Wer ist der Kriegsknecht?«
»Treuer Diener meiner wahren Kirche«, rufe ich.

»Du schützest einen Abtrünnigen«, sagt er, »bist du wirklich katholischen Geistes?«
»Ich kann's verbürgen«, sagt der Ketzer, »das alt Brauchtum ist ihm heilig.«
»Alt? Bist du neu erschaffen, Martinus? Bist du der zweite erste Mann seit Adam?«
»Herr, lass uns einander nicht versuchen.«
»Noch brennt in mir die Liebe für dich«, wispert der Prior, »sonst hätt ich deinen Geruch der Häresie mit Weihrauch vertrieben ... Dein Räuberbart verdrießt mich.«
Fast hätt ich gerufen: »Verdrießen dich auch der bärtige Heiland und die bärtigen Jünger? Verdrießen dich die Heiligen der ersten Tage, die das Heil streuten unter die blank geschorenen Heiden?« Dieser Pfaff ist ans Züchtigen gewohnt, wie's meine Ahnherren waren. Alle Welt soll ihm sein untertan, und seine Welt ist die der eingeschlossenen Klostergenossen.
Er blickt mit harten Augen, als wollt er dem Mönch Luther die Unsauberkeit vertreiben.
»Dein Diener Zwilling hat ehrlos gewirkt«, sagt er.
»Er dient mir nicht, Herr.«
»Wem dient er dann, Martinus?«
»Unserem Christus«, sagt der Ketzer leis.
»Die Lobgesänge Gottes sind verstummt«, schreit der Prior, »wen bet ich an, wenn nicht den allmächtigen Gott?«
Wir schweigen.
»Hörst du die dröhnende Stille? Ich muss sie aushalten. Das Kloster ist uns zum Kerker geraten. Fiel der Türck

ein und hat uns ausgesperrt? Wer hat mir die Wund geschlagen, dass ich blute?«

»Ich war's«, wispert Luther.

»Du bist es. Der Acker trägt mir Dorn und Disteln. Wir sind der Anfang, du bist der Nachkömmling.«

»Ich bin in Rom gewesen, Herr. Dort verschachern sie das Heil und nennen's Segensreichung.«

»Tu ich das auch, Martinus?«

»Nein, du tust es nicht.«

»Schimpfst du mich auch Römling hinter meinem Rücken?«

»Niemals.«

»Du hast eine üble Neuheit in Übung gebracht«, sagt der Prior, »bist du frohen Sinnes, da uns der Pöbel steinigt? Die Antoniter, die Franziskaner, die Augustiner, all den Mönchen ist das Kloster zur Schanz geworden. Die Wittenberger schimpfen uns Antichristen. Freut es dein Ketzerherz?«

»Unzählbar sind die Sünden des Papstes«, ruft Luther.

»Schweig still! Kamst du, um mein Elend zu bestaunen?«

»Ich missbillige den Aufruhr. Ich werd ein Ende wirken, Herr.«

»Ich staune über deine Macht. Ist's die Kunst, Wind auf Flaschen zu ziehen?«

Er züchtigt den Mönch, er speit giftig Wort wider das Ketzernest Wittenberg, wider's Teufelsgespenst, das, aus Unterschlupfen gekrochen, von alters gebräuchlich Sitten zernage, das wolle er Martinus als Sünde anrechnen, tumultuarisch, unrein, ungeprüft sei dies Götzen-

zeug, dem die Hetzhund anhingen. Wer die allein seligmachende Kirch verschimpfe, verschimpfe sein eignes Angesicht; wer in Kampfschriften den Heiligen Vater als Antichrist verunehre, kleide sich in Gottheit, man müsst jeden Ketzer wie das Kind unter der Ruten halten, man müsst ihn prüfen mit scharfer Barmherzigkeit, dass er heimkehre zu Christi Behausung, denn in unsrer Dienstbarkeit sehe der Herr ein gutes Zeichen ...
Der Blinde erklärt die Farben. Der Blinde kann jäh sehen, er sieht in mir und Luther zwei Abscheulichkeiten. Er ruft: »Zurück zum Knochen, dem Knochen ist jede Lust entfahren! ...«
Versinkende Welt, stürzende Kolosse, man stößt sie um, und die Diener stehen bei den Scherben und peitschen das Volk, dass es sich verneige vor dem toten Ton.
Luther rauscht aus der Kammer. Ich küss die Hand des Pfaffen nicht, ich rausch hinterher. »Je näher bei Rom, je schlechter der Christ«, wispert er vorm Klostertor, »das meint ich früher. Jetzt weiß ich, der Beelzebub zu Babel hat allüberall seine Getreuen, diese römisch Kirch ist die übelste Ketzerei, ist die Kirch des Judas, ist nicht die Kirch Jesu. Und doch, Zwilling muss sich mäßigen.«

Im Haus des Ketzers von Amsdorf, in dem der Zwergengelehrte wohnt, bestürmt mich das Gesinde mit Fragen: »Fahren dir Ketzereien aus, und wes Herkommens sind sie?« Ich möcht wenig Mitteilung machen, ich verrat nur, dass ich Kämpfe gefochten auf der Seite Luthers. Sie lieben ihn als Heiligen.
Und er spricht: »In Worten meines Volkes will ich schreiben.«
Die Magd, der Knecht, die Ratsherrn; sie schauen hoch zu ihm.
Er schaut hoch zur höchsten Klippe und zur höchsten Sonn, die da sind Gott und Heiland.

Sie sitzen wieder bei Tisch: Ketzervater, Melanchthon, von Amsdorf, der gebrannte Kerl Karlstadt, sie tun sich hungrig eingedörrte Äpfel, eingesäuerten Kohl, Fleisch mit Zugemüse. Sie reden Theologie: »Sollt man die gesegnet Abendmahlstücke heben und zeigen wie die Papisten? Sollt man hangen an der lateinisch Messe?«

Der Gebrannte ist ungestüm, er möcht sich nicht bedenken, allein Gott muss geehrt werden, allein sein Name gerufen, nach dem Sündenfall ist der Mensch verhässlicht, das fleischlich Kultbild darf keinen Platz finden im Gotteshaus, der Papst sagt: Die Bildnisse sind die Bücher der Laien. Aber Paulus lehrt, wir sollen fliehen vor der Ehrerbietung der Bildnisse, wir kennen Christus nicht nach dem Fleisch, wir kennen ihn nach dem Geist, weh dem, der zum Holz spricht.
»Und wie verfährst du mit Jesus am Kreuz?«, sagt von Amsdorf.
»Das ist mir ein betrüglich Ding, geschnitzt und gemalt.«
»Heilands Stunde der Qual nennst du Trug?«
»Gottes Wort ist licht, ich blend mich nicht mit Kerze und Kniefall.«
»Scheid uns Recht von Falsch«, sagt Melanchthon zum Ketzer.
»Dass man mich aus der Schrift heraus mit kräftigen Wort widerlege, das hab ich immerzu gefordert, das forder ich, wenn wir Neuerung einbringen. Der Teufel verwelscht uns. Der Römling verwelscht uns, wir müssen abtun Prunk und stinkend Pansen.«
»Also?«
»Also das Kreuz allein«, sagt Luther.
»Der Herr segne dich«, ruft Karlstadt.
»Dich und jeden Evangelisten. Aber die Schwachen sollst du unverführt lassen.«
»Das tu ich, bei meiner Seele.«

»Nie wieder lügst du mir mit hohem Schwur!«, schreit der Ketzer. »Ist denn die Glocke gegossen? Was plagst du mir die Mönch?!«
Sie streiten sich ums erträglich Maß, ums Gemüt des gemeinen Mannes, bei dem's untunlich sei, mit grobem Gerät zu bekehren, man setze auf die gütlich Übereinkunft, man brause nicht mit stumpfem Richtschwert in Händen und trotze ihnen nicht das Sündenbekenntnis, man halte sich von Raufhändeln fern. Melanchthon nickt und nickt, als verdolmetsche ihm Luther Gottes Majestät.
Ich übergeb den zwei Knechten die Wache, ich möcht im Dunkeln streifen und Fährlichkeiten wittern.

Eiskalte Winde, Zapfen fallen und zerschellen laut auf dem gefrorenen Schlamm. Wird der vermummte Feind auf besseren Anlass sinnen?
Ich seh Antoniter hinterm Totenkarren laufen, sie werden vorm Elstertor für die Seele eines Knechts beten. Ich weich in die nahen Gassen, spür nicht Feindes Leib und Atem, streune im Dunkeln und steh bald vorm Haus des schönen Weibs. Der Ketzer lehrt, dass die Dirn ein Unratsbehältnis sei, der Eifer ist verfehlt.
Als mich die Magd zur Herrin führt, sticht mich kurz der Sündenschmerz. Als sie die Tür hinter mir zuklinkt, ist die Sünde vergessen. Sie liest mir im Schädel, sie sagt: »Willst du ein sündiges Stündchen bei mir liegen?« Es geht nicht zu wie beim Eisenacher Hürlein, ich soll hauseigene Sitten achten, sie reicht mir den vollen Becher, ich schmecke verdünnten Wein.

»Hat Herr Luther außer Strenge noch anderen Wesenszug?«, sagt sie.
»Von Tüftelei hält er nichts«, sage ich.
»Wirkt er Wunder?«
»Dass sich alle Welt erhebt ist wundersam.«
»Ist er vom Sinn her noch ein Klosterbruder?«
»Er lebt keusch«, sage ich.
»Hält er welsche Hochzeit?«
»Was?«
»Neigt er zur Knabenliebe?«, sagt sie.
»Auf diesen Schimpf setzt es bei den Kerlen Schläge«, rufe ich, »nie wieder sprichst du mir den ehrbaren Mann schändlich!«
»Ich versprech's. Verzeih ... Mir wurd zugetragen, dass ihr im grauen Kloster gewesen.«
»Wer war's?«, sage ich kalt.
»Alle Mauern haben Augen. Die keuschen Genossen, nicht nur hier in der seligen Stadt, allüberall, aber nicht jeder Mönch ...«
»Sprich weiter, Weib.«
»Was geschieht, da man Feuer zum Stroh legt?«
»Es brennt.«
»Es brennt lichterloh«, sagt sie, »der Pfaffen Liebesrüstigkeit ist ohne Tadel. Sie sprechen: Um meiner Keuschheit willen lass ich der Buhl ihren Willen und lass sie mir vom Herrgott unterlegen.«
»Ich kenn die Heuchler«, sage ich.
»Sie sprechen: Gefüllte Schnürbrust ist ein gut Gericht.«
»Die Pfaffen kommen her, Geilheit zu löschen?«

»Sie sprechen: Ich möcht das Jucken stillen und die Magd spicken.«

Die feine Hur erzählt: Ist die Unzucht unentfliehbar? Reizen sie und ihre Magd die Gottesmänner zur Unzucht? Ist ein Pfaff, weil er Pfaff ist, ein verhurter Fleischbengel?

Die Ehrlichen, die Tisch und Bett mit einem Weibe teilen, sie hätten's gern, dass allein die Studenten die Hurenböcke sind, die die Dirnen gebrauchen. Und auch der strenge Herr Luther würd in seiner Tugend nicht all die Verstecke kennen: In den drei Ständen ward das Weibstum in der Tageshelle verachtet und in den Nächten hitzig benutzt. Wär ein Weib nur die redend Rippe und vom Segen ausgeschlossen? Hätt das Weib neun Häute und müsst man acht herunterdreschen?

Sie nimmt einen großen Schluck und spricht: »Willst mir das geile Fleisch geißeln?«

Ich öffne die Haken, ich lös die Nesteln, sie verwehrt mir den feuchten Kuss, sie möcht erst die Münzen zählen. Ich geb ihr den Sold.

Da aber wehrt sie mir auch die Hände ab, sie legt mich auf den Rücken, bin ich ein Schleppsack, den sie in die Ecken packt, ich darf nicht fassen und nicht greifen, sie rafft den Rock und setzt sich auf meine nackten Leisten, ihr Haar wischt über die Kopfpolster, und als sie mich zucken spürt, weicht sie von meinem Leib.

Ich sage: »Noch ergieß ich mich nicht.« Sie möcht mich besteigen, da hör ich Schreie und Splittern von der Gasse.

Ich spring jäh auf, zück den Katzbalger, leg ihn kurz ab, um in Rock und Beinlinge zu steigen, dann stürm ich die Stiegen herunter. Die Lumpen sind eingebrochen, sie reißen der Magd das Kleid in Fetzen, sie schlagen sie heftig auf die Scham.
Der erste Lump geht vom Schlag auf die Schläfe zu Boden, den zwoten streck ich nieder mit geknirschter Nas, der dritte Kerl spuckt nach einem Knaufhieb tüchtig Zähne aus, ich treib die Saunarren vor mich her, und als sie merken, dass ich nicht lahme im Ungestüm, zerstreut sich's fromm Gesindel.
Ich flieh in die Nacht, ich lauf in den Wind, ich eil, ohne zu verschnaufen, zur Glaubensfeste des Ketzers.

Luther ist entzweigerissen, die freie Luft tat ihm wohl, und nun drückt die Galle, die Leibfäule schlief, und nun kratzen die Schmerzen. Ich stell mich an seine hochgelegte Schütt, die Knechte wachen. Melanchthon, Mohrenkönig Tilman und der Ochs Bugenhagen wachen.
Die Magd streicht den Wurzwisch, mit dem sie den Tau der Roggen gesammelt, über die Schwelle: Es wird kein Dämon eindringen.
»Meister«, sage ich, »mit mir bist du verloren, und ohne mich bist du verloren.« Er schaut hoch und wispert: »Abessinischer Himmel, durchleuchtet von Gott, geschändet von Satan, lass mein Herz nicht verstocken, Herr, ich strecke Dir mein' Hals hin …«
Er ist bleich und an den Händen ausgesogen, als hätt man ihm die Därme aus dem Leib gehaspelt.
Er wispert: »Bald werden die Sterne verlöschen.«

»Endtag ist fern«, sage ich.
»Hörst du's, Krieger?«
»Was?«
»Es schabt. Es dringt ein.«
»Wer?«
»Der ewige Feind.«
»Dann trauen wir dem ewigen Freund«, sage ich.
»Amen ... Du riechst nach Weib und Rauferei«, sagt er.
»Deine Worte, Meister, wirken aufs Gemüt des Volkes.«
»Zerschlagen die Kerle Kapellen?«, sagt Melanchthon heftig.
»Sie dringen in Weiberhaushalte ein«, sage ich.
»Du sprichst von der sündigen Dirn«, ruft Luther, »groß ist dieses Weibes Schuld!«
»Ist's recht, dass man sie in deinem Namen totschlägt, Meister?«
»Das ist Tollheit, das gibt Ärgernis.«

Nun reden sie über Eva, die Mutter der Sünde, und ihre Töchter, die zum Dienst am Heiligen untauglich seien: Das Weib ist kein vollgültiger Mann, es klappert schwatzhaft und muss wahnhaft widersprechen. Frauenzopf ist kein Männerbart, Frauenseele ist Viertel von der Männerseele. Es steht der Frau nicht zu die Gottbegnadung, denn der Mann erbt die Sünde des ersten Menschenvaters trotz Heilands Marter ...
Ich könnt Einwendung machen, dass sie alle nichtig und unnennbar wären, hätten Frauen sie nicht geboren. Was denkt die Magd, die hinter uns Segen in die Kammer wischt? Was denkt das Eheweib des Zwergenge-

lehrten, da die Kerle wider die Frauen bellen? Was schwätzen die Ketzer wie Pfaffen meiner Kirche über Weiberzähmung? Man müsst jeden Hengst zum Wallach machen, dann hätten die Frauen Ruh.
Tilman sagt: »Es ist für uns keine Ehre, dass Herr Luthers Leibwacht im Sündenhaus verkehrt.«
»Scher dich nicht drum«, rufe ich.
»Du hurst und besudelst unsere Namen.«
»Nimmt deine Keuschheit deshalb Schaden?«
»Unser Herr Luther mahnt, dass an der Dirn Dutzend Sünden haften. Einen Hurenbock dulden wir nicht.«
»Ich trenn dir den Lustknochen ab«, sage ich laut, »dann lebst du keusch dein Leben lang.«
»Ruhig«, sagt der Ketzervater und schlägt die Decke zurück, »Gott erhellt jedem den Weg … Es hungert mich, ich möcht saftig Fleisch malmen.«
Melanchthon und Mohrenkönig stützen ihn, die Magd hält ihm die volle Waschschüssel hin, dass er sich erfrische. Ich schau sie an, sie schlägt die Aug hastig nieder.

Ich lass die Evangelisten am Tisch über Errettung schwätzen, ich such und find die Magd an der Hinterseite des Hauses, sie trägt den Unratkübel zur kleinen Grube. Ich zerr sie in die Finsternis, halt ihr den Mund zu.
»Weib, ich rupf dich blutig, wenn du schreist. Ich tu dir kein' Harm an, ich will fragen … Du kennst mich?«
»Nein, Herr.«
»Bin kein Herr. Bin ein rechter Landsknecht gewesen. Du kennst mich.«

»Du wachst über unsern Herrn Luther.«
»Das tu ich«, sage ich, »und ich erspür's Unheil.«
»Gott sind wir anbefohlen«, wispert sie.
»Was fürchtest du?«
»Lass mich.«
»Ich nehm dich aus dem Leben, Weib, das ist mir ein Kleines. Welches Geheimnis hütest du?«
»Nichts.«
Ich zieh das Eisen, zerschneid ihr den Leibrock am Busen, ergreif die rechte Zitze und setz die Schwertspitze an die helle Warze, ich dräng mich an ihr Ohr heran und zisch, dass ich beide Warzen zerschneid und die Scham zerreiß, wenn sie weiter widerspenstig bleibt.
»Der junge Herr Lienhardt«, ruft sie voller Furcht.
»Ich kenn ihn.«
»Er ist bös ... Lass mich, bitte.«
»Bald bist du befreit. Red von diesem Kerl.«
»Er hat heimlich mit einem anderen Mann gesprochen.«
»Wer ist's?«, sage ich.
»Den sah ich das erste Mal«, sagt sie.
»Gut. Was hatten sie zu sprechen?«
»Der Herr Luther, der betrügt die Leute, der ist nicht im wahren Bibelwort ...«
»Wer sprach's?«
»Der Fremde ... Der jung Herr Lienhardt hat was versprochen.«
»Was? ... Weib, gleich nehm ich mir Stück vom Fleisch!«
»Er hat den Tod unsres Herrn Luther versprochen.«
»Ist das wahr? Schwör auf deine Seel!«
Ich hör ihren Schwur und lass von ihr ab. Sie hätt den

vollen Kübel über mich leeren und ins Haus laufen können, sie tat's nicht, weil sie mir Gräuel zutraut. Ich lob sie für die tapferen Worte, ich lob sie für die vollen Zitzen, sie speit mir in die Lustfratz, drückt die blanke Brust in den Leibrock.

Um die mitternächtige Stunde such ich nach dem Judas. Als wüsste er, dass ich seinen Verrat gerochen, bleibt er unsichtbar, obwohl ich im Gewittersturm in vielen Verstecken stocher. Ich will diese Leichenseele ausfegen mit eiserner Rute.

Wind weht vom Schlachthaus Todgestank herüber, ich riech's mit närrischer Lust.

Spät ist's und doch brennen im Haus die Lichter: Der Ketzer sitzt mit gekämmtem Haar und Bart, dass ein hoher Herr von ihm ein Bildnis mache.

Der Zwergenkleine stellt uns vor: »Leibschutz des Evangelisten. Herr Cranach, Gottbegabter, Maler, Händler von Heilarzneien.«

Luther kaut Katzenminze aus seiner Apotheke, er soll die Zorneskraft wieder erhalten.

Ich blick dem Maler über die Schulter aufs Papier: Junker Georgen, in Kohle gestrichen, der Herr meint's gut mit ihm, das Speckkinn tilgt er dem Mönch.

Ich blick durch die Fensterlöcher hinaus in die Finsternisse, ich hör's hinter meinem Rücken kratzen, da grollt

der Ketzer: »Sie scheißen aus der Nas und rotzen aus dem Arsch, das nennen sie Brauch, der tausend Jahr gehalten, und da ich aber das Verkehrte verkehr und's Recht und Billige richte, schreien mich die Römlinge als ketzerischen Prachtscheißer aus ...«
Cranach wird heftig geschüttelt, er muss das Bildnis aus der Hand legen. Melanchthon nickt und nickt, er ist froh über die eigne Seligkeit.
»Was gibt's an Neuzeitungen?«, ruft der Mönch.
»Hier bin ich neu. Hierher möcht ich nicht wiederkehren«, sage ich.
»Die stockdunklen Winternächte sind nicht zu ertragen«, sagt Cranach.
»Das ist's nicht, Herr.«
»Plagt dich die Frommheit?«, sagt Luther.
»Es nimmt kein gutes End.«
»Verkenn nicht Gottes günstigen Einfluss. Bist als Krieger gewöhnt an Plänkeleien. In Wittenberg fließt an manchen Tagen Blut, das der Herr nicht annimmt. Und doch rühm ich diese Stadt.«
»Diese Eisentruh«, sage ich, »sie stand bis vor einer Stunde nicht in der Stube.«
»Ich hab sie von meinem Knecht hertragen lassen«, sagt Cranach und blickt streng aufs Kohlebild.
»Zwei Schlösser«, wispert Melanchthon, »zwei Schlüssel, den einen trag ich, den anderen meines Erlösers Zunge Frater Martin.«
»Was wird darin verwahrt, Meister?«
»Die ersten Seiten unseres Heiligen Buchs auf Teutsch«, ruft Luther, »nicht in der Endschrift, noch ist's nur ent-

worfen, noch ist's nicht nach dem wahren Geist gesprochen.«

»Gott führ deine Hand«, sage ich.

Jäh schweigen alle Männer still, sie beschauen mich wie Heiltum, das Wunder wirkt, wie Gebein von Heiligen. Die Evangelisten gehen zur Aussaat, und ich sprech den Segen aus. Hab ich sie im heimlichen Gebet unterbrochen? Hab ich die Berauschung vertrieben? Der Ketzer und der Herr des Hauses, vom Albdruck gequält, von höllisch Zeichen gemartert, sie tun ein Werk, das nicht nur Tagesmeinung ist. Bin ich verworfen, weil ich sie antreib, mir die Staben des Heilands kenntlich zu schreiben?

»Burkhard«, wispert der Mönch, »ich frag dich ins Gesicht: Verrufst du mich als Ketzer?«

»Du bist in deiner Gemeinde, Meister.«

»Bin ich abtrünnig in deinen Augen?«

»Wenn's der Heilig Vater spricht, wird's wahr sein.«

»Entsag dem Antichrist«, sagt Cranach laut, »folg dem Bußruf Christi.«

»Ich pfleg keinen blutschänderischen Umgang, Meister Luther. Und doch behämt ihr mich.«

»Nicht dich. Nicht den Mutterschoß, der dich gebar. Nicht deine Vorväter.«

»Was ist geschehen?«, sage ich.

»Einer unter uns gibt dem Feind Zeichen«, sagt Melanchthon lächelnd.

»Und ihr habt mich im Verdacht?«

»Wir werden nicht überwunden durchs Gerücht, aber durch Ohrenbläser mit Kenntnis.«

Ich trag keine Schuld, dass ich vor ihnen schaudre. Der Gelehrte erzählt: Es wissen die Leute von den Dingen, die in enger Runde gesponnen, und es muss ein jeder geprüft werden auf Reinheit. Die Trennung der Seligen und der Verdammten geschieht schon in dieser Welt, die vor Gott nicht zu scheiden ist von der jenseitigen Erd. Das Himmelreich umgreift das Gleiche und das Ungleiche, das Gerade und das Bucklige. Wer dies nicht erkennt und lebt von Tag zu Tag, der will das Elbwasser mit dem Löffel in eine Grube am Ufer schöpfen. Jede Gegenwehr erlahmt vor dem Herrn.

»Ich acht deine Rede, Gelehrter, was nur willst du mich lehren?«

»Dies ist die Biblia«, sagt er, »legst du die Rechte darauf, und schwörst du bei deinem Seelenheil, dass du unsren Meister nicht verleumdest?«

»Auf meine Seele«, sage ich und lege die Hand aufs Heilige Buch, »Gott ist mein Zeuge.«

»Gott ist sein Zeuge«, wispert Melanchthon und blickt auf den Ketzer.

»Burkhard ist es nicht«, sagt Luther.

»Ich bin unter euch als Einziger katholisch …«

»Weiter!«

»Ich säusel als Einziger unter euch nicht irre Worte. Ich schütz dich vor Stich und Stoß. Und doch, Meister, willst du mich zu den Meuchlern zählen?«

»Auch ich hab geschworen«, sagt er.

»Dass du dich nicht verraten hast?«, rufe ich und lache auf.

»Ich wasche von mir ab den dreifach verbrannten Satan.

Ich meid das Landfremde, dass es mich nicht beflecke. Ich steh trotz Leibzerreißen beim wahren Kreuz.«
»In meine Kirch lässt man dich nimmermehr.«
»Der Herr heilige die Zertrennung«, sagt der Ketzer.
Ich könnt ihm widerreden, doch ich bleib stumm: Ich wurde geprüft, sie wollen mir trauen.

Der hohe Herr Cranach schaut heimlich zu mir herüber. Will er mich als Kirchenkrieger zeichnen? Es lohnt nicht die Müh, es fachte großes Staunen an, wenn die Männer einen Gutgläubigen an der Seite des Ketzervaters wüssten.
Nun sprechen sie über den gebrannten Karlstadt, über den es heißt, dass er als Kindsbalg vier Mägde ausgesaugt hätt. Er würd das Evangelio aussaugen und darüber verzehrt werden, Fluch und Verrat sinnt er nicht, weil ihm die engelsgekrönten Zwickauer einander an Großheit übertreffen möchten, da wollt jeder Prophet Himmelsgründe durchpflügt und güldene Kränze auch aus Mariens Hand empfangen haben, da wollt jeder Schinderknecht jegliche Trübheit gebrannt haben und mit echtem fleischlich Blick Gottschau treiben.
Karlstadt aber wär der Jäger der Bilder, die er zerhacken wolle mit dem Pfriem, Pflöcklinge stoßen in Papstes Herz, das sei dem Hitzgeist ein munterer Kurzweil.
Ich frag sie nach den Propheten aus: »Sind diese Narren in der Stadt?«
Luther kann den Grimm nicht verhehlen, Melanchthon glüht vor Scham. Keiner weiß um die Geschäfte der Gottesfreunde. Keiner möchte's aussprechen, dass er auf der

Fürsten Haufen hofft, der jeden aufrührerischen Leib jubelnd zerschlitzt. Mit Lust würd auch ich die Rotte sengen.

Der Ketzer isst Rosinen, hält gelegentlich beim Malmen inne, bewegt die Lippen wie zum stummen Gebet.
Ich fahr fast aus der Haut, fahrig bin ich und will Vergeltung, ich bitte Melanchthon auf den dunklen Hof, ich bitte ihn, die Magd zu holen.
Sie erzählt ihm die Geschichte, sie muss wieder schwören, auf die Wundmale Jesu, dass sie nicht fabelt. Er scheucht sie ins Haus, er wispert: »Was wird nun geschehen?«
»Ich bin der Bluthund eures Hexenmeisters«, sage ich.
»Verläster ihn nicht.«
»Ja, Herr.«
»Judas hat sich am dreißigsten April am Holunder erhängt.«
»Lienhardt tut's nicht«, sage ich.
»Kennst du ihn gut?«, sagt er.
»Ich kenn die liederlichen Kerle, die im Beginn bei Gott sind, und am Ende beim Schmutz.«
»Geh auf die Jagd«, sagt er lächelnd, »magst die Sau ausbrennen, es reute mich nicht.«
»Ich brauch den Knecht, der's Schwert gut führt.«
»Bring die gestochene Sau her«, ruft er.

Es sind die ersten Stunden des neuen Tages, da wir stürmen. Die Bäume recken sich, die Blätter regnen sich aus. Ich riech die feuchte Erde, ich riech den Achselschweiß zweier Kerle, die zum Judas hasten. Was sprach die Magd zum Gelehrten? Wenn der Wind bläst, muss das Rad sich drehen. Das Korn wird allzeit zermahlen. Der Müller achtet keine Sonntagsheiligung, der Fürst hat's geheißen. An der Mühle trifft sich der Treubrecher oft mit anderen Gesellen. Lügt das Weib mit den vollen Zitzen? Ist es die Lustdirne des üblen Affen, der uns in die Falle lockt?

Ich folge dem Bach, die Finsternis vor den Augen. Leite mich, Herr, lass mich nicht ins Eisen stürzen. Der Knecht betet's Vaterunser, ich bin ihm nicht geheuer, das Dunkel ist ihm nicht geheuer.

Ich steif meinen Nacken, ich zück den Katzbalger. Dort an der Mühle steht die glitschige Kröte, zwo stämmige Kerle lauschen seinen Worten.

Ran ran ran, schrei ich dem Knecht, zehn Schritte später komm ich über die Rotte, ich prall gegen die Kerle, die

mir den Weg versperren, »Judasfreund«, brüll ich, »bald hockst du auf Satans Schoß.«
Die Männer fallen um wie Hafersäcke, die Sau ist in der Mühle verschwunden, ich stoß die Tür heftig an, dass sie einwärts gegen die Wand kracht, ich duck mich und stürz hinein.
Er macht Gepolter, er möcht sich nicht verstecken, er zeigt sich mir sündenstolz und ohne Waffe.
»Landsknecht«, ruft er, »lass ab. Hab mit dir nichts zu schaffen.«
»Was willst du Luther schlachten, Kerl?«
»Wir sind glimmend im Lichte Jesu.«
»Im Arsch des Teufels steckt dein Kopf«, sage ich und rücke näher.
»Der Herr ist die Leuchte«, schreit er. »Mönch Martin, das fettgrindige Tier, möcht uns verderben.«
»Bist bis in die Haarspitz verdorben. Zeig mir die Silberlinge.«
»Wer sollt mich schon kaufen?«
»Deine Propheten«, sage ich.
»Die nicht, Lutherknecht, die ganz sicher nicht.«
»Wo steckt der Müller?«, rufe ich. »Ist er auch Prophetenjünger?«
»Der hat die Mühlsteine ausgehöhlt«, sagt er, »der führt zweierlei Maß, wie du's auch tust.«
»Halt dein geschissenes Maul«, schrei ich.
»Die Bader, Zöllner, Leineweber, Topfkrämer, Schinder, Barbiere und Müller. Die Unehrlichen und die Knecht. Die Hörigen. Die Dirn, die du hast geschwächt. All dies Volk hat dem Mönch geglaubt. Ich hab für ihn geglüht.«

»Da aber schiss dich der Dämon an.«
»Nein«, wispert er, »er hat uns verraten.«
»An wen?«
»An die Fürsten.«
»Wer gibt dir den Judaslohn?«, sage ich. »Wes Knecht bist du worden?«
»Ich besitz nur meine Seele«, sagt er leise und tritt auf mich zu.
Er wehrt sich nicht, da ich ihn umdrehe. Er wehrt sich nicht, da ich seinen Kopf wie auf einem Zapfen mit jähem Ruck zur Seite reiße. Ich lass ihn schlaff zu Boden fallen, stürm hinaus, sehe den Knecht, der mich kalt anstarrt: Die Kerle sind geflohen, er musst nicht mit ihnen raufen, er blickte in die Mühle, er kennt mich nun als Mörder des mordwütigen Gottesfreunds.

Wir nehmen die Leiche in unsere Mitte, weisen uns den ganzen Weg zurück als torkelnde Saufgenossen aus. In der Gelehrtenkammer brennt Licht, Luther kratzt Runen. Den Knecht heiß ich, den Herrn Melanchthon zu holen, und bald tritt der Zwergenkleine auf den dunklen Hof, schaut auf Judas, schaut auf mich.
»Hast ihm die Knochen zerschlagen?«, sagt er.
»Hat er nicht«, ruft der Knecht hinter ihm, »hat ihm's Genick gebrochen. Hab's Krachen gehört.«
»Stimmt das, Burkhard?«
»Ja, Meister«, sage ich.
»Meister Jesus über uns«, wispert er.
»Auf den Schindanger muss die Sau«, rufe ich.
»Nein, dort finden ihn die Abdecker.«

»Hier können wir ihn nicht verscharren.«
»Urban«, sagt er zum Knecht, »du und Kalt, ihr holt euch die Pferde. Bringt die Sau heimlich weg. Werft die Leich ins tiefe Loch. Ich möcht nicht wissen, wo ihr's tut. Das möcht auch kein anderer wissen.«

Bald brechen die Knechte mit dem toten Lienhardt auf. Im Haus halten die Evangelisten Wacht, Melanchthon hat sie herbeigerufen: Ein jeder musste die Hand auf die Biblia legen. Ein jeder schwor auf seine Seele und das wahre Kreuz.
Mohrenkönig Tilman streitet mit dem ochsenköpfigen Bugenhagen. Die Neugläubigen zanken um eine Schriftstelle. Wer erhält Gottes unverdientes Erbarmen? Warum kann der Antichrist seinen Sinn nicht bewegen, zu entdecken, was der alte Feind kennt: Träger der Macht ist der Herr.
Pfaffengerede, ich weich den närrischen Worten, der Gelehrte winkt mich in die Kammer des Ketzers. Er staunt mich an, und als mich sein Schweigen verdrießt, nimmt er einen großen Schluck vom Wein, nässt den Kloß im Schlund.
»Tot«, sagt er.
»Ja, Meister.«
»Er wollt mich wahrlich morden?«
»Das wollt er«, sage ich.
»Ich tat ihm nichts.«
»Dass du wider die heiligen Bräuche wirkst, hat ihm nicht geschadet.«
»Was hat ihn gepeinigt?«

»Du bist ihm nicht wüst genug gewesen«, wispert Melanchthon.
»Kein Römling?«
»Keiner von uns, Meister. Sticht's dich, dass nicht meinesgleichen deinen Leib bekämpft? Kehr zurück zu unserer Kirche, du wirst nur auf den Scheitern lodern. Wirst Fackel sein all deinen Ketzern.«
»Versuch uns nicht, Burkhard«, sagt der Gelehrte leise.
Ich trete hinaus. Für die Pfaffen aller Kutten bin ich nur eine Waffe aus Fleisch. Wer wird mich morgen würgen, da man mich als Mordsbuben brandmarkt? Die Magd und die Knecht schlagen's Kreuz, da sie mich sehen: Ich stinke nach Tod. Der Teufel scheuert die Wege, und ich bin sein Büttel.

An den Herrn Spalatin, den Kurfürstlichen Rat, meinen Bruder im Bunde Christi.

Heiland

hilft. Es ist gekommen ein laufend Feuer in die Fürstenfeste Wittenberg, hat es eine Rotte Hexen verrufen, haben die Mägde Unglücke hereingeweint, die Kinder werfen Hälmlein in den Rischebach und raten Lieb und Neigung, wenn die Strohstück nicht voreinander fliehen. Der abergläubisch Hörige möcht bei Abzehrung eine schwarze Henn an den Kopf binden oder vierblättrig Klee in den Bundschuh drücken.
Ich aber möchte den Kauzruf nicht als Laut aus dem Jenseits deuten, trotzdem ich in schlechte Zustände gerate. Die Sau wühlt Erde auf, da quellen die Würmer, bin ich die Sau, bin ich der Wurm, es wird der Hohepriester zu Rom sagen: Beides, beides und ein schlimmeres Getier. Dir blieb, bei den vielen Freunden, die du hast in dieser Stadt, nicht verborgen mein heimlich Aufenthalt in des kleinen Griechen Haus, unser Christ in Trübsal hat sich den Worten der schwärmerischen Lügner entzogen. Ehre dem Allerhöchsten! Jesu Wort ward fortschwemmend allen Teufelsschmutz.

Uns Evangelisten eint, dass wir bös Gerät außer Gebrauch setzen, es versetzt die hiesigen Leute in üble Laune.
Ich hatte keine gute Unterredung mit meinem Herrn Prior Held, er zankte mich aus, als würd ich noch unter seinem Schwingstock stehen, ich gab ihm meinen Eid, dass ich die hitzblütigen Rottenratten von Schand und Tat wider ihn abhalte. Könnte sich der Herr nur dem Gräuel entschwören, könnt er nur den Unsegen im römischen Götzenhaus fluchen! Steinschwere Sünde lastet auf seinen Achseln, da er allein dienen möcht, es kost mich doch auch Haut und Haar, ein anderer zu werden, als ich gepresst war, zu sein, das ist von hoch oben gewirkt und mir beigemischt.
Haben wir teutsches Volk anhänglich gemacht mit zauberisch besprochenem Gemüll? Es soll die Sau ins Gestell eilen und wir zum Haus des Herrn. Ich gelt als Schreck meiner Todfeinde, das ist recht, mich schreckt in dieser Welt der Verlust Gottes, der Rest ist Narrenwerk. Es jammern mich nicht die Alten, es stürzen mich die Neuen in große Not, da es unter ihnen vor Sehern wimmelt, sie sehen in den Wolken und im Bergesdunst und im prasselnden Sturzregen allerlei Beschlüsse: Sie sehen's als beschlossen an, dass die Himmel sie erwählten. Diese gespenstigen Tier entdecken im Buch Prophezeiung und schwellen und schwellen zur Baalsgestalt, man müsste sie mit Malefizwachs einreiben, ich bin übel berüchtigt, weil ich sie würge mit der Wahrheit: Die Schrift ist Herrschererlass.

Bin nicht taub, der Schwärmer Pfeifton vernehme ich wohl, und ich schrei ihnen an den Hals: Widerlegt mich durch die Schrift, und ich streit für eure Ding, meine Wort sind von Gott, ihr werdet sie nicht dämpfen können. In den Seitengässchen, in den Hütten vor den Mauern, speien sie auf meinen Namen, wovon sind diese Ratten befreit, wenn sie mich ausladen? Das Volk will trächtig und brünftig werden, es versteht des Christen Freisein als Lösung von gut evangelischem Benimm, auf diese Arten wird's Heil verscherzt.

Es schmachten die Kerle Dirnen am Fenster, die sich mit den Händen anfächeln, das tun sie, obwohl sie frieren in winterkalter Luft, sie tun's als galante Gebärde, und die hechelnden Eber auf der Straße beten in ihrer Brunst: Lass bitte, Gott, die geschnürten Zitzen runterfallen! Es würd die Tollköpfigen nicht freuen, wenn ihnen Himmelszucker vor die Füße fielen.

Fürs christlich Gedeihen musst ich hart kneten, der Teig ist im Trog. Ich knete hart die Nacken der Gottesfreunde, du hast von Unruh und Entsetzen gehört, es sind allerlei Heckenvögel aufgescheucht, und sie sind doch nur fliegenfressend kleine Päpste, es macht sie flügelschlagend, dass ich mein Angesicht dem Heiland wende. Diese Satansboten seien Kot unter unsren Füßen! Was wär, wenn's verdorbene Gevölk frei wär, zu wirken? Die Huren wären gottlobige Schwestern, und den Hurentreibern würd man Christenherzen andichten, was gäbe das für eine Versammlung der Säu und Wurm, sie würden den Gossen-

schlick heiligsprechen, sie würden krönen zum Seelenhirten das geringste Mistviech.
Ich geh im teutschen Gewand, doch meine vielen Teutschen schlemmen Dreck! Ich wirke für teutsche Tracht, doch meine Teutschen wollen Kehricht fressen. Die Magd des Hauses, in dem ich die Wittenberger Tage verbring, hat Staub aus den vier Winkeln meiner Stube und Späne des Kehrbesens geräuchert, sie tat's mir zum Schutze. Ich mahnte sie zu Gebeten an, da ward ich aber in ihren Augen geschrumpft zum Prediger welscher Sitten. Dies Volk muss neu bekehrt werden.

Bruder in Christus, missdeute mir nicht meine Heimlichkeit, so wie ich nicht missachte Herrschaftsbefehle Seiner Kurfürstlichen Gnaden, der Erlauchte Fürst wollt in mir Seinen Untertanen sehn: Ich streit in Seinem Sinne, ich streit in Seiner Stadt.
Die Gottesfreunde sind Gesindel, das der Obrigen Sturz herbeisehnt, es wird in unseren Höllen brennen. Unsere Wucht trümmert all ihr Gewichte, all ihre befleckten Leiber, all ihre Mäuler, die sie nutzen wie schändlich Gerät.
Dir ist gewiss hinterbracht worden, dass ich die Biblia ins Teutsche verdolmetsch mit Gottes Gnad, der Heide wird diese Tinte lecken, der Römling wird auf seinem Thron beben. Knecht und Pfaff reden ohne Latein und ohne Schriftkunde aus dem Heiligen Buch, wenn man es klar und kenntlich läse, würde der Knechte und der

Pfaffen Irrmeinung in des Tages Sonne dunsten und dampfen.
Der Gelehrte Melanchthon, in der Menschenliebe größer als die Humanisten, erklärt jedes dunkel griechisch Wort, dass Verlesen nicht möglich sei. Bald wag ich nach der Heimkehr die erste Zeile. Bei Gott ist Rat, Amen.
Der Krieger an meiner Seite ward von dir, Herr Spalatin, gut gewählt und mir beigestellt: Mit halbem Atem ist er bei uns, mit dem anderen bei Papisten, sein Leib ist mir gut und fest Wehr, kein Schrecken benimmt ihm den Atem. Er kommt mit scharfem Knüttel über die schwärmerische Rotte, und sollt der Papst Mordbuben gedungen haben, kommt er auch über diese Feinde. Ich stärk seine Frommheit, da er zu mancher Stunde Gottes Strafgericht vergisst, er möcht das jenseitig Leben wie Wasser abschleudern von den Händen, er verschleuderte aber sein einzig Glück, da er den Glauben an die Letzte Schlacht des Herrn verliert.
Die auferstandenen Heiligen werden sein ein Heer, das die gottlos Heere Gog und Magog schlagen wird, das ist uns im Evangelio versprochen.
Mit dem Krieger und zwei Knechten zog ich zum Weib, das Wundmale an Händen und Füßen bekommen, es zog viel Volks zur Armenhütte des Wunders, wir aber zogen hin um drei in der Früh. Die Frau haben wir gerüttelt aus dem Schlaf, sie wollt in uns höllisch Gespuk sehn, und als ich mich auswies als Mönch Martin, schaute sie auf mich, als würd ich aus dem Stamme der Ferkel herkommen,

und sie schrie: »Schlag mir, Ketzer, kein Nagel ins Holz!« Der Krieger und die Knechte hielten sie fest auf der Schütt, und ich besah die Wundmale: Getrocknet Viehblut auf heiler Haut, es floss nicht aus Löchern, der Krieger wollte sie mit Maulschellen strafen für den Trug, ich bat um Milde. Das falsch Weib hat's mir nicht vergolten, es schrie sich heiser, und Bauern mit Gaben, die für Segenssprechung herbeigelaufen waren, stürmten in die Hütte, es gab eine Rauferei, sie hätten uns am liebsten totgeschunden, und also mussten wir weichen.

Nun heißt es: Die Martiner sind gottlos, sie lehnen ab die Anbetung der Wundmale Jesu, sie sind uns gesandt von den Türck und wollen morden unser Christenherz. Dies hat sich begeben, und ich fürcht, dass weiteres Unheil einreißt. Es ist die Rede von großen Versammlungen, die der teufelsfromme Müntzer Thomas heizt und hetzt, Knappen und Hörige wollen mich mit Knütteln in die Höllenflammen schleudern. Ich fürcht mich vor der Frommen Lüge, vor Baals Pfeifern Satans, der schändlich Gemälde anschlägt, dass wir unser Freisein von Gott als List der Menschenrasse begreifen. Der Herr bringt's zum Austrag, gemäß Seinem Willen, gemäß der geschriebenen Kunde: die Schrift.

Das ist Schrift: Menschenziffern, durch Gottes Geist gestanzt, herausgeströmte Sprache einer Macht, die Propheten Gottestums Redeweisen auf die Zunge legt, dass sie erklären den Schall aus hoher Ferne.

Das ist Schrift: Gott spricht. Dass Er hat gesprochen,

entdecken wir Nachkömmlinge, da wir lesen im Buch. Der Herr hat verdolmetscht Sein Wort durch Heiland Helfer, Er hat gesenkt ins Fleisch, dass es offenkundig sei. Es sind nicht die mannigfachen Stachel des Gewissens, die uns schützen, es ist der Geist des Herrn, der uns zudeckt mit Seinen Staben, die Er unterschieden hat von erdichtet Dingen: Possen der Poeten, Tinte der Tüftler, gilbende Seiten.

Seine Eigenheit erklärt Gott in unseren eigenen Worten, Er bliebe unverständlich in Seiner Verhüllung, die wir nicht können durchstoßen. Das ist Schrift: Wir recken uns nicht, Er bietet dar. Er möcht sich nicht bedienen der Maske und des Lärmgeräts, nicht durch Schellen und Klappern, nicht durch Geklirr, Getös und Kesselbrodeln macht Er uns zu Gottgetreuen. Das ist Schrift: Wir lesen und Sein Befehl wird uns zum Brauch. Es gibt kein verdunkeltes Gotteswort.

Dies Volk werden wir neu bekehren.

In der Morgenstunde nach dem Tage des Ambrosius, des Lehrers von Augustinus.

M. Luther

Der Ketzer betet auf Knien, im Beinhaus in der Ecke am Gottesacker der Kirche Sankt Marien, dann spricht er leise mit dem Gebein wie ein Affensinniger.
Ich achte, dass uns kein Rottengeist anfällt. An den Grabsteinen draußen in der Kälte stehen Kerle: Reden sie mit den Seelen, oder wollen sie uns stechen? Sie schlagen's Kreuz und ziehen weiter, hohe Bürger mit bauschigen Kappen.
Ich riech die Knochen. Ich sehe die getürmten Schädel, die Zähne sind gebrochen, in den Augenhöhlen nisten die Spinnen. Frater Martinus im feuchten Gelass, er vermisst die Kutte, in der er als Mann Gottes gezeichnet ward. Nun brüllen ihn die Schwärmer an allüberall. Nun muss er Lotterweibern drohen, dass sie ihr böses Leben tauschen gegen Frommheit. Nicht jeden Teufel konnte er bannen. Dies sind die Reste der Toten, diese Totenstille ist Schutz vor den Lauten des alten Feinds.
»Meister«, sage ich leise, und da er schweigt, sag ich ein zweites Mal: »Meister.«

Er richtet sich auf, ich seh seine reglose Gestalt vor bleich aufscheinenden Knochen.
»Wes Meister bin ich wohl?«, sagt er und lacht, »ich lieb den Gelehrten wie den Bruder.«
»Herr Melanchthon ist weise.«
»Auch ihn plagen Schmerzen. Auch er ist umdüstert.«
»Seine Kinder, versteckt er sie?«
»Nicht er, aber sein Eheweib«, sagt der Ketzer, »sie hat abergläubisch Furcht, dass wir sie mit Blicken krüppeln.«
»Wir gehen in Kämpfe. Ich riech's Blut, das sie von uns verlangen.«
»Wer?«, ruft er.
»Tausend Leute, die dir zürnen, Meister.«
»Wer aber genau, Krieger?«
»Es waren drei Säue an der Mühle«, sage ich, »den Judas hab ich gestochen. Die beiden Kerle werden wiederkehren, nicht allein, nicht ohne Waffen.«
»Der Herr wird schützen«, sagt er.
»Unsere Tage in Wittenberg sind verstrichen, Meister. Du bist als Spuk erschienen, du sollst als Spuk verschwinden.«
»Fürchte dich nicht ...«
»Ich stell mich den Schlachten, die da kommen. Keiner überlebt den Tod. Auch ich grins wie die Schädel hinter deinem Rücken. Ich sterb und werde Mist ...«
Er blickt mich hart an, als hätt ich ihm Ketzereien ins Ohr geraunt. Ich verstumme nicht, ich erzähle: Der Fürst wird mit Gewalt über uns kommen, da er von kei-

mender Unruh erfährt. Vor Fährlichkeit muss sich der Mönch schützen. Er soll übertragen die Biblia ins Teutsche. Was will er im Getümmel?
»Gutes wirken?«, sagt er.
»Nicht hier. Wir fliehen.«
»Wann?«
»Noch heut Nacht, Meister. Wenn wir zaudern, geht's zu Ende.«
»Fünf Knechte bewachen das Haus«, wispert er.
»Sechs Gottesfreunde reichen, um sie zu schlagen«, sage ich.
Er nimmt Abschied von den Toten, er nimmt Abschied von den Grabsteinen. Die Kappe schnürt ihm den schweren Schädel, er achtet nicht auf heftigen Wind, der den Überrock flattern lässt wie zappelnde Hände. Ich sag den Knechten die Losung, ich trete ein mit gezücktem Eisen, der Ketzer folgt mit schweren Schritten.

Herr Melanchthon kehrt heim von Melchior Lotters Druckerstube, es wird gelingen mit Gottes Hilfe, dass man die Biblia Teutsch volksgebräuchlich streut. Er frohlockt, und da aber der Ketzervater nicht heiter wird, hält er inne.
»Es ist die Stunde«, sagt er leise.
»Ja, Herr«, sage ich.
»Bruder Martin?«
»Der Krieger treibt mich an«, sagt er.
»Judas' Rotte.«
»Sie und andre Mordbuben«, sage ich, »meinem Haupt-

mann schwor ich, den Meister unversehrt auf die Burg zu bringen.«
»Durch Eide sind wir gebunden«, wispert er und nickt und nickt.
»Ging's allein um meinen Leib, würd ich bleiben«, sagt Luther, »dein Haus gilt als mein Nest, das die Teufel wohl möchten ausräuchern. Dann brennst du, es brennen Eheweib und Kind, der Herr verhüt's.«
»Dann schick ich die Knechte, dass sie die Pferde satteln.«
»Wart eine Weile. Alles liegt in Gottes Hand und in deinen Händen, Melanchthon. Du musst aushärten.«
»Die Propheten«, wispert der Gelehrte.
»Ausgerechnet in Zwickau finden die Engel Heilige zum Krönen ... wehr dich gegen den Trug. Überlass unsere Stadt nicht den Säuen.«
»Ich bleib im Bunde Christi. Und dir, Burkhard, gebe der Herr Kraft. Wo bleibst du?«
»Bei der Kirche des Apostels Paulus«, sage ich.
Meister Luther schimpft mich bocksstörrisch und elend im Irrglauben, er spricht: »Von Paulus' Wort hat der römische Hohepriester alle Seligkeit gestrichen, man müsste der Gewalt des Widerchristen entkommen, wer ist Alleinherrscher, wenn nicht Heiland Jesus, Dreck vor die Ohren des Papstes, Dreck vor die Ohren der Pfaff, die das Wort verstammeln und verstümmeln.« Ist's Gottes Eingebung, die ihn jäh hitzig werden lässt, oder ist's das gärende Fleisch des frommen Fraters? Er geht die Stücke Habe stopfen in den Beutel, ich hab alles am Leib, was ich besitz. Zu den Evangelisten wird der Gelehrte

sprechen: Luther, die Zunge unseres Heilands, wich in die Heimlichkeit. Wir beten für seine baldige Wiederkehr. Er nickt und nickt beim Abschied. Christ in der Trübsal. Unter den Wittenbergern ist er der einzige Mann, dem ich traute in Not und Nebel. Wie lang dauert's, bis ihn die Gottesfreunde zwacken, dass er den Mönch verrät? Halb jenseitig ist Melanchthon. Wenn sie ihn in der andren Welt zwacken, fährt Gottes Hand dazwischen.

Wärter Schrotter, geschunden vom Siechtum, gesogen von den Maden, lebendig am Leib, zeigt mir auf die sprießenden Kinnborsten und sagt: »Hast bei den Köhlern gehaust, ohne dich waren wir all gut und munter, nun bist du unter uns, nun stinkt's im Paradeis ...« Herwig blickt finster, als würde er wollen, dass meine Haut vom Fluch verschwärzt. Ich hab sie erkannt als Gottesfreunde, als Jünger der Propheten aus Zwickau. Hab Schrotter gerettet, er ist an mich gebunden, und der Glaubensbruder Herwig ist ihm fast ein Buckel auf dem Rücken. Sie haben den Mönch längst als falschen Junker erkannt. Unterm Hauptmann werden wir Frieden halten. Ich schimpf sie grindige Säue und eil zum Burgwart, ich erstatte Bericht: Ich verschweig Judas' Sturz und die mordswütigen Schwärmer und sprech nicht aus meine Ahnung, dass bald der Sohn seinen Vater verrät. Dass bald Ruh herrscht, nachdem alle Knochen zerschlagen. Ich lauf ihm nach zur Schergenstube. Luther steht im Gelass vor aufgeschlagenen Büchern. Wind braust gegen die Tierhäute an den vergitterten Fensterlöchern. Es heult mit kaltem Atem ein mächtiger Dämon. Der Ketzer dankt dem Hauptmann für die erneut gnädige Aufnahme.

»Sollt der Knappe die Schüssel Braten bringen?«

»Will nichts essen«, sagt Luther, »... verblieb der Teufel auf der Warte?«

»Dunkel wie im Rattenmaul sind die Nächte, da graust's den Mägden.«

»Ist er ihnen erschienen?«

»Sie haben in der Küche hüpfende Hirsekörner gesehen«, sagt der Burgwart. »Er hat sie den Mägden ins Gesicht geschleudert.«

»Warum?«

»Um sie zu zeichnen«, sagt er leise. »Auf dem Bergfried geht's am schlimmsten zu. Dort kann man sich an der Spitze nicht halten.«

»Also lauert Satan ...«

Der Ketzer erstarrt, da er die Gabel sieht im Winkel der Stube, wer hat Satans Werkzeug in seine Nähe verbracht, wer heißt ihn willkommen auf diese verkehrte Art? Der Feind sinnt auf Verstörung, und der Mönch besieht alle Seiten, dass er den Ungelernten zugeschlagen werde im Reich Jesu. Er tritt die Gabel über die Schwelle, der Hauptmann setzt an zur Schelte und schluckt aber den Tadel: Der Gottesmann wird streiten wider die argen Sünder, da kann er nichts richten. Er sagt: »Der Herr Hofprediger Spalatin, Euer Freund, hat mir einen Brief gesandt. Er schreibt von Aufruhr an allen Orten.«

»Es wird der Brut die Lust vergehen«, sagt der Mönch.

»Ihr wart in Wittenberg.«
»Ihr habt's genehmigt, Herr. Dafür schuld ich Dank.«
»Euer Leibschutz ist Euch treu. Ist er aber auch aufrichtig?«
»Mit Gunst zu melden«, sage ich, »das bin ich.«
»Mir bist du auf meiner Feste unterstellt, Knecht«, schreit der Hauptmann, »du sprichst mir nichts von Gärung des Volks. Nichts von den Einbrüchen in die Kirchen. Nichts von Mönchen, die der Pöbel mit Steinen beschmeißt. Nichts von eurer Flucht.«
»Ja, Herr.«
»Ich wüsste Euch hart zu treffen, allein ich darf's nicht ... Junker Georgen, dient Ihr dem gnädigen Fürsten?«
»Er ist mein Obriger«, sagt Luther.
»Dann lauscht und gehorcht: Ihr verlasst nicht die Burg. Ihr bleibt hier verwahrt. Jeden Tag werd ich mit zwei Knappen drei Male Euer Trunk und Mahl bringen.«
»Es ist beschlossen«, wispert der Ketzer.
»Schreibt am teutschen Werk«, ruft der Hauptmann, »ich werd die heiligen Seiten lesen.«
Für die Frist, die Luther fürs Dolmetschen braucht, ordnet der Burgwart, dass ich über ihn wach. Er eilt zu seinen Pflichten. Des Ketzers Ruf bleibt ungehört: »Er wird die Tinte lecken!« Ich klopf in Gedanken aufs Gehenk: Die Furcht gehört uns, wir gehören Gott, Satan wird Entzweiung nicht gelingen. Wir scheuen seine böse Eigenheit, wir gehen nicht über in sein Reich. Ich morde, um den Ketzer zu schützen, solang ich in seiner Nähe geduldet bin. Hab ich eine Seele? Ist sie mir verrottet? Herr, nimm den Mörder an. Ich hör Luther leise spre-

chen: »In Heilands Namen«, dann taucht er die Feder ins Tintenhorn.
Der Weinstock rankt.
Gott hat den Tod verschlungen.
Babylon wird fallen.

Ende

Danksagung

Ist Luther allein eine deutsche Geistesgröße oder ein Heiliger der letzten Tage? Darüber streiten sich die Gläubigen und die Gelehrten. Es darf mich nicht kümmern, ich bin ein Geschichtenerzähler. Für diesen Roman war eine harte Recherche unabdingbar. Es reichte nicht aus, Wissen aus Büchern zu erschließen. Ich reiste nach Eisenach und zur Wartburg und nach Wittenberg. Mein guter Freund Günter Senkel fuhr mich in seinem Kastenwagen an diese Orte. Ich sprach lange auf ihn ein, ich übte mich laut in der besonderen Sprache, die ich für meine Geschichte als passend vorsah. Dafür bin ich ihm großen Dank schuldig. Vielleicht ein Dutzend Mal habe ich zur Klärung von Detailfragen bei dem Bibliothekar der Wartburg, Herrn Daniel Miksch, angerufen. Ich danke für seine Fachkunde und seine Freundlichkeit. Auch möchte ich mich bedanken bei Herrn Dr. Jochen Birkenmeier und Herrn Michael Weise vom Lutherhaus Eisenach und bei der Stadtführerin Frau Margit Stephan. Frau und Herr Franzosenhohl aus Iserlohn haben mir zwei Nächte im Wartburghotel geschenkt, ihnen gilt mein Dank.
Gelobt sei der Herr in der Höh.

Weitere Titel von Feridun Zaimoglu bei Kiepenheuer & Witsch

Siebentürmeviertel. Roman. Gebunden. Verfügbar auch als E-Book

Isabel. Roman. Gebunden. Verfügbar auch als E-Book

Hinterland. Roman. Gebunden. Verfügbar auch als E-Book

Ruß. Roman. Gebunden. Verfügbar auch als E-Book

Leseproben und mehr unter www.kiwi-verlag.de

Kiepenheuer & Witsch

Feridun Zaimoglu. Liebesbrand. Roman. Gebunden. Verfügbar auch als E-Book

Feridun Zaimoglu. Leyla. Roman. Gebunden. Verfügbar auch als E-Book

Feridun Zaimoglu. Zwölf Gramm Glück. Erzählungen. Gebunden. Verfügbar auch als E-Book

Feridun Zaimoglu. German Amok. Roman. Gebunden. Verfügbar auch als E-Book

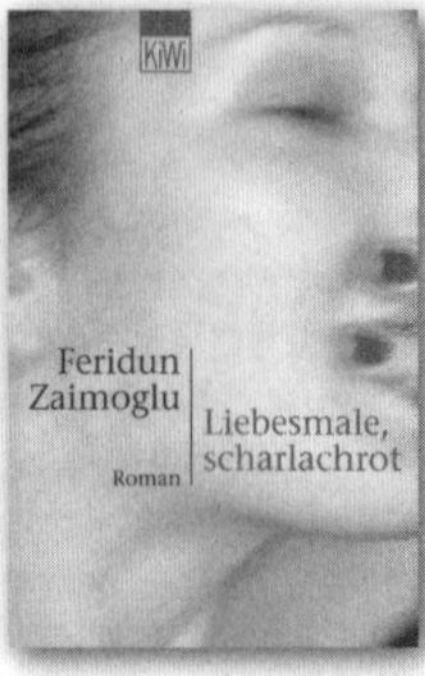

Feridun Zaimoglu. Liebesmale, scharlachrot. Roman. Taschenbuch. Verfügbar auch als E-Book

Kiepenheuer
& Witsch

Leseproben und mehr unter www.kiwi-verlag.de

Feridun Zaimoglu. Rom intensiv. Mein Jahr in der ewigen Stadt. Taschenbuch

Ein spannendes Jahr an einem traditionsreichen Ort: Als Stipendiat der Villa Massimo macht sich Feridun Zaimoglu auf, Rom zu erkunden und die Römer kennenzulernen. Erstaunliche Begegnungen sind die Folge, brillante Texte das Ergebnis. Ein Jahr in wöchentlichen Geschichten.

Feridun Zaimoglu. Kanak Sprak/Koppstoff. Taschenbuch

Damit ging alles los: Kanak Sprak (1995) und Koppstoff (1998) brachten einen neuen Ton in die deutsche Gegenwartsliteratur, machten Feridun Zaimoglu zum Sprachrohr der jungen Männer und Frauen türkischer Abstammung in Deutschland, wurden als authentische Dokumente gelesen – und sind mittlerweile anerkannt als literarische Zeugnisse eigenen Ranges.

Leseproben und mehr unter www.kiwi-verlag.de